부모는
자식의
교과서

부모는 자식의 교과서

발행일   2020년 9월 25일

지은이   김일태
펴낸이   손형국
펴낸곳   (주)북랩
편집인   선일영   편집   정두철, 윤성아, 최승헌, 이예지, 최예원
디자인   이현수, 한수희, 김민하, 김윤주, 허지혜   제작   박기성, 황동현, 구성우, 권태련
마케팅   김회란, 박진관, 장은별
출판등록   2004. 12. 1(제2012-000051호)
주소   서울특별시 금천구 가산디지털 1로 168, 우림라이온스밸리 B동 B113~114호, C동 B101호
홈페이지   www.book.co.kr
전화번호   (02)2026-5777   팩스   (02)2026-5747

ISBN   979-11-6539-404-2 03810 (종이책)   979-11-6539-405-9 05810 (전자책)

이 도서의 국립중앙도서관 출판예정도서목록(CIP)은 서지정보유통지원시스템 홈페이지(http://seoji.nl.go.kr)와
국가자료공동목록시스템(http://www.nl.go.kr/kolisnet)에서 이용하실 수 있습니다.
(CIP제어번호: CIP2020040151)

(주)북랩 성공출판의 파트너
북랩 홈페이지와 패밀리 사이트에서 다양한 출판 솔루션을 만나 보세요!
홈페이지 book.co.kr   •   **블로그** blog.naver.com/essaybook   •   **출판문의** book@book.co.kr

아파트 경비원의 수상록

부모는
자식의
교과서

김일태 지음

북랩 **book** Lab

필자는 군인정신과 신독(愼獨)을 재료로 조제한 알약 같은 삶을 살아왔다. 선진국이 될수록 좋은 사회로 나아가야 하는데 폭언과 폭력이 난무하고 성 문제로 고관대작에 앉아 있던 사람이 하루아침에 낙마하는 것을 이해하기가 어렵다. 이 책의 출판 동기는 부모의 도덕성과 정직성이 자식에게로 내려가면 좋은 가정이 되고, 좋은 가정들이 이루는 사회는 더욱 건강해질 것이라는 생각이다. 그리고 각계각처에서 흔들리지 않는 직장인이 많아질 때 비리는 감소할 것이란 생각에서 필자의 삶을 바탕으로 엮어 보았다. 사람은 누구나 한 번 왔다가 가는 인생이다. 자연히 자식으로 왔다가 부모로 살고 늙으면 죽는다. 부모로 사는 동안 분노 조절이나 언행일치 하나만이라도 자식에게 교과서가 된다면 훨씬 더 건강한 사회가 될 것이다.

사람은 대부분 태어나서 어린이집과 유치원에서 사회성을 기르고, 초등학교, 중학교, 고등학교, 대학교, 대학원에서 공부를 하며, 직업을 가지면서 군대, 예비군, 민방위에 소속되었다가 퇴직을 하면 봉사활동이나 취미활동을 하고 더 노쇠해지면 노인요양시설을 거쳐서 죽음에 이르는 일생을 산다.

이 중 어린이와 노인은 자신의 의지대로 되지 않은 시기지만 나머지 단계는 의지만 있으면 행동으로 실천이 가능한 단계이다. 그러나 현실은 자고 나면 크고 작은 비리나 성범죄를 비롯하여 각종 사건·사고가 벌어지며, 심지어는 사이버 공간에서 근거 없는 악성 댓글로 특정인을 힘들게 하거나 극단적 선택으로 몰고 가는 살인 이 비일비재하다. 이런 일로 죗값을 치르는 이들은 당사자만의 망신이 아닌 가족이나 주변 사람들까지 망신이다. 우리는 이런 기사를 수없이 접하며 살아간다.

자식의 사건·사고의 원인이 되는 마음의 상처는 부모 때문에 생긴 것일 수도 있지만, 부모도 어린 시절에 깊은 상처를 받았을 수 있다. 만약 어린 시절의 상처를 치유하지 않으면 그 상처는 자식에게 내려간다고 한다. 그래서 부모도 마음의 상처를 찾아서 치유하여 교과서 같은 좋은 삶을 통해 좋은 기운이 자식에게 내려가도록 끊임없이 노력해야 한다.

필자는 오랜 군 생활을 통하여 부모로부터 좋은 삶의 영향을 받은 병사는 어느 부서에 배치해도 잘 적응하여 성실하게 복무하는 것을 경험하여 알고 있다.

깨끗하고 맑은 물이 위에서 아래로 흐르듯이 부모와 자식과 손자에게 도덕성과 정직성이 흘러서 좋은 가정을 이루고 살면 그 기운이 건강한 사회에 이바지하는 것이 되고, 화목한 가정은 건강한 사회를 이루는 초석이 될 것이다.

도덕성과 정직성을 실천하기 위해서는 늘 신독(愼獨)을 마음 중심에 말뚝 박고 멀리 도망가지 못하도록 고삐를 매 놓아야 한다. 혼자 있을 때 삼간다면 여럿이 있을 때는 더욱 정중하게 되는 것은 인간의 기본 심리다.

한 포기의 식물이나 화초를 기를 때도 조석으로 물을 주고 거름을 주면서 잘 돌봐야 잘 생장하는데 자식도 그러함은 말할 나위가 없다. 정년퇴직한 지금도 일손을 놓지 않고 있다. 돈 버는 것보다 자식에게 솔선수범을 가르치기 위해서다. "내가 이 나이에도 열심히 하고 있으니 너희들은 더 열심히 해야 해." 이 한 마디로 부모인 나와 자식은 다 같이 선의의 경쟁을 하듯이 열심히 살아간다.

코로나19 때문에 칩거가 시작되자 출판 비용을 선뜻 지원하면서 집필을 허락해준 아내가 고맙다. 굼벵이 PC를 원고 작업 할 수 있도록 고쳐준 아들도 고맙고, 파이팅을 외쳐준 며느리와 딸도 고맙다. 할아버지의 이름이 새겨진 책을 기다리는 손자, 손녀들도 고맙다.

국민 교과서 같은 책을 내고 싶은 마음 간절하였으나 필력의 한계로 호랑이 그림이 고양이가 된 것이 아쉽지만, 현명한 독자의 이심전심으로 보충되리라 믿어 의심치 않는 바이다. 부족한 부분의 채찍질은 달게 받을 각오다.

아울러 한 권의 책이라도 불량이 생기지 않도록 심혈을 기울이는 출판 관계자의 노고에도 감사드린다. 그리고 이 책이 독자의 손에 들어갈 수 있도록 전국 서적 유통 분야에서 종사하는 관계자의 노고에도 감사를 드린다.

2020년 9월

김일태

제2부 군(軍)은 인생 연수원

제3부 생각의 쿠키들

제1부

가정은
건강한 사회의 초석

가족은 가정을 이루고 가정은 다시 사회를 이룬다. 따라서 좋은 가족은 좋은 가정의 구성원이 되기 때문에 좋은 가정은 좋은 사회의 초석이 된다.

부모가 잘 절제된 언어, 행동을 통하여 자식에게 배울 만한 교과서가 되도록 노력하면 자식은 자신도 모르게 부모의 영향을 받을 것이다.

열 마디의 교육보다 하나의 행동이 나은, 백문이 불여일견일지도 모른다.

부모는 적당히 하면서 자식은 잘하기를 바라는 것은 물을 보내지 않으면서 물레방아가 돌아가기를 바라는 것과 같은 이치다.

소중한 내 가족

　사람이 살아가는 동안 만남과 이별은 네온 불빛이 명멸하듯 수 없이 반복된다. 만약 그토록 수많은 만남 중에서 나에게 잊을 수 없는 인물을 손꼽으라고 한다면 나는 꼽을 수가 없다. 모두가 소중한 만남이요, 모두가 잊을 수 없는 사람들이기 때문이다. 그러나 현재를 기준으로 한다면 단연 사랑하는 내 가족이다.

　사랑하는 나의 아내는 20대 후반에 부부의 연으로 만났다. 장모님의 반대에도 불구하고 가진 것 없는 나를 선뜻 선택해 주었다. 알뜰한 살림살이로 내 집 마련도 했고, 아이들도 남부끄럽지 않게 키워내면서 노후 준비도 탄탄하게 하였다.

　젊은 날 가난에는 꿈을 심고, 고난에는 행복을 심으며 박봉에 쪼들리면서도 나의 훌륭한 내조쟁이가 되어서 나를 무사히 정년퇴직시킨 공로에 감사한다. 정년퇴직 때 받은 훈장과 국가유공자증서는 순전히 아내의 공로로 돌린다.

　살아오는 동안 깍듯한 남편 대우도 받았고, 내 입맛에 딱 맞는 음식을 평생 대접받는 것도 정말 고맙다. 여생에는 둘도 없는 동반자다. 요즘 같으면 나 같은 무능한 남자는 장가도 못 갔을 것이란 생각이 들어서 죽는 날까지 고마운 마음으로 살아갈 작정이다.

아내는 나에게 과분한 배우자다.

사랑하는 나의 딸은 직업을 제2의 생명으로 생각하는 투철한 직업의식 때문에 가정에 무관심했던 내 탓으로 세 번 유산 끝에 얻은 소중한 자식이다. 하지만 개성이 강한 것이 단점이라면 단점이다. 그러나 그 독특한 개성이 직장에서 직무에 임할 때는 책임감이 왕성해지니 좋은 점이 되기도 한다. 그 개성의 뚝심으로 88만 원 세대를 잘 극복해 준 것이 고맙다. 하루빨리 좋은 배우자를 만나서 시집을 가는 것이 나와 가족을 기쁘게 한다는 사실을 아는지 모르겠다.

사랑하는 나의 아들은 성격이 온순한지 감정 조절이 잘 되어서인지는 알 수 없지만, 대인관계가 원만한 편이다. 친화력이 좋아서 친구도 많다. 공부보다도 친구를 더 좋아할 정도였다. 학창 시절에는 간혹 아르바이트를 하였다. 월급날이 되면 친구들이 맛있는 것을 얻어먹기 위해서 줄을 섰다. 자연히 집에는 돈 한 푼 가져온 적 없다. 운이 나쁜 이태백 세대로 태어나게 해서 치열한 경쟁을 뚫어야 하는 고통을 겪게 한 것이 무엇보다 마음 아프다. 지금은 어엿한 직장인이 되어서 새벽에 출근하여 어두워져야 퇴근할 정도로 힘들고 잦은 전출에 가족과 떨어져서 생활해야 하는 열악한 직장생활이지만 묵묵히 적응하여 인정을 받으니 마음 든든하다.

배 아프지 않고 얻은 딸 같은 며느리도 정말 사랑스럽다. 어른 존경할 줄 알고 삶에 대해 감사함도 안다. 위기 때마다 슬기로운 지혜를 발휘하는 것을 보면 너무나 야무지고 장해 보여서 그때마다 반듯하게 키워주신 사돈어른들이 존경스럽다. 사랑으로 낳은 자식을 건강하게 잘 키우면서 부부가 화합하여 행복하게 잘 살아가기를 기원한다.

가족들의 사랑을 독차지하면서 태어난 손녀와 손자도 집안의 꽃이다. 졸지에 나를 할아버지로 만들었지만, 기분 나쁘지 않다. 앞으로도 사랑을 독차지하여 가족들의 얼굴에 웃음꽃 만발케 하고 건강하고 총명하게 자라면서 사랑의 끈 역할을 오래오래 하였으면 좋겠다.

비록 적은 것이나마 내가 베푼 사람들은 쉽게 잊혀도 괜찮다. 하지만 털끝만큼이라도 신세를 진 사람들은 모두가 잊히지 않는다. 잊혀서도 안 된다. 그분들이 모두 먼 훗날 다시 반갑게 만나서 내가 받은 은혜를 다 갚을 때까지 건강하게 오래오래 살았으면 하는 바람으로 하루하루를 살아간다.

부모는 자식의 교과서

부모님

아버지는 항상 정의감 넘치는 분이었다. 남들에게는 인정 많고 밥 잘 사고 술 잘 사는 후한 인심의 소유자였다. 오일장을 한 번도 거르지 않았다. 인심 후한 아버지께서 한 달이면 육 장을 빠지지 않았으니 돌아가실 때까지도 부자 영감으로 소문이 자자하였다.

그렇지만 자식 교육에는 긴장의 끈을 놓을 수 없을 정도로 엄한 분위기를 유지하면서 정직성과 도덕성을 강조하는 교과서였다. "인사를 잘해라. 정직해라. 부지런해라"를 수없이 반복하셨다. 중학교 시절 4㎞가 넘는 길을 자전거로 통학하며 이웃 마을 어르신께 자전거를 탄 채로 인사를 하는 모습을 보고 호된 꾸지람을 들었던 기억은 지금도 잊히지 않는다.

농경시대에는 드물게 시골에서 정미소를 창업하였다. 정미기를 비롯하여 정맥기와 제분기, 제면기에 가래떡 기계까지 설치하여 명실 공히 종합 정미소가 되었다. 당시로서는 일대 생활 개혁에 이바지한 셈이었다. 이용료는 전부 정해진 요율로 현물을 받았다. 자연히 보릿고개에도 식구들이 배고프지 않았을 뿐만 아니라 가난한 집에는 약간의 식량을 보태 주기도 하였다.

밀 농사를 지으신 어르신들은 밀을 짊어지고 와서 제분하여 국수를 뽑아 건조까지 시키려면 온종일 걸린다. 그런 분들에게는 점심까지 제공하였다. 그러면 방아를 공짜로 찧어가는 기분이라고 좋아하셨다.

엽연초 재배를 비롯하여 각종 특용작물도 제일 먼저 도입하였고 새로운 연장도 제일 먼저 사야 직성이 풀리는 성격이었다. 삼복이 되면 냉장고도 없던 시절에 오일장에서 소달구지에 수박과 참외를 한가득 사 와서 식구들과 동네 사람들이 나누어 먹기를 연례행사처럼 되풀이했던 것도 이제는 아련한 추억이다. 엽연초를 판매한 돈으로 여름내 일했던 품삯을 계산할 때 꺼내는 수첩은 일기장이었다. 시골에서는 만져보기 드문 목돈을 손에 쥔 동네 사람들의 희열감은 아직도 내 마음속의 영상으로 생생하다.

그러나 누구도 꺾을 수 없는 정의감 때문에 수십 년을 끌어온 소송으로 승소는 했지만 살림은 거의 거덜이 났다. 정의감과 재산을 바꾼 셈이었다. 남은 것은 독립심뿐, 그것을 자식들에게 유산으로 물려주었으니 형제들은 다들 맨주먹으로 앞가림을 잘도 해 나간다.

어머니는 늘 자식들을 위하여 가지 많은 나무에 바람 잘 날 없듯이 아버지의 핵폭탄 같은 불호령을 막아주는 핵우산 역할을 하시느라 당신 삶이 없는 평생을 사셨다. 어머니는 남에게 피해를 주는 짓은 절대로 해서는 안 된다고 노래를 부르시면서 평생을 외나무다리 건너다니듯 살아가라고 하셨다.

군 생활을 오래 했던 나는 셀 수 없을 정도로 반복해서 받은 유

부모는 자식의 교과서

격장 외나무다리 코스에서 어머니 교육 탓인지 한 번도 실수한 적이 없다. 몸의 중심을 잡지 못하거나 속도를 너무 빨리 하다가 외나무다리에서 떨어지면 흙탕물에 빠진 생쥐 신세가 된다. 어머니의 뜻은 유격장 외나무다리에서 떨어지지 말라는 것이 아니고 세상을 살아가는 동안 누구에게 피해도 주지 말고 도움을 받을 생각도 아예 하지 말라는 깊은 뜻이었다.

어머니의 장독대는 초등학교에 다니는 내 키만 한 큰 장독에 숯과 붉은 고추가 둥둥 떠 있는 간장, 된장이 가득하였고, 그 옆에 고추장 항아리가 각종 장아찌와 자리 잡고 있었다. 장맛이 좋기로 인근 마을까지 소문이 나 있었다. 음식을 이웃과 나누어 먹기를 좋아하셨고, 식자재 나누어 주기도 좋아하셨다.

예술은 길고 인생은 짧다 하는 듯이 어머니는 고혈압으로, 아버지는 식도암으로 두 분 모두 80을 넘기지 못하신 채 소천하셨다. 핑계 같지만 한창 아이들 키우면서 직업상 떠돌이 생활하느라 명약 한 첩 지어드리지도 못하고, 명의의 침 한 방 맞혀 드리지도 못하고 보내드려서 죄스러운 마음을 금할 길이 없다. 그래서 「불효자는 웁니다」 노래는 들을 때나 부를 때나 눈물이 난다.

오늘도 갓 쓴 아버지 모습과 비녀 찌른 어머니 모습 앞에서 합장으로 죄스러운 마음을 달래보지만, 풍수지탄(風樹之嘆)만 느낄 뿐이다.

장모님

화장실과 처가는 멀수록 좋다는 말은 이제 옛말이다. 인분을 농사용 거름으로 사용하던 농가 주택도 화장실 2개가 기본인 시대다. 농경시대 재래식 화장실에서 풍기는 똥 냄새를 피하고 처가 식구들이 시도 때도 없이 드나들면서 가난한 살림을 축내던 시절에는 멀면 멀수록 좋았을지도 모른다.

장모님은 우리 집에서 한겨울에도 국이 식지 않을 거리에 혼자 살고 계신다. 90이 넘은 연세다. 퇴행성관절염으로 거동이 불편하신 것이 너무 안쓰럽다. 노인성 난청에다 틀니를 뺐을 때 합죽이가 된 모습은 나와 아내의 마음을 몹시 아릿아릿하게 한다. 늙음이라는 뒤꼍에서 사위어 가는 불씨처럼 쇠잔해지는 육신의 모습을 그저 바라만 봐야 할 때마다 생로병사라는 미끄럼을 타는 것 같아서 밀려드는 회한에 가슴이 저며 오면 애써 외면하고 만다.

그렇지만 아직은 정신력에 강단이 있으시고 집안의 내림으로 봐서 장모님도 백수하실 걸로 태산같이 믿는다. 그래서 나는 장모님이 우리 집안의 간판이시고, 길조(吉兆)를 품은 어른이라고 자부심을 치켜세워 드린다.

장모님 슬하에는 9남매 휘하에 자손들이 50여 명에 이르는 가지가 뻗었다. 그중에서 나는 셋째 사위다. 결혼할 당시에는 가진 것 없고, 신발 신고 저울에 올라가도 60kg도 안 되는 해골만 남은 볼품없는 신랑감이었다. 자연히 탐탁지 않은 사위였지만, 당신의 딸이 선택한 일이라 울면서 겨자 먹기식으로 허락하고 말았다. 막내 처제가 결혼한 후에도 나는 사위 서열 8등이었다.

아내는 장모님에게 자주 어린 시절 남의 집 아이들처럼 곰살맞은 엄마의 정이 부족했던 푸념과 배움의 날개를 마음껏 펼치지 못했던 넋두리를 풀어 놓으며 때늦은 어리광을 부려본다. 하지만 불타는 장모님 가슴에다 기름 뿌리기가 아니면 잠자는 사자의 코털 건드리기가 되고 만다.

그러나 나는 아내에게 날개를 달만큼 공부시키지 않은 것이 오히려 감사하다. 아내에게 날개가 달렸더라면 나와 부부의 연은 맺어지지 않았음이 분명하기 때문이다. 나는 수십 년 동안 절간 공양을 축냈지만, 아직도 『반야심경』, 『천수경』도 비틀비틀하는데 아내는 범어의 원전을 그대로 옮긴 불경을 잘도 외우고 발음도 정확한 걸로 봐서 나와 결혼하지 않으면 대덕 스님의 반열에 올랐으리란 생각이 들기 때문이다. 이젠 취직 시험 볼 일도 없으니 배움의 허기를 후회할 필요도 없다.

회갑년에 타계하신 장인어른의 빈자리가 장모님에게는 무한허공이었다. 알량하게 남긴 땅마지기로 남은 5남매의 교육과 혼사를 혼자 다 지고 가기에는 너무나 버거운 짐이었다. 자연히 가난의 덫에 걸려 넘어지고 넘어지면서 헤쳐 온 고생담으로 마음의 문을 걸

어 잠그고 딸들의 도전을 막아낼 배수진을 치서야만 했다. 심지어
는 내 새끼 교육도 제대로 못 하게 하면서 조카를 대학 졸업시켜
신의 직장에 다니게 한 실속이 없는 영감의 무능함을 질타하시곤
하셨다.

이때쯤이면 아내가 꼬리를 내리고 항복을 해야 집안이 조용해진
다. 모녀의 기 싸움 사이에서는 나의 온갖 완충 작용도 별로 효과
가 없다. 생시에 장인어른께서는 보따리장수가 들러도 물건은 안
받고 얼마간의 곡식을 아낌없이 퍼주고 장모님한테 들킬까 봐 얼
른 떠나라고 당부하는 소문난 독지가 기질을 지니고 계셨단다.

내가 현직에서 퇴직하고부터는 장모님을 더 자주 뵐 기회가 왔
다. 뵐 때마다 안쓰럽기 짝이 없다. 내 마음이 이렇게 안쓰러울진
대 아내의 마음은 얼마나 짠할지 짐작이 간다. 그래도 아내는 나
의 풍수지탄의 심정은 모를 것이다. 부모님 살아계실 때는 그래도
구심점이 되어 주셨는데 돌아가시고 나니 형제간의 우애에 뭔가
접착력이 약해진 것 같은 그런 느낌을 아내는 모른다.

까마귀도 부모가 늙으면 먹이를 물어다 준다는데 이제 그 일을
내가 해야만 할 것 같다. 부부가 일심동체라면 사랑하는 아내를
낳아주신 장모님은 제2의 어머니가 아닌가. 아플 때 병원에 모시
고 가고, 외식하다 노인들 입에 맞는 음식 있으면 1인분 포장해 오
면 된다.

점심으로 먹을 칼국수 끓이는 아내에게 세 그릇을 주문한다. 두
그릇은 아내와 나의 몫이고, 한 그릇은 장모님 댁에다 배달용이

부모는 자식의 교과서

다. 재래시장 장을 보다가 과일 한 개, 두부 한 모 더 집는다. 그것도 다 배달용이다. 한 그릇, 한 그릇 신뢰가 쌓이는 동안 꼴등 사위에서 1등 사위로 나도 모르게 순위 바꿈 되었다. 동서들 앞에서도 김 서방이 최고라고 노골적으로 엄지를 내미신다. 쑥스럽다.

이 서방은 돈을 많이 줘서 고맙고, 홍 서방은 자주 들러줘서 좋고, 멀리 사는 사위들은 전화 자주 해서 좋다고 하시면 좋으련만. 늙으면 아이가 된다지만 아이도 꾀 많은 아이는 대답하기 곤란할 때는 엄마, 아빠 다 좋다고 하는데 그런 지혜로운 장모님이시기를 기대한다.

처가가 가까운 덕택에 만년 꼴등 사위에서 일거에 1등 사위로 올라선 비밀을 동서들에게는 알리지 않을 작정이다. 1등 사위의 타이틀 방어를 위해서다.

가끔 우리 집에 들르시면 며칠 묵었다가 가시라고 권해보지만, 게딱지 같은 집 걱정과 자식들한테 부담 주기 싫은 마음에 오시면 가시기 바쁘다. 그래서 오늘도 장모님 드시기에 편한 팥죽 한 그릇 싸 들고 처가 골목길로 접어든다. 아들딸들이 다 외국으로 이민 떠나 명절 때만 문전성시를 이루는 외로운 기린 할머니와 먼발치에서 시선이 마주친다. 비가 오는 날을 제외하고는 늘 대문간에 쭈그리고 앉아서 오가는 사람을 목을 빼고 바라보니 '기린 할머니'는 내가 지은 별명이다. 다음 배달 때는 과일 하나라도 내려드리면서 인사도 건네고, 잠시나마 말벗도 되어 드리면서 기린 할머니의 외로움도 잠시나마 어루만져줄 작정이다. 그런데 얼마 후부터 기린 할머니 모습이 보이지 않는다. 자식들이 편안한 곳으로 모셔 가셨기를 바랄 뿐이다.

봄 처녀

그때 그 맛이 아니다.

얼마 전 아내가 담갔던 돌나물 물김치 맛을 타박했던 것이 크게 후회가 되었다. 어린 시절 누님이 담가 주던 맛을 내 보겠다고 어줍은 솜씨로 폼을 잡고 담근 물김치가 실패작이 되고 말았기 때문이다. 인터넷에서 레시피를 검색하여 재료를 준비하였다. 돌나물은 마당 한편에 자리 잡은 대형 화분에서 겨우내 비닐을 뒤집어쓰고 자란 것을 채취하였다. 돌미나리는 구할 수가 없어서 딴 재료 살 때 시장 좌판에서 함께 구매하여 나름대로 정성을 다하여 담갔으나 누님의 맛은커녕 아내의 맛에도 미치지 못했다. 자연히 열없는 표정이 되니 아내의 시선을 마주하기가 머쓱해졌다.

어릴 때 봄만 되면 누님이 담가 주시던 돌나물 물김치 맛이 새록새록 돋아나는 봄나물처럼 나의 뇌리에서 누님 앓이로 새록새록 돋아난다. 해마다 한식 개사초가 끝나면 고향 동네가 내려다보이는 언덕에 쪼그리고 앉아서 누님의 봄 처녀 시절 나물 캐던 코스와 환영(幻影)을 반추해 보지만 반추할 추억이 없다. 끝없는 인간의 탐욕이 농자천하지대본을 삼켜버렸으니 농촌은 기업화되고 공장화되었다.

자연히 가축들은 죄 없는 감옥살이를 하고, 개들은 죄 없다고 절규하며 석방해 달라고 항의해 보지만 주인은 개들의 주장을 묵살하는 냄새나고 시끄러운 고향 풍경이 서글프다. 순진무구함으로 위장된 농심이 반추할 만한 추억들을 포클레인 바가지로 모조리 걷어낸 결과다. 머리에 수건 두르고, 앞치마 졸라맨 옆구리에는 나물 담을 바구니를 끼고 연자방앗간 도랑을 지나서 마구할매 방구(바위)를 돌고 밤(栗) 논둑 밑에까지 가면서 달래, 냉이, 씀바귀, 쑥을 바구니 한가득 캐 와서 어린 동생들에게 쑥국과 냉잇국을 끓이고, 달래와 씀바귀 무침을 만들어 먹이기도 하였던 누님. 어린 동생들에게는 가사와 농사로 눈코 뜰 새 없는 어머니를 대신하는 보모 같은 존재였다.

　　누님이 결혼하고 고난의 행군으로 접어든 것은 사십 중반의 젊은 나이에 당뇨로 타계한 매형 때문에 본의 아니게 가장의 자리를 물려받은 데서부터 시작되었다. 가난한 집안의 장남이었던 매형이 남긴 재산이라곤 어린 오 남매와 단칸 사글셋방이 전부였다. 내가 최전방에서 군 복무하던 시절 짧은 휴가 중 집안일을 거드느라 시간이 없었던 낮 시간이 지나고 늦은 밤에야 동생과 함께 물어물어 찾아간 누님의 단칸방에는 셋째 딸의 가출로 사 남매만이 삶에 지친 표정으로 우두커니 헐렁한 고무줄 같은 시선으로 외삼촌인 나를 주목했다. 하지만 아무런 도움도 주지 못한 채 통행금지에 쫓겨 도망치듯 빠져나왔으니 짧은 만남에 가슴만 아렸다.

　　사춘기는 짜증의 덩어리이다 보니 딸의 짜증이 엄마의 질곡을 건드려 증폭된 엄마의 짜증은 다시 딸의 짜증을 공격하는 게임에서 밀려난 딸이 가출했으리라. 다행히도 큰딸이 학업을 중단하고 생활비를 벌어서 보태는 것이 기울어진 가세를 일으켜 세우는 시발점이 되었다. 가난과 질곡의 삶에서 벗어나기 시작하자 가출했던 딸도 집으로 돌아왔고, 방 두 칸짜리 전세로 이사하는 데는 그리 오랜 시간이 걸리지 않았다.

고생 끝에는 낙이 와야 하는데 마(魔)가 오는 것은 웬일일까. 속세를 떠난 중처럼 머리는 배코를 치고 산소마스크를 낀 채 가습기가 뿜어내는 하얀 기체를 쐬고 있는 누님을 병원 중환자실에서 본 것은 누님이 오십칠 세 되던 해였다. 눈 감고 있는 누님의 손을 살며시 잡아보았으나 감각이 없었다.

병원의 침대는 낮았지만, 침대를 지키는 누님의 자리는 높았다. 줄을 서는 문병객은 마치 선거 캠프에 줄을 대고 당선되면 한 자리 부탁할 사람들처럼 분주하게 이어졌다. 예상보다 빠른 차도로 일반 병실로 옮겨졌고 산재보험 적용으로 치료비는 걱정이 없게 되었다.

가장의 자리를 장남에게 이양한 덕에 가벼운 마음이었을까, 언어장애에 반신마비, 감각 이상 증세에서도 TV 보는 시간 외에는 늘 미소 작용제에 오염된 환자처럼 키들키들 웃으면서 담요에 묻은 머리카락을 떼는 일에 치중하는 것이 일과의 전부였다.

딸들은 다들 좋은 배우자를 만나서 차례대로 결혼하였다. 그러자 불혹이 넘은 장남이 장가를 가지 않는다고 강짜를 부렸다. 늦은 나이라 국제결혼을 해야 하는 것 아닌가 하는 우려는 기우였다. 능력 있는 예쁜 규수를 아내로 맞이하여 병상의 어머니에게 효도를 바치자 누님은 매형의 부름이 있었는지는 모를 일이지만 며느리를 본 석 달 후에 무지개다리를 건너는 소설 같은 생을 마감하였다.

병석에 누운 지 십 년 만이었다. 비통한 마음으로 영안실에서 염습을 지켜봐야 했다. 노잣돈을 쥐어 주고 누님의 발끝으로 가서 버선을 양손으로 살며시 감싸 잡았다. 슬픈 눈물이 흘러내렸다. 하늘나라에 가더라도 자식들 살아가는 모습 잘 지켜봐 달라고 마지막 기원을 하면서 작별을 고했다.

'자식이 효도하고자 하나 부모는 기다려 주지 않는다'라고 했던가, P 제과에 입사하여 회사 홍보 모델이 되었던 셋째 딸의 문상객들이 인산인해를 이루더니 빈소는 금방 수십 개의 화환으로 장식이 되었다. 생전의 불효 때문에 회한의 눈물을 하염없이 쏟아내는 자식들. 폭포 같은 눈물을 주체하지 못하면서도 문상객들에 대한 예를 갖추느라 분주했다.

한창 어려운 시기에 도움을 주지 못한 것이 늘 마음속 그늘로 남아 있었는데 지금은 오히려 외삼촌인 나를 걱정할 정도로 기반들을 잡았으니 이제는 흐뭇하고 안심이 된다. 장한 조카들이다.

누님의 정과 손맛이 빠진 돌나물 물김치 맛을 이제는 더 그리워하지 않을 작정이다. 누님이 어린 우리 형제들을 돌보듯이 형제의 우애를 위해서 돌나물 물김치 맛을 내 혓바닥에 남기고 간 봄나물

향기 같은 영원한 봄 처녀 누님. 누님의 정성으로 내가 형제들을 위해서 무엇을 할 것인가를 가르쳐 주고 가셨다.

비록 실패작이지만 아내를 꼬드겨 돌나물 물김치 소비를 촉진해 본다. '여성호르몬인 에스트로겐을 대체하는 성분' 때문에 "갱년기 여성들의 우울증에 좋다고 하니까 맛있게 먹자"라고 권하자 가소롭다는 시선을 던지면서도 숟가락을 드는 아내가 고맙다.

오빠와 이뿐이

'오빠'와 '이뿐이'는 나와 아내의 전화기 주소록에 각각 등록된 애칭이다.

내가 아내에게 전화를 걸면 팔푼이다운 '오빠'의 모습을 보면서 즐거운 마음으로 전화를 받고, 반대로 아내가 나에게 전화를 걸면 상큼하게 미소 띤 '이뿐이'의 모습을 보면서 기쁜 마음으로 전화를 받는다. 나이 들어 부부가 상호 존중하면서 좀 더 살갑게 지내려는 방법이었다.

어느 날 내가 건 전화기 화면을 먼저 본 며느리가 파안대소하였다. 내가 며느리에게 '오빠'와 '이뿐이'가 젊은이들의 전유물은 아니지 않으냐고 너스레를 떨자 며느리는 아버님께서 그렇게 반짝이는 면이 있는 줄은 미처 몰랐노라고 맞장구를 쳤다.

우연히 그런 사이가 된 것은 아니었다. 현직 때 힘든 고비마다 퇴직하면 한없이 노는 것이 소원이었다.

소원은 퇴직과 동시에 연금 덕분에 이루어졌다. 현직 때 꿈꾸던 '삼세기(집에서 꼬박 삼시 세끼를 챙겨 먹는 사람)'라는 화려한 백수가 되었다. 인터넷과 친구 되니 돈 들지 않고도 시간을 소비하는 데는 안성맞춤이었다. 안방에서 작은방으로 출근하여 오전 일과 마

부모는 자식의 교과서

치면 구내식당인 주방에서 점심 먹고 오후 일과 마치고 오후 여섯 시에는 안방으로 칼퇴근하는 호기를 부렸다.

그러면서도 왕후장상 대접을 받았다. 내 아내는 여느 여자들처럼 바가지를 긁을 줄 모르는 여자로 착각하고 있었다.

어느 날 돋보기를 끼고 거북 등을 한 채로 진종일 모니터에 빨려드는 꼴불견에 운동 부족으로 건강 망친다는 아내 불호령을 듣고 정신이 번쩍 들었다. 평소 적진아퇴(敵進我退)를 좌우명으로 살아온지라 즉각 아내의 진격에 일단 후퇴하는 척하면서 역습의 기회를 노리겠다고 굳게 마음먹었다.

역습의 성공은 적의 약점을 면밀하게 분석해야 한다. 그런데 아무리 분석해 봐도 아내한테는 약점이 없었다. 역습은커녕 뜨거운 눈물이 앞을 가렸다. 아주 고마운 항복의 눈물이었다.

생각할수록 고마움뿐이었다. 아내는 가진 것 없는 나를 장모님 반대를 무릅쓰고 선뜻 남편으로 선택하여 허리띠 졸라매고 내 집 마련할 때는 부동산 소장이었고, 아이들 키우느라 고생할 때는 어린이집 원장이었으며, 직업상 잦은 이사에 시달릴 때는 이삿짐 센터장이었고, 지금은 나의 건강을 관리하는 주치의요, 전속요리사인데 그런 이에 대한 역습 행위는 곧 가정파괴범이나 할 짓이었다.

활주로 굉음이 육중한 비행기를 이륙시키듯 아내의 불호령은 내 인생 이모작에 재취업 계기가 되었다.

퇴직과 동시에 나의 비행은 끝인 줄 알았는데 이뿐이 덕택에 여객을 갈아 태우고 다음 기착지로 비행해야 하는 기장처럼 아파트 경비원으로 재취업이 되어서 한없이 고마웠다.

　부처님께서 팔만대장경을 통하여 '아내는 영원한 남편의 누님이다'라고 하신 가르침이 가슴에 와닿았다. 전통시장 갈 때도 이뿐이와 함께 가고, 횡단보도를 어쩌다가 내가 먼저 건넜을 때는 손짓을 크게 하면서 누가 보든 말든 "이뿐이! 오빠 여기!" 하고 외쳐서 위치를 알려주는 장난을 칠 때도 있다.

　매일 아침 대문에서 도시락 가방 메서 오빠를 배웅하는 행복한 이뿐이의 모습을 뒤로하고 상큼한 새벽공기 마시면서 조용한 아스팔트 위를 힘차게 라이딩하는 것도 힐링이라 생각하니 하루하루가 즐겁다. 이제 이뿐이의 어떤 지청구도 오빠한테는 인생길 내비게이션이다.

　고맙습니다. 영원한 누님!

　사랑합니다. 영원한 이뿐이!

　이뿐이의 영원한 오빠로 살아가는 것이 행복합니다.

똥

요즈음은 도깨비들도 치매에 걸리는 모양이다. 우리 집에는 방망이를 던져 줘야 하는데 돌팔매질을 한 것 같다.

며느리가 손녀를 잠시만 봐 달라고 해서 울산 아들 집으로 갔다. 육아에 대한 인수인계를 마치고 며느리는 빈혈 치료를 위하여 대학병원에 입원했다. 어미와 새끼의 생이별이 있던 날 밤, 칭얼대기는 하였으나 그런대로 잘 넘겼다. 둘째 날 밤, 초저녁엔 약간 칭얼대다가 자정을 넘기자 앙탈을 부리기 시작했다. 갑자기 보들보들하던 젖꼭지가 딱딱해졌고, 맛있던 모유가 갑자기 맛이 없어졌다. 살냄새가 도무지 어미의 냄새가 아니니 안기는 품마다 허전하였을 것이다. 그칠 줄 모르는 울음은 아비와 할머니, 할아버지를 모두 공황 상태로 몰아갔다.

어미가 복용할 약 성분 때문에 갑자기 분유로 전환한 지 4일째 되던 날, 배변을 안 해서 걱정을 하던 차에 마침 주말이라 며느리가 잠시 외박을 나왔다. 새끼와 어미의 이산가족 상봉이 이루어졌다. 어미는 새끼를 물고 빨고, 새끼도 어미를 알아보고 배시시 한 미소를 연신 보내준다. 기쁨의 언어다. 기저귀가 질고, 배가 고프고, 잠이 오면 슬픔의 언어인 울음을 우는 모양이다.

5일째 되던 날도 배변하지 않았다. 며느리가 약국에 가서 글리세린을 좀 사 오란다. 약국을 몇 군데 찾아다녔지만, 일요일이라 허탕이었다. 하는 수 없이 화장용 크림을 항문에 바른다.

어미가 면봉으로 새끼의 항문을 후벼 팔 준비를 한다. 아내는 간호사 역할을 한다. 플라스틱 면봉이라 보일락 말락 하는 똥이 파지지 않았다. 아내가 얼른 귀이개를 가지고 와서 똥자루의 정중앙을 찍어서 상처 나지 않게 긁어내라고 시킨다. 메추리알만 한 똥 세 덩이가 찍혀 나왔다. 남은 똥은 좀 더 기다려 보기로 했다.

며느리와 아들이 새끼를 데리고 사진관 볼일로 외출했다. 한참 후에 아들한테서 카톡이 왔다. 하얀 종이 위에 찰흙 덩어리처럼 보이는 사진인데 흐려서 잘 보이지 않았다.

외출에서 돌아온 아들이 싱글벙글하면서 카톡 봤느냐고 묻는다. 내가 대답도 하기 전에 "그게 수현이 똥 사진이에요"라고 한다. 나는 똥 카톡을 열어 아내에게 보여주면서 함께 박장대소를 하였다.

6일째는 세 번이나 끊어서 어렵게 배변을 하였다. 똥 덩어리 세 개를 잘 정돈하여 사진을 찍었다. 아비와 어미에게 카톡으로 날렸다. 거의 동시에 답장이 왔다. 시원하겠다고.

7일째도 힘겨운 배변이었다. 손가락 한 마디쯤 내밀었을 무렵에 기회를 놓칠세라 내가 재빠르게 딱딱한 똥자루를 잡고 천천히 잡아당겼다. 기름 바른 듯 똥이 끊어지지 않고 매끈하게 빠져나왔다. 기저귀를 갈아 채운 아내가 다소 여유를 찾았다.

단단한 부분의 똥을 떼어서 엄지와 검지로 살짝살짝 눌러보며 강도를 측정해 본다. 머리를 좌우로 연신 브이(V) 자를 그리면서 눌러보고 또 눌러본다. 그러다가 킁킁 냄새까지 맡아본다. 또다시 머리로 브이 자를 그리면서도 얼굴 하나 찡그리지 않는다. 그러더니 엄지로 똥을 문질러 보면서 성분까지 살핀다. 어느 연구원 표정보다도 진지해 보였다.

8일째, 드디어 정상 배변을 했다. 다시 사진을 찍어 서울에 있는 딸한테까지 카톡을 날렸다. 딸도 사진을 보고 파안대소를 하였다고 한다. 카톡으로 똥 사진을 주고받는 사이에 손녀의 똥이 구심점이 되어 온 가족이 흩어졌던 마음을 한데 모아 함께 울고 웃는 기회가 되었다. 남들이 보기엔 냄새나고 더러운 똥이 우리 가족의 마음을 한데 모으는 고마운 똥이 되었다.

하지만 후속 치료 기간 중 30년 만에 육아를 재수하던 아내는 연일 계속되는 주야간 뒤치다꺼리로 파김치가 되다시피하면서 링거를 두 대나 맞으며 버텨야 했다. 어미는 병원 침대에서 새끼를 품지 못하는 새끼 앓이를 하였지만, 새끼는 어미가 없는 동안에도 제 몫을 훌쩍 커 주었다.

아내 덕택에 마치 고장 났던 악기 하나가 수리되어 다시 아름답고 멋있는 곡을 연주할 수 있는 가족 오케스트라로 돌아오게 된 것 같아서 매우 기뻤다. 아내는 위기 때마다 영원히 잊지 못할 공로를 세운다. 육체를 편안하게 눕히는 곳은 집이지만, 영혼까지 편안히 눕힐 수 있는 곳은 가정이다. 그 평화로운 '가정은 땅 위에 세워지지 않고 아내 위에서 세워진다'라는 속담이 생각난다. 우리 가정은 아내가 불모지에서 세운 소중한 가정이다. 무너지지 않게 잘 지키는 것은 남편인 나의 몫이다.

뿌린 대로 거둔다

전국 읍·면 지역의 관측이 용이한 지역을 지나다 보면 '바르게 살자'라는 표지석이 선택의 여지없이 시야에 들어온다. 우리 국민들이 그동안 얼마나 바르게 살지 못했으면 표지석이 우후죽순처럼 들어서게 되었나? 그 표지석을 세운 후로는 얼마나 바르게 살아가고 있는가? 자문자답하지 않을 수 없다.

황금만능 사상이나 일확천금의 허황한 꿈에서 깨어나지 못한 이기주의가 판치는 한 그 표지석의 숫자는 줄어들지 않을 것이다. 물질만 풍부하다고 해서 육체와 정신이 건강하고 행복해지는 바른 가정이 되지는 않는다는 사실을 인지해야 한다.

월탄 박종화 선생은 『금삼의 피』에서 가정의 중요성을 이렇게 말씀하셨다.

"이 도덕, 이 예절 때문에 사람은 한 집을 안정시킬 수 있고, 사회를 유지해 나갈 수 있고, 한 나라가 나라 노릇을 하고, 한 겨레가 빛을 발할 수 있는 것이다. 그러나 이것은 평범한 한 사람의 부름에 속한 사람들의 일이다. 사람 이상도 아니요, 사람 이하도 아닌 보통 사람의 할 노릇이요, 마땅히 그러해야 할 노릇이다. 그러나 도덕의 거짓 탈을 벗고 예절의 굴레를 벗어부치는 사람은 확실히 사람 이상의 사람이 아니면, 분명코 사람 이하의 인물이다. 사람 이상의 인물은 일부러 도덕과 예절의 박달과 굴레를 벗어부치려는 사람이요, 사람 이하의 인물은 예절과 도덕을 지키려야 지키지 못하는 저능아이기 때문이다."

바른 가정이 사회와 국가와 겨레에 미치는 영향이 지대함을 압축해 놓은 대목이다.

바른 가정의 기준은 무엇인가? 많은 돈을 가지고 호화로운 집에서 살면서, 대형차나 외제 차 굴리고, 입신출세한 가정만이 바른 가정인가? 그 물질적 목적을 달성하기 위해서 남이 받을 피해는 아랑곳하지 않고 지름길을 달리고, 새치기하였어도 가난한 사람들은 그저 우러러봐야만 하는가? 그렇지는 않다. 지나친 부를 가진 자도 때로는 불행해지기 때문에 중용(中庸)의 재물을 가진 자가 행복하다. 제아무리 부자도 이승에서 마지막으로 가지고 갈 수 있는 것은 호주머니도 없는 수의 한 벌뿐이다.

가족 모두가 건강하고, 화목한 가운데 도덕성과 정직성, 청렴성에 손가락질 받지 않고, 남에게 작은 것이라도 베풀면서 더불어 살아가는 그러한 행복을 느끼는 가정이 올바른 가정이요, 누구나 꿈꾸는 가정이다.

바른 가정은 가족들이 협력해서 만들어나가기 때문에 스스로 행복감을 느낀다. 행복한 가정은 가족이 화합하지만, 불행한 가정은 가족이 따로따로 논다. 그래서 부유해도 불행한 가정이 있는가

부모는 자식의 교과서

하면 어려워도 행복한 바른 가정이 있다.

바른 가정은 온 가족이 합주자가 되어서 아름답고 멋있는 곡을 연주하는 오케스트라가 되어야 하는데 한 사람이라도 삐이익 하는 이상한 소리를 내면 연주를 망치고 마는 결과와 같다.

사회가 복잡해지면서 직업 또한 다양해졌다. 여기에서 파생되는 가족 간의 의견충돌이 얼마든지 생길 수 있다. 그런 때일수록 "집 안사람이 허물이 있다 하여 몹시 성내거나 가볍게 버리지 말며, 그 일을 말하기 어렵거든 다른 일을 빌려 교회(敎誨)하라. 오늘에 깨닫지 못하면 내일을 기다려 두 번 경계하라. 봄바람이 언 것을 풀듯이 화기가 얼음을 녹이듯이 하라. 이것이 바로 가정의 규범이니라"라는 『채근담』 어록을 마음속에 깊이 새기면서 바른 가정의 구성원의 의무를 다해나가야 한다.

정직, 친절, 우정 등 평범한 도덕을 굳게 지키는 사람이야말로 위대한 사람이라는 프랑스 속담이 아니어도 도덕은 영원히 붕괴하지 않아야 한다. 붕괴하는 도덕을 바로 세우는 노력 또한 게을리 해서는 안 된다.

바른 가정의 구심점은 당연히 부모가 되어야 한다. 부모가 효심을 가지고 예의와 염치를 겸비하고 정직과 친절, 우정의 씨앗을 자식들의 마음속에 뿌린다면 반드시 뿌린 만큼 거두는 날이 온다. 부모가 착해야 효자가 난다는 속담은 바른 가정을 만드는 보증수표나 마찬가지다.

착하지 못한 부모는 자식의 나쁜 점을 모른다. 자연히 부모 따로 자식 따로 불행한 가정으로 미끄럼을 타고 만다. 착한 부모 밑에서 자란 착한 자식은 뭐든지 돈으로 살 수 있지만, 부모는 돈으로 살 수 없음을 스스로 깨닫게 된다. 그것이 바로 뿌린 대로 거두는 효과다.

바른 가정에서 자란 자식들은 대부분 효심이 강하다. 효심이 강한 자식은 자신의 목표 달성을 포기하지 않는다. 올림픽에서 우수한 성적을 낸 선수들 대부분 효성이 지극하였다. 군 복무를 모범적으로 잘 해내는 병사들 대부분이 효심이 지극하다는 것은 38년 간 군 생활을 한 나의 체험이다. 군 복무를 잘 해내야 자신의 목표를 달성하는 데 걸림돌이 없어진다는 사실을 잘 알고 있기 때문이다.

모두가 자식에게 한 점 부끄럼 없는 부모, 정직한 부모, 청렴한 부모가 되는 것은 바른 가정 만들기의 기본이다.

설마가 사람 잡는다고 하였다. 설마 때문에 법정에 불려 가면 불려가는 본인의 망신은 말할 것도 없거니와 가족들까지 얼굴을 못들게 된다. 이 나라 사법부와 경찰, 비리 사건을 취재하는 기자들이 할 일이 없어 한직이 되더라도 바른 가정 육성을 통하여 도덕성과 청렴성을 바로 세워나가야 한다.

선량한 남편은 선량한 아내를 만든다고 하였다. 선량한 남편을 다 떨어진 헌 고무신 버리듯이 버리고 떠날 악한 아내는 없다. 부부가 서로 사랑하는 모습은 자식들에게 교과서처럼 하는 가장 훌륭하고도 준열한 가정교육이 된다. 부부의 무한 사랑은 바른 가정의 응고제다. 응고제가 없어서 깨어진 가정에서 자란 아이들 마음의 상처는 치료 약이 없음을 명심해야 한다. 또한 바른 가정을 만들고 지키기 위해서는 선량한 남편이 되도록 부단히 노력해야 한다.

우리 집의 경우 나와 아내가 길을 나서면 어떤 이들은 잉꼬부부라고 칭찬을 할 때가 있다. 그런 과찬을 들을 때마다 잉꼬부부 다 얼어 죽은 모양이라고 치부한다. 잉꼬부부를 얼마나 보기가 힘들면 우리 정도의 부부를 보고 잉꼬부부라고 칭할까 하는 의아심이 생기기도 한다.

보는 사람들은 아마도 내가 아내가 시장 갈 때나 운동할 때 늘 동행하여 짐꾼이 되어주고, 보디가드 역할을 하며, 멀지 않은 곳에 살고 계시는 장모님께 하찮은 음식이라도 가져다드릴 때 등 늘 함께하는 모습을 드문드문 보고 하는 말씀으로 짐작이 간다.

나는 아내의 의견을 늘 존중해 준다. 왜냐하면 남들이 말하는 팔불출이나 공처가라고 하더라도 아내의 의견을 존중해 주는 만큼 더 좋은 의견이 늘 나오기 때문이며, 선량한 남편이 되기 위한 노력의 일환이다.

아내로부터 배운 것 중 가장 유익한 배움은 봉사와 기부다. 봉사와 기부를 배운 이후로는 스스로 중용의 재산을 가졌음을 인정하게 되었다. 선량한 남편이 되기 위한 노력의 대가라는 고마운 생각이 든다.

우리 부부가 봉사와 기부를 통하여 더불어 살아가는 삶을 실천하기 위하여 제일 먼저 시작한 것이 일손이 부족하여 허덕이는 농가의 배 봉지 씌우기였다. 그다음으로 마늘 농가에서 마늘 캐기,

과일 열매 솎기, 사과 수확 등이었다. 농업인들과 함께 땀 흘리며 일하고, 논두렁 밭두렁에 걸터앉아 새참을 먹으면서 긴긴 해를 넘기고 나면 삭신이 쑤시기도 하지만 수고한 분들의 노고를 생각해서 농산물값 비싸다고 불평하지 않겠다고 다짐을 하기도 하였다.

거리가 먼 지역으로 봉사를 하러 갈 때는 새벽밥을 먹고 가야 한다. 봉사라고 해서 내 시간에 맞춰서 늦게 가면 농가에 피해만 준다. 갈 때는 눈코 뜰 새 없이 바쁜 농업인들에게 조금이나마 도움을 드리기 위해서 아내는 반찬 한두 가지라도 꼭 만들어 간다. 그것도 작은 기부라고 생각한다. '부지깽이가 뛰는 세월'이란 속담을 보더라도 한창 바쁠 때는 반찬 한 가지 더 만들 시간이 있으면 들에 나가서 일해야 하는 것이 농촌의 현실이기 때문이다. 보는 이들은 그냥 편하게 살지 뭣 하려고 사서 고생을 하느냐고 한다.

사실 일당 몇만 원을 받으면서 먹고살기 위해서 일을 한다면 눈물이 날 일이지만 얼마간의 수확물을 현물로 받으면 복지시설을 비롯하여 필요한 곳에 기부하고 일부는 집으로 가져와서 먹기도 한다. 작은 기부이지만 연말에 기부 내용을 통보받으면 일 년 농사 추수를 끝낸 농업인의 심정이 된다.

일당으로 받아온 농작물을 맛보는 순간은 돈 주고 사서 먹는 맛과는 비교가 되지 않는다. 나의 땀이 묻어 있는 농작물이라서 맛이 좋을 수밖에 없다. 일할 때는 고달프고 힘이 들지만 끝나면 보람을 느낀다. 땀 흘리는 즐거움은 느껴본 사람만이 안다. 처음 시작할 때는 내가 과연 해낼 수 있을까 하는 의구심이 있었지만, 봉

부모는 자식의 교과서

사와 기부라는 힘이 나의 의지력과 체력을 보강해서 가능해지지 않았나 하는 생각이 든다.

아침 일찍 봉사활동 가는 날은 아들딸에게 꼭 전화한다. "엄마 아빠 오늘 봉사활동 가니까 아들딸도 수고해" 하고 전화를 하면 "힘들어서 할 수 있겠어요?" 하고 오히려 걱정한다. 부모는 자식에게 모범을 보이고, 부모의 모범을 먹으면서 힘든 직장생활에 충실하게 하는 것도 바른 가정을 꾸려나가는 양념이 아닌가 하는 생각으로 나와 아내는 봉사와 기부를 건강이 허락하는 날까지 계속할 작정이다.

가난을 대물림해서는 안 되지만 봉사와 기부는 자식들에게도 대물림해나갈 작정이다. 현재 하나둘 시작을 해나가는 중이다.

물고기는 물이 없으면 죽듯이 바른 가정 없이는 바른 사회나 국가를 기대할 수 없다. 따라서 혼탁한 사회, 위험하고 불안한 국가의 피해는 바른 가정을 육성하지 못한 우리들이 입는다는 두려움을 느끼면서 늘 바른 가정 육성을 위해서 노력해야 한다. 그것은 물고기가 살아갈 물을 준비하는 것이며, 우리 자신의 행복을 저축하는 것이기 때문이다. 살기 좋은 물에서 살아갈 물고기는 바로 우리 자신들임을 알아야 한다.

부모는 자식의 교과서

　돈으로 자식 교육을 위하여 무한 서비스하는 부모를 손꼽아 보면 세계 어느 나라 부모와 견주어 봐도 대한민국 부모들이 확실한 금메달감이다. 그러나 자랑할 만한 금메달은 아닐 것이다. 그렇게 요란스러운 교육을 해도 현실은 매스컴을 접하기가 겁이 나는 불행한 시대를 살아가고 있다. 각종 사건·사고와 비리로 연일 가슴을 쓸어내리면서 살아가고 있기 때문이다. 이러한 사회 현실은 '집에서 새는 바가지는 들에서도 샌다'라는 속담처럼 아직도 바른 가정 만들기에 공들이는 시간과 노력이 부족하다는 방증이다. 자업자득을 인정하고 모두가 자신의 가정을 한 번쯤 돌아볼 시기다.

　바른 가정은 살기 좋은 사회를 창조하는 원천이기 때문에 평생을 두고도 게을리해서는 안 된다. 영화 〈명량〉이 개봉 이래 관객 수 1,700여만 명을 기록하며 역대 흥행 수익 1위를 차지했다고 한다. 〈명량〉의 흥행에는 세종대왕과 함께 한국인이 가장 존경하는 위인으로 꼽히는 이순신 장군이 있었기에 가능했을 것이다. 모두가 안 된다고 말할 때 '필생즉사 필사즉생'의 정신으로 명량대첩을 승리로 이끈 이순신 장군의 독특한 통솔력이 우울한 사회현실과 맞물려 전 국민에게 큰 공명을 일으켰다는 사실을 누구나 잘 알고 있다.

그러나 우리는 이제 더는 이순신 장군의 통솔력에 포로가 되지 말고 장군이 차고 있는 큰 칼에 관심을 둬야 한다. 그 칼은 적의 목을 치기 위하여 시퍼렇게 날이 선 칼이다. 칼은 날 끝 하나하나가 녹이 슬어 무뎌지거나 이빨이 빠지면 무용지물이 되고 만다.

우리가 살아가는 사회를 큰 칼에 비유하면 바른 가정 하나하나가 모여서 시퍼렇게 날이 선 칼날을 이루기 때문에 장군의 통솔력에 맞먹는 큰 칼 관리의 정성을 본받아야 한다. 가정이 파탄 나면 대한민국이라는 큰 칼이 무뎌지고 이빨이 빠지면 거들떠보지도 않는 나라 꼴이 될 것이다. 어지러운 나라에서 살아가는 고통은 고스란히 바른 가정을 만들지 못한 우리의 몫이 된다. 그것이 곧 자업자득이다. 바른 가정을 만들면 저절로 바른 사회가 만들어지고 바른 사회는 우리가 모두 기분 좋게 살아갈 수 있는 꿈의 사회요, 희망의 사회다.

바른 가정의 구심점은 당연히 부모가 되어야 하고, 그 구심점이 되는 부모는 자식들에게 바른 가정교육의 교과서가 되어야 한다. 늘 가르치는 선생이 되려고 하지 말고 자식들이 스스로 보고 배울 수 있는 걸어 다니는 교과서 같은 부모가 되어야 한다.

왜냐하면, 바쁜 시간에 쫓겨 자식을 소유물처럼 과잉보호하는 시대에 자칫하면 '나는 바담풍으로 잘못 말하더라도 너희는 바람풍 해라'라는 식의 가르침이 되기 때문이다. 그러기 위해서는 언행일치를 기본으로 하여 어떠한 향락과 비리의 유혹에도 흔들리지 않을 DNA 같은 도덕성을 지녀야 한다. 양심이나 사회적 여론, 관습에 비추어 스스로 마땅히 지켜야 할 행동규범을 지키는 부모의 자식은 절대로 탈선하지 않는다.

대학을 졸업한 딸이 취업의 문을 노크하던 시절에 작성한 자기소개서에 부모로부터 영향 받았던 내용을 자신 있게 자기소개서에 적은 내용을 우연한 기회에 엿보면서 뿌듯한 자부심을 느꼈었다. 신독의 경지에서 도덕성을 확립하려는 나의 노력이 딸에게 영향을 미쳤다는 증거였다. 언젠가 딸의 친구 부모가 자신의 딸이 걱정되어서 우리 딸에게 연락해본 다음 함께 있다고 하자 안심을 했다는 얘기를 들은 적이 있다. 나의 작은 노력이 이웃에게도 도움이 되는 경우가 있다는 사실에 더욱더 도덕성 함양에 정진하리라 다짐하였다.

비리나 성범죄를 비롯하여 각종 사건·사고, 심지어는 사이버 공간에서 근거 없는 악성 댓글로 당사자를 자살로 몰고 가는 살인에 연루되어 손가락질을 받게 되면 당사자 혼자만의 망신이 아니다. 가정은 가족이라는 구성원으로 이루어진 작은 집단이기 때문이다. 부모가 손가락질을 받으면 자식은 저절로 망신을 당하고, 자식이 손가락질을 받으면 부모가 저절로 망신을 당한다는 사실을 명심해야 한다.

부모가 낮 비리는 새가 알고, 밤 비리는 쥐가 안다는 심정으로 처신하고, 남녀가 넘어서는 안 되는 선을 넘는 순간 성범죄자가 됨은 물론 가정파탄을 일으킨다는 확고한 신념이 본받을 만한 교과

　　　　　　　　　　　　　부모는 자식의 교과서

내용이 된다. 작은 가정 갈등을 화목으로 풀지 못한다면 갈등은 가정이라는 울타리를 벗어나서 사회갈등으로 번진다. 학교폭력, 군대 폭력, 사회폭력도 다 가정교육이 온전치 못했다는 증거다. 폭력은 나쁜 행위라는 예방 교육을 하지 못했다면 사후에라도 준열하게 꾸짖을 줄 아는 부모가 되어야 하는데 자식을 사랑한다는 이유로 두둔해서는 안 된다. 내 자식이 사랑스러우면 피해자의 자식은 몇 배 더 사랑스럽다는 사실을 알아야 한다.

주차 질서도 하나의 예의이자 습관이다. 신호등도 제한속도도 모두 반드시 지켜야 하는 법이다. 이러한 교육은 나라가 다 시켜줄 수가 없다. 당연히 바른 가정 교과서에서 배워야 한다. 바른 가정 교과서 교과 내용은 저절로 생기지 않는다. 끊임없는 신독심으로 교과 내용을 개발해야 한다.

'가정과 같은 직장', '가정과 같은 군대', '가족과 같이 일하실 분 모집' 등에서 알 수 있듯 바른 가정과 가족은 모든 사람의 선망 대상이다. 그러나 노력 없이 얻어지는 것은 아무것도 없다.

그런데도 대문을 나서면 함부로 침 뱉고, 담배꽁초와 쓰레기를 함부로 버린다. 남의 통행에 방해되든 말든 건널목 앞에도 소방도로에도 장애인 전용 주차장을 가리지 않고 불법으로 차지한다. 불법주차 실태를 확실한 통계 수치로 제시할 수는 없지만 외제 차나 대형차일수록 더 심각한 상태다. 이러한 행동들은 한 가정의 부모라는 사실을 까맣게 잊고 있기 때문인데 자식이 보지 않는 곳이라해서 신독심을 잊어서는 안 된다.

나는 자식들이 보지 않을 때도 주차 선을 정확하게 지킨다. 남의 주차에 피해를 주지 않기 위해서다. 통행하는 차가 없어도 빨간 불이면 건널목을 건너가지 않는다. 심야 운행 때도 빨간 불이면 파란 불이 들어올 때까지 기다린다. 음주운전을 하지 않기 위해서 모임이 있을 때는 꼭 대중교통을 이용하고, 혹 차를 가지고 갔을 때는 박절하지만, 양해를 구하고 권하는 술잔을 거절한다. 경찰의 단속이 겁이 나서도 아니고 대리 운전비를 아끼기 위해서도 아니다. 나의 안전과 상대방의 안전을 위해서다.

외출 때 다소 피곤해도 비어 있는 노약자석에 앉지 않는다. 내 나이가 국가가 인정하는 노인의 나이가 넘었지만, 다리에 힘이 있는 한 나보다 더 약자를 위하여 앉지 않는다. 일반석에 앉는 것은 무임승차자로서 염치없는 짓이다. 노약자 판단 기준은 나의 몫이다. 부모는 아무렇게나 행동을 하면서 학생이 담배를 피우면 안 되고, 길에서는 차 조심하라고 하면 지나가던 유기견이 웃을 일이다. 나는 바담풍 해도 너는 바람풍 하라는 그런 부모라면 배울 것 없는 불량교과서나 다름이 없을 것이다.

세월이 아무리 변해도 사회의 구성원들이 양심과 사회적 여론, 관습 따위에 비추어 스스로 마땅히 지켜야 할 기본도덕은 물론이고 남녀 사이의 성(性)에 관한 사회적 윤리 규범인 성도덕과 공중의 복리를 위하여 여러 사람이 지켜야 할 공중도덕이 바로 서려면 모든 가정이 바로 서야 한다. 그래서 이 시대의 모든 부모가 자식의 교과서가 되어서 바른 가정, 바른 사회를 만드는 데 앞장서야 한다.

　지금은 직업의 다양화와 교육열 때문에 기러기 부모가 많은 시대다. 나도 직업군인과 군 공무원으로 재직하는 동안 육군과 해군, 해병대 3개 군을 넘나들면서 근무하는 동안 섬 근무를 비롯하여 벽지 근무를 많이도 하였다. 자연히 밥상머리 교육을 제대로 할 수가 없었다. 하는 수 없이 편지로 소통을 시작하게 되었다. 초·중·고를 거치는 동안 일주일에 한 통씩 줄기차게 썼다. 바른 인성을 기르는 요령을 비롯하여 우정을 쌓는 요령, 약속 시각 지키기 등에 대하여 늘 메모를 해 두었다가 편지 내용에 포함시켰다.

　아들이 군에 갔을 때는 일주일에 두 통씩 썼다. 몸이 떨어져 있으니 언행에 관한 교과서 역할을 더는 할 수가 없어서였다. 그 덕분에 군 복무 기간이 몸은 비록 떨어져 있었지만, 심적으로는 훨씬 허심탄회하고도 진지한 대화의 기간이 되었었다. 부자 사이의 정을 더욱 두텁게 하는 계기가 되었으며 사회인이 된 지금도 아들 녀석은 아버지에게 감사한 마음을 가지고 있다. 전역 후 3년간 열심히 공부하여 장학생도 되었고, 중견기업에 취직하여 인정받는 직장인이 되었다.

　멀리 떨어진 자식에게 편지를 쓰는 것은 부자유친의 실천이요, 바른 가정으로 가는 소통법이다. 그리고 편지를 통해 언어라는 말보다 글이라는 문자의 위력이 대단함을 실감하였다. 말로 하면 잔소리가 될 것도 글로 하면 더 자연스럽고 감동적일 수가 있기 때문이다.

배 아프지 않고 얻은 딸 같은 며느리와도 처음에는 메일이나 문자로 소통하다가 지금은 카카오톡으로 발전했다. 아내도 며느리를 예쁘게 보고 며느리도 시어머니를 잘 따르는 편이었지만 나의 노파심은 아무래도 양가의 성장환경의 차이는 있는지라 메일을 통하여 시어머니와의 오해로 인한 고부갈등이 생길 것에 대하여 미리미리 이해를 시켰다. 그럴 때마다 며느리는 '아버님의 글은 저에게 늘 지혜와 감동을 주시네요. 걱정하지 마세요'라는 답장을 보내왔고 반듯하게 키워서 보내주신 사돈어른들이 존경스럽고 사돈댁 가풍이 부러웠다.

자식을 소유물로 착각하여 지식의 덩어리나 지식의 엑기스로 만들어 돈 버는 기계로 만들기 위하여 오늘도 숨 쉴 틈을 주지 않고 국·영·수나 예체능 학원으로 내몰지는 않는지 한 번쯤 돌아볼 일이다. 그 많은 학원은 자식의 장래를 위한다기보다는 내 자식만 학원 안 보내고 과외 안 하면 불안해지는 부모의 불안감을 해소하기 위한 것은 아닌지 진지하게 생각해 봐야 한다.

지금 경제가 어렵다고는 하지만 6·25 직후보다는 먹고살 만하다. 어린 시절에 원대한 꿈을 품을 수 있는 시간도 부여해야 한다. 먹고살기 바쁜 시간을 쪼개서라도 바른 인성을 길러서 남을 배려하면서 더불어 살아가는 좋은 사회 환경 조성을 위해서는 바른 교과서를 통한 바른 가정교육이 절실히 필요한 때다. 바른 가정 만드는 길에는 한두 가정이 참여해서는 안 되고 모든 가정이 동참해야 한다.

부모는 자식의 교과서

나는 바른 가정을 만들기 위하여 윤동주 님의 「서시」처럼 죽는 날까지 부끄럼 없이 도덕을 바로 세우기로 작정하였다. 모든 죽어가는 도덕 세우기가 나한테 주어진 길이라 생각하며 오늘도 아들딸에게 배움이 가득한 교과서가 되도록 노력해 나갈 작정이다.

미닥질 선수촌

처 이모님 댁을 나는 미닥질 선수촌이라고 하고 처 이모님을 선수촌장이라고 부른다. 식당에 밥 먹으러 가면 늘 형제간에 먼저 돈 내려고 미닥질을 하는 것이 몸에 밴 자식들이다.

처 이모님을 뵈올 때마다 현대판 의좋은 4남매를 키워내신 보기 드문 자식 교육의 교과서라는 생각이 든다. 그 사실을 알게 된 것은 정년퇴직을 앞두고 공로연수라는 휴가를 받아서 집에서 쉬는 기간이 있었는데 시골에서 농사를 지으면서 악화한 퇴행성관절염으로 고생고생을 하다가 우리 집에서 가까운 정형외과에 입원한 후였다.

처삼촌 산소 벌초하듯이 한다는 옛말이 있듯이 아주 모르는 척만 안 하고 지내면 무방한 게 처삼촌이라고 한다. 처삼촌은 아내의 삼촌이니까 처 이모는 아내의 이모다. 처삼촌이나 처 이모나 같은 촌수다. 모르는 척 지내고 싶어서가 아니라 내 직업상 떠돌이 생활을 많이 하다 보니 처 이모님과는 가까이 지낼 기회가 없었다.

'한솥밥 먹어야 한 울음 운다'라는 속담이 있다. 입원하여 수술하고 항생제를 장기간 투여하자 자극성이 없는 병원 밥이 잘 넘어가지 않는다고 하였다. 아내한테 얘기하자 먹고 싶은 음식을 파악

부모는 자식의 교과서

하여 하루에 한두 끼는 운동 삼아서 도시락 나르듯이 날라 드렸다. 다행히도 잘 잡수시고 기운을 차리시니까 보람 있었다.

멀리 사는 처남들은 마음은 있어도 매일 들여다볼 수가 없는 형편이어서 나에게 고맙다고 여기저기서 전화가 걸려오곤 했다. 집에서 가깝고 시간도 있으니 사람의 도리로 당연히 해야 하는 것이라고 하여도 제아무리 가까이 있어도 안 하는 사람은 절대로 안 하니까 고마움을 느낀다고 하였다.

저녁에는 간단한 간식을 들고 가서 이런저런 얘기를 주고받으면서 집 걱정과 농사 걱정을 잊도록 하면서 무료함도 달래주었다. 그러는 사이에 자연히 자식 키우던 얘기가 주류를 이루게 되었다.

부모 재산이 많으면 큰 싸움 되고, 적으면 작은 싸움 된다고도 하는 황금만능 시대에 자식들이 하나같이 서로서로 양보의식이 굳어졌다는 것이었다. 자식 모르게 재산을 숨기지도 않았고, 자식들 가정사에 경조사가 생기면 처 이모님부터 먼저 축의금을 내놓으시고는 나머지 자식들에게는 얼마 얼마를 내서 형제간에 한결같은 우애가 있도록 양보의 미덕과 주는 교육으로 교통정리를 하였다고 한다.

억대 연봉에 가까운 자식들이 명절에 오면 큰 집에 제사를 지내러 갈 때도 처 이모님 돈으로 미리미리 고기며 술과 과일을 따로따로 자기 몫을 들고 갈 수 있도록 준비를 하였다고 한다. 명절인데 자식들이 용돈 주지 않고 갈 자식은 없으니 그 돈이 그 돈일 수도 있겠지만, 아무튼 자식들에게 주는 것과 양보의 미덕을 가르치는 것은 쉬운 일이 아니다. 자식들이 순순히 따르기도 쉽지 않은 일인데 처 이모님의 반듯한 삶의 좋은 기운이 자식들에게 고스란히 내려간 모양이었다. 돈 욕심 때문에 명절에 형제가 모이면 싸움이나 하는 집안도 많은데 욕심을 내려놓고 양보하고 배려하는 법부터 가르치는 처 이모님은 그야말로 자식 교육의 교과서였다.

손자, 손녀 입학이나 졸업 때도 빠트리지 않고 소중한 선물을 잊지 않았으니 사회인이 되기 전부터 주는 미덕을 가르치고 그 미덕은 다시 효도로 돌아오게 하는 기술자였다. 퇴원할 때 할머니보다 덩치가 적은 손녀가 할머니를 업고 퇴원하겠다고 하는 모습을 볼 때는 요즘 아이답지 않은 모습이 감동이었다.

가끔 주말마다 교대로 들르는 처남들은 그동안 고생하였으니 밥을 사겠다고 하여 식당을 가면 나보고는 아예 밥값을 내지 못하도록 미리 단속을 한다. 멀리서 고생하다가 문병 온 처남들에게 밥 한 끼 사려고 시도를 해보지만 이젠 미닥질 선수들한테는 힘에 밀리고 돈에 눌리고 미닥질까지 밀려 상대를 해봤자 백전백패의 신세가 되었다. 아직도 생존경쟁의 현장에서는 초보자인 장손이 밥 사는 것이 안타까워 밥값을 내려고 해도 처남들이 내 양팔을 붙잡으면 포승줄에 묶인 죄수 꼴이 된다. 그래도 기분은 좋다. 의좋은 형제들의 포승줄에 묶였으니 영광이다. 이럴 때는 마치 나까지 포함해서 4남매가 아닌 5남매로 착각하기도 한다.

자식 중에 집을 산다든지 하는 경사가 있을 때도 처 이모님께서 교통정리를 하면 서로가 형님 많이 아우 많이 주기다. 그래서 집

안에 늘 즐거움이 넘치니 모두가 인생살이가 실타래 풀리듯이 잘도 풀린다. 자식들이야 그렇다 치더라도 며느리들은 가끔 가정사에 브레이크를 거는 경우가 어느 집안이나 있게 마련이지만, 처남댁들은 한 사람도 반대가 없다. 자식 교육이 성공을 거두면 며느리 복까지 많아지는 모양이다.

덕 높은 사람을 가까이 하면 복을 받는 모양이다. 처 이모님 덕분에 나는 생각지도 않은 문전옥답을 사게 되었다. 연로하신 어른께서 더는 농사를 지을 수 없어서 가산을 정리하고 자식 집으로 떠나는 논 한 두락을 샀다. 경지정리가 된 번듯한 논을 샀는데 기쁜 마음에 논두렁을 세 바퀴나 돌았다. 돌고나니 눈물이 흘렀다. 부모님 살아계실 때 땅 사는 모습도 보여 드리고, 집 사는 모습도 보여드려서 마음을 즐겁게 해드리는 효도를 했어야 하는데 너무 늦었다는 생각을 하자 풍수지탄만 느껴졌다.

복 많은 처 이모님께서 오래오래 건강하게 자식들의 든든한 울타리 되시고, 좋은 교과서로 남아주기를 간절히 기원한다.

부처님

전지전능하신 부처님은 왜 팍팍하게 살아가는 중생들에게 미리미리 필요한 기쁨을 주시지 않는지 어리석은 생각을 할 때가 많았다. 원하는 것은 많은데 도무지 이루어지지 않으니 발길을 돌리려고 하다가도 돌리지 못하는 것이 부처님을 향한 길인 모양이다.

사실 나는 아내에 비하면 불자라고 말하기는 부끄러운 수준이다. 그래도 아내의 보좌관 역할을 한다는 셈 치고 열심히 따라다니기는 하였다. 아내를 기쁘게 하는 것이 부처님을 기쁘게 하는 것이리라. 그리고 아는 것은 없어도 공든 탑은 무너지지 않는다는 심정으로 부처님을 향하여 몸을 낮추고 절간을 넘나들었다.

아내 자랑하는 놈은 팔불출이라고 하지만 최소한 내가 보는 아내는 정말 불심으로 가득 찬 보살이다. 나는 아무리 열심히 노력한다 해도 아내를 따라갈 자신이 없다. 오로지 한눈팔지 않고 조상님을 위하고 가족을 위하고 자손들을 위하여 지극정성으로 기도하는 모습은 갸륵함을 느끼게 한다.

서남 해역에 있는 추자도에 가면 용주사라는 작은 절이 있다. 30년 전 당시로서는 절해고도나 다름없는 추자도에 절을 창건하겠다는 스님이 방문하자 우리 식구 살기도 비좁은 방 한 칸을 스님께

내드리고 절이 완성되고 불자들의 축원 카드 작성과 점안 법회가 끝날 때까지 공양을 올리면서 도우미 역할을 하였다.

불사의 완성으로 추자도는 200년 동안 끊어졌던 불교의 맥을 이을 수 있었고, 부처님 오신 날이 되면 주민들이 제주도와 진도, 목포로 봉축 법회 참석을 위하여 많은 시간과 경비를 들여서 출타하던 불편을 덜게 되었으니 많은 불자가 아내에게 고마움을 표시하였다.

그런데 부처님께서는 프로 불자인 아내에게는 영험을 주시지 않고 아마추어인 나에게 먼저 주셨다. 지방대에서 장학생으로 건축공학을 전공한 아들이 4학년 2학기부터 본격적인 취업 준비를 시작했다. 그러나 건설경기 침체로 빅10 기업들은 아예 신입사원 모집이 없어서 취업 문은 좀처럼 열리지 않았고, 지방대 출신이라는 불리함도 있었으나 성적이 우수하였으니 원서를 던지는 곳마다 1차 면접 대상자로 부르는 곳은 많았다. 하루에 오전 오후 3곳이 닥치기도 하여 유망한 기업 한 곳을 선택하여 면접에 응하는 작전을 세웠으나 모두 허사였다.

원서를 접수하고 서울을 오르내리기를 수십 회. 아버지로서 도움을 줄 수 있는 것은 여비와 숙박비를 마련해 주는 것 말고는 없으니 망연자실 상태였다. 한 달, 두 달이 금방 지나가더니 12월이 되었다. 마지막으로 유망한 중견기업에 막차를 타는 심정으로 원서를 내고 면접에 임하게 되었다. 면접 시간은 오전 11시라고 하였다.

나는 면접 시간에 맞추어서 천 염주를 들고 지푸라기라도 잡는 심정으로 간절하게 부처님을 향한 일념으로 염송에 들어갔다. 물론 절까지 갈 시간은 없었다. 내 자취방에서 조용하고 차분한 심정으로 광명진언을 염송하기 시작했다. 부처님께서는 간절한 사람에게는 반드시 영험을 주실 것으로 찰떡같이 믿었다.

시간이 얼마나 흘렀는지는 알 수가 없었지만, 염송 도중에 이상한 영상이 나타났다. 아들이 면접 차림의 단정한 옷을 차려입고 난데없이 진전지(저수지) 언덕길을 뚜벅뚜벅 걸어서 올라가자 검은 치마와 흰 저고리를 입은 관세음보살님이 나타나더니 아들 목에 수건을 두르고 아기 세수 시키듯이 진전지 물을 손바닥에 척척 적셔서 얼굴을 문질러 세수를 시키고 수건으로 얼굴을 닦아주고는 사라졌다.

아들은 말없이 대웅전을 참배하고 원효암으로 올라갔다. 원효암에 도착하자 주지 스님께서는 작은 법상 앞에 아들을 앉히고 열변에 가까운 설법을 하셨다. 한참 동안 설법을 하시고는 건설공사가 착공되는 현장으로 가라고 하셨다. 아들이 도착한 공사 현장은 학교 건물을 지으려고 하는 운동장이었는데 그곳은 바로 원효암 뒤편이었다.

영상이 끝나자 염송도 끝이 났다. 마음은 기대감이나 실망감 없이 그저 평온했다.

포항 오천 운제산에 가면 오어사가 있고, 그 앞에는 진전지라는 저수지가 있다. 그런데 이상한 것은 그 큰 저수지가 아들을 세수 시킬 때는 길에서는 물까지 사람이 걸어 내려가야 물을 만질 수

부모는 자식의 교과서

있을 만큼 먼 거리인데도 마치 바로 옆에 있는 세숫대야 같았다. 그리고 원효암 뒤편은 험준한 능선인데 그곳이 운동장처럼 평평한 것도 이상하였다. 꿈을 꾸다가 깨어난 것처럼 몽롱하면서도 마음은 차분하였다.

운제산 오어사는 이런저런 인연으로 드문드문 들르던 절이었고 골짜기로 올라가면 원효암이 나오는데 언젠가 불사 때 운 좋게 용마루 불사를 한 적이 있었다. 기와 불사는 흔히 했지만, 용마루 불사는 몇 장 남지 않은 상태였었다.

보름이 지나가자 아들이 최종 합격하였다는 연락이 왔다고 기쁨의 전화가 걸려왔다. 아들도 아버지인 나도 그동안 마음의 고생이 많았지만, 부처님의 영험에 감사하였다.

합격을 위하여 부처님께서 관세음보살님을 보내주시고 주지 스님을 통하여 부처님의 가르침을 주시는 영험을 얻으려고 오랫동안 마음고생을 한 것 아닌가 하는 생각을 하면서 부처님께서 처음부터 노력 없이 기쁨을 주지 않으시는 이유를 알게 되었다. 내게 항상 기쁨이 없는 것은 나의 기도 정진의 부족함을 깨우쳐 주신 것 같기도 하다.

해마다 철철이 대입 수학능력시험 100일 기도를 비롯하여 취업 시험, 공무원 합격, 승진 시험 등 자식 잘되라는 간절한 기도를 하는 사람들의 심정이 이제는 이해가 간다. 그분들도 모두 나보다 더 큰 기쁨을 누릴 수 있을 것이다. 그 기쁨의 순서는 은행 대기표처럼 정해진 것이 아니니 부처님께서는 다소 늦게라도 골고루 기쁨을 주리라.

기쁨이 가고 나니 고통이 몰려왔다. 매일 밤 1시가 되면 목을 조르는 듯한 숨 막힘 현상이 생겨서 인근 한의원을 찾아 진맥하였다. 원장 선생님께서 무슨 걱정되는 일 있느냐고 물었다. 있다고 하자 그 걱정이 끝난 상태인지 계속되고 있는 상태인지를 물었다. 아들이 최종 합격하였으니 다 끝났다고 하자 알았다고 하면서 보름 치 약을 지어주고 며칠간 침을 맞으라고 하였다. 치료가 끝나자 폭풍 지나간 바다처럼 평온하였다.

그러나 얼마 지나지 않아서 그 고통은 부처님께서 주신 벌이라는 생각이 번쩍 들었다. 대구에서 포항이 거리가 멀다는 생각에 영험에 대한 감사 인사를 드리지 않은 벌을 주신 것이었다. 두고두고 참회하라는 벌이었다. 부처님의 영험에 감사함을 모른다면 배은망덕이 아니던가. 낮이 끝나면 밤이 시작되고, 밤이 끝나면 낮이 시작되듯이 한 가지 기도의 끝은 새로운 기도의 시작이라는 사실도 깨우쳐 주셨다.

처음 받은 영험이었다.

보시와 지계로 더욱 참회하고 정진하겠습니다.

부처님 감사합니다.

부모는 자식의 교과서

아내는 가정의 독재자가 아니다

딸은 늘 엄마를 가정의 독재자라고 빗댄다. 아내가 가정에서 모든 결정권을 차지하여 모든 일을 독단으로 처리한다는 뜻이다.

그러나 부부 일심동체라서 아내 편을 드는 것이 아니라 실제로 내가 보는 아내는 가정의 독재자가 아닌 것이 분명하다. 독재자의 구성 요소에는 유머가 없고, 독재자는 엄숙 유지를 위하여 성난 표정으로 자기의 위대함을 자만하기에 조화의 센스를 잃어야 한다. 그런데 아내는 그런 조건을 하나도 충족하지 못하는 것이 그 증거다.

손자, 손녀들과 영상통화를 할 때는 내가 흉내 낼 수 없는 개그 우먼이 된다. 언제 어디를 가더라도 명랑 쾌활한 성격과 밝은 표정은 늘 환영받는다. 겸손하고 친화력 있는 성격 때문에 어른들로부터도 귀여움을 받는다.

겉으로는 부드럽고 순하게 보이나 속은 곧고 굳세어 보이는 사자성어 외유내강(外柔內剛)에 아내를 대입한다면 외유가강(外柔家剛)이 맞을 것 같다. 집 밖에서는 부드럽고 순하게 보이나 집 안에서는 곧고 군세어 보이는 표현이 적절하다. 그 모습도 하나의 교과서 같다.

우리 가정은 외벌이하는 나는 봉급 타오는 기계였고, 아내는 박봉으로 젓갈 담는 짠순이였다. 앞만 보고 달려온 지난날을 생각해 보면 부모님께 잘 못 해 드린 것도 마음에 걸리지만, 사랑은 어차 피 내리사랑이기에 아이들에게 유행하던 삐삐 시대를 건너뛰게 한 것을 아내는 너무나도 후회한다. 친구들이 다 가지고 있었던 삐삐 를 내 자식만 가지지 못하게 하였으니 마음 아프지 않으면 진정한 부모가 아닐 것이다. 그 후회 때문에 자식에게 못 해준 것들을 손 자, 손녀에게는 마음껏 해주고 싶어 한다.

당시엔 조금은 느리게 가더라도 아이들 기죽지 않게 사 주자고 권유해봤지만, 아내의 굳은 결심은 가히 금강석이었다. 집을 살 때 도 나는 아파트를 원했지만, 아내의 단독주택 결정은 8:2 정도로 내 생각은 완패였다. 아내의 결정 덕에 마당에서 고추며, 상추, 가 지, 오이, 호박이 주렁주렁 달리는 기쁨이 넘치고 싱싱한 푸성귀를 돈 들이지 않고 먹을 수 있으니 일거양득은 다 아내 덕분이다.

가족 외식도 어느 정도 의견 일치가 무르익어 가다가도 아내가 안 된다고 하면 집 밥을 먹어야 한다. 그도 그럴 것이 아내는 요리 사 자격증은 없지만, 요리 솜씨는 뛰어나다. 이론보다는 실기에 능 한 편이다. 그래서 항상 식당 밥보다는 집 밥을 주장한다. 식당에 서 파는 음식은 여러 가지 조미료가 가미되어서 집에서 만든 음식 보다는 맛은 좋지만, 건강에는 나쁘다는 것이다.

비용 면에서도 외식비 절반 정도면 외식에 버금가는 집 밥을 맛 있게 먹고도 두세 끼 분이 남는다고 한다. 물론 힘들고, 먹고 난 뒤 설거지도 만만치 않지만, 가족의 건강을 위하여 나트륨과 조미

부모는 자식의 교과서

료가 많이 들어가서 가족의 건강을 해치는 식당 밥 먹이기를 싫어하는 성격이다. 자연히 외식 문화에 길든 자식들은 엄마의 소신을 독재로 빗댄다. 독재자 아닌 독재자가 되었으나 무능한 독재자는 아니다.

지나고 보면 아내의 결정이 잘못된 것은 하나도 없었다. 나의 의견과 아내의 의견이 절충되는 과정에서 약간의 충돌은 있을 때가 있다. 그러나 화목의 테두리를 벗어나는 일은 절대로 없었다. 작은 절충도 딸한테는 싸움으로 보이는 모양이었다. 그러나 아내의 결정 방식은 '나를 따르라'라는 식의 전투적 결정이었지만, 전부가 우리 가정을 위한 최선의 결정이었다.

그래서 딸은 휴가 때마다 떠날 때는 싸우지 말아 달라고 신신당부를 하고 떠난다. 그럴 때마다 내가 하는 대답은 우리 집은 싸움이 되지 않는 집안이라고 응수한다. 아빠가 엄마한테 항상 혼나기 때문에 싸움이 없는 집안이라고 너스레로 넘긴다. 남자는 하루라도 아내한테 혼나지 않으면 면역력이 떨어진다고 하면서.

그런 아버지를 이제는 가정의 평화 주인공으로 인정을 한다.

노벨 (가정) 평화상을 받다

아직도 어르신 소리를 들으면 기분이 나쁜 나이에 아버지의 고
희연을 한다고 아들과 딸이 야단법석이다. 코로나19를 핑계로 무
기한 연기한다고 선포를 했지만 이젠 말발이 도통 서지 않는다. 아
내를 가정의 독재자로 몰아붙이면서도 독재자의 통치력도 여지없
이 무력화되었다. 말끝마다 가만히 있으란다. 어려서는 부모가 자
식을 키우고, 늙어서는 자식이 부모를 키운다고 하더니 이제 교과
서 역할이 바뀔 시간이 된 모양이다.

적군이 쳐들어오듯이 소품 대여점에서 부쳐온 택배함을 열더니
뚝딱 상을 차렸다. 꽃과 케이크로 장식을 하고, 과일을 듬뿍 올리
고 LED 촛불을 켜니 근사한 생일상이 완성되었다. 배경 벽면에는
고희연이란 글자가 선명하게 인쇄되고, 부귀영화를 상징하는 모란
꽃 찬란한 휘장을 둘러치니 화려한 호텔 연회장을 옮겨온 분위기
였다.

정장을 갈아입고 기념촬영을 하였다. 서서 찍고, 앉아서 찍고,
손자들 안고 찍기도 하였다. 준비 과정에서는 무조건 가만히 있으
라고 하더니 사진 찍을 때는 경력 많은 PD 역할을 한다.

기념촬영이 끝나고 노벨 (가정) 평화상 기념패를 받았다. 축의금

도 듬뿍 받았다. 기념패에는 이렇게 적혀 있었다.

노벨 (가정) 평화상

사랑하는 김일태 님
귀하께서는 지난 40여 년간
노명자 여사의 서슬 퍼런
독재정권하에서도
꿋꿋이 버티어 내며 성실하고 다정한
남편이자 아버지 그리고 할아버지로서
가정의 평화 유지에
기여한 공이 지대하므로
감사의 뜻을 이 패에 담아 드립니다.
아울러 칠순을 축하드리며
앞으로도 독재자님 말씀 잘 듣고
오래오래 건강하게
꽃길만 걸으시길 기원합니다.

사랑하는 가족 일동

우리 가정에 딱 맞는 문구로 새로운 가보를 하나 창조하였다. 고이고이 간직하여 손자, 손녀들이 크면 좋은 추억과 가풍을 이어가도록 할 작정이다.

케이크를 내려서 촛불을 붙이고 온 가족이 손뼉을 치면서 이웃집이 시끄러워하는 줄도 모르고 큰소리로 생일 축하 노래를 불렀다.

마지막으로 온 가족이 늘 오늘처럼 건강하고 화목하게 살자는 뜻을 담아 와인 잔을 높이 들고 축배를 마셨다. 자식을 키우는 보람이 이런 것이라는 것을 느끼는 순간이었다. 남의 자식처럼 잘해 준 것도 없는데 반듯하게 자라준 것이 고맙다. 아무튼, 이렇게 기쁘고 평화로운 날이 자주 그리고 오래 지속되었으면 좋겠다.

　　　　　　　　　　　　　　　　　부모는 자식의 교과서

아내의 생일

아파트 경비원 2년 차에 모범 경비원으로 선발되었다. 부상으로 현금 10만 원을 받았다. 동료 경비원들과 국밥을 한 그릇씩 나눠 먹고 나니까 20kg들이 쌀 1포를 살 돈이 남았다. 그 돈으로 쌀 한 포를 사서 무료급식소를 찾아갔다.

아내가 급식 담당 보살님한테 점심 한 끼 하는 데 쌀 몇 포대가 필요하냐고 물었다. 보살님은 500명 정도니까 20kg들이 6포대가 필요하다고 하였다. 아내는 말없이 고개만 끄덕였다.

그 후 아내는 생일이 다가오자 묻지도 말고 따지지도 말고 돈 30만 원만 달라고 하였다. 모든 통장을 다 쥐고 가정 경제를 운영하는 아내는 평소 헛돈 한 푼 쓰지 않는 성격임을 아는 나는 통장을 달라고 해서 30만 원을 선뜻 건넸다. 이런 절차를 밟는 것은 아내가 나에게 통보를 하는 절차다. 통보 없이 한다고 해도 나는 결코 반대하지도 않았겠지만. 아내의 생일은 회갑년 생일이었다. 평균수명 연장으로 회갑 잔치하는 사람이 없어졌으나 가족끼리 식사 한 끼 하는 것은 관습이다.

생일 하루 전날 승용차를 쌀가게 앞으로 대라고 하였다. 아내가 시키는 대로 하자 아내는 쌀 여섯 포를 사더니 무료 급식소로 가

자고 하였다. 무료 급식 노인들이 오기 전에 일찍 갔다 오려고 했던 것이 계획보다 늦어져서 11시가 되어서야 도착이 되었다. 이미 많은 노인이 와서 급식을 기다리고 있었다. 몸이 불편한 사람은 꽤 젊은 사람도 있었다. 아내와 나는 주방에 쌀 여섯 포를 내려주고 차를 돌려서 나오려고 하는데 급식을 기다리던 할머니 한 분이 우리 부부를 보고 꾸벅 절을 하였다. 어른한테 인사를 받으니 쑥스럽고 어색하였다.

쌀을 가져다준 이튿날이 아내의 생일이었으니 점심에 생일 축하객이 500명이 온 셈이다. 가족들과 외식 한 번 할 돈으로 성대한 잔치를 한 셈이다. 이런 일도 우리 집에서는 아내가 결정하면 모두가 따라가야 한다. 아내의 이런 결정을 아이들은 늘 독재자 가정이라고 농담을 하면서 한바탕 웃음을 짓곤 하지만, 속으로는 자랑스러워한다.

아내는 천성이 장인어른을 닮아서인지 남 돕는 것을 즐거워한다. 정작 자신의 생일에는 미역국 한 그릇에 국수 한 그릇이면 만족하는 검소함이 몸에 밴 여자다. 아이들은 가정의 독재자로 몰아세워도 나에게는 언제나 둥둥 내 사랑이다.

내 생일과 아내 생일은 한 주 차이로 내 생일이 빠르다. 객지 생활 하는 아이들이 일주일 차이로 다가오는 생일을 각각 챙기기는 힘이 든다. 아내도 그 사정을 잘 안다. 그래서 항상 내 생일에 묻히고 말지만, 아내는 앞으로도 이런 성대한 생일을 보낼 것이다.

작년 생일에도 올 생일에도 학인스님들께서 공부하시는 강원에 공양물을 가지고 다녀왔다. 내년에도 갈 것이다.

부모는 자식의 교과서

하늘 같은 아내

TV 드라마를 시청하다 보면 '하늘 같은 남편' 어쩌고저쩌고하는 대사를 가끔 들을 때가 있다. 그러나 우리 집 현실 드라마에는 하늘 같은 남편이란 대사가 없다. 내가 인생의 큰 전환점을 맞아 크게 번민할 때마다 아내는 떡이 생기는 길로 인도하는 이정표 역할을 하였다. 그럴 때마다 나는 간이 작은 남자가 되어서 처분만 기다리는 자세로 살아왔지만 그래도 그 결과는 항상 만족할 만하였다.

인생 1막을 그런 식으로 살아왔다.

정년퇴직 1년여를 앞두고 인생 2막은 내가 주도권을 잡아야겠다는 오기와 자존심이 벌떡 잠에서 깨어났다. 하루아침에 땅같이 살아온 남편의 자리가 꿀려서 하늘 같은 남편의 위상을 쟁취하고자 역전의 오기를 부리기 위한 것은 아니었다.

직장생활과 아이들 교육 문제로 월말 부부와 주말부부 시절 남편 없는 집안의 가장을 대신하면서 한 고생이 주마등처럼 스칠 때마다 아내에게 진 빚에 눌려 질식할 것만 같아서였다.

그래서 설계하기 시작한 것이 전원생활이었다.

전원생활은 그저 호화롭게 시작할 필요 없이 풍수지리의 요건을 두루 갖춘 명당은 아닐지라도 그저 물 좋고 정자 좋은 살팍진 텃밭에 장난감같이 앙증맞은 집 한 채와 보기만 해도 푸근해지는 원두막 하나 짓고 싶었다. 개나리 진달래 벗 삼아 산나물 들나물 뜯고, 신록 우거진 그늘에 앉아서 부채질로 신선놀음도 하고 싶었다. 곰삭은 신록이 단풍으로 변하고 단풍의 스펙트럼에 놀란 나뭇잎이 낙엽 비를 뿌리면 억새꽃이 산비탈을 지키다가 눈꽃에 바통을 넘길 것이다. 그때쯤 괴나리봇짐 하나 꾸려서 하산하면 된다.

전원에서는 아침 운동 대신 이슬에 바짓가랑이 젖는 줄 모르고 키운 채소를 뜯으면 된다. 신세 진 사람들 찾아오면 고기 구워 굵은 쌈 아귀 입으로 밀어 넣는 희열을 느끼고 싶었다. 아내 친구와 내 친구들 찾아오면 거울같이 투명한 시냇물 속에서 알몸으로 유영하는 물고기를 상대로 줄탁동기(어떤 일을 이루기 위해서 서로 협력해야 함을 이르는 말) 같은 천렵 놀이도 하고 물똥싸움으로 더위도 식히고 싶었다. 잡은 물고기로 매운탕을 끓일 때는 우정과 인정의 양념이 들어갔으니 별도의 레시피가 필요 없다. 된장 한 숟갈 풀고 고춧가루 듬뿍 뿌려 풋고추, 대파 숭숭 썰어 넣고 한소끔 끓인 다음 밀가루 수제비 넉넉하게 뜯어 넣으면 천하일품의 매운탕이 된다. 그 국물 진한 매운탕을 안주로 권커니 잣거니 하면서 술 한 잔 입에 물고 하늘 한 번 쳐다보고 안주 한 숟갈 입에 물고 하늘 한 번 쳐다보면서 무탄소 청정 공기로 도시에서 찌든 육체와 영혼까지 말끔하게 청소하는 꿈같은 전원생활.

그 꿈을 실현하기 위하여 2011년 칠월 장마 억수 비가 윈도를 채 찍질하는 빗줄기를 뚫고 대포 고속도로를 엉금엉금 기고 꾸불꾸

부모는 자식의 교과서

불한 시골길을 내비게이션이 시키는 대로 초행길을 달렸다. 산세 수려한 보현산 자락 보현골에 있는 전원생활 체험학교 제20기로 입학하여 1박 2일간의 교육 과정을 수료하였다.

졸업식 때는 생애 최초로 등 떠밀려 하는 회장직도 맡게 되었다. 나는 아내의 허락 없는 외부 감투는 절대로 받을 수 없다고 군색스러운 엄살을 부리면서 뒷걸음질 쳤다. 그러나 동기들은 약속이라도 한 듯 일제히 손뼉을 쳐대기 시작했다. 박수가 마치 의사봉을 대신하여 만장일치로 가결되었음을 선포하는 요식행위가 되고 말았다.

회원 중에 청도로 가장 먼저 귀농한 회원 집에 몇 차례 모여 우의를 다지면서 저마다 귀농과 전원생활의 꿈을 키워나갔다. 텃밭에서 재배한 채소로 밥도 해 먹고, 관광지도 구경하러 다녔다. 포도주 터널에서는 전원생활의 성공을 기원하며 건배의 잔을 높이 들기도 하였다. 회장직을 맡은 지 1년이 지나갔다. 아내는 1년을 했으니 회장직에서 물러나란다. 고민 끝에 서울에 계약직으로 재취업하여서 올라가야 한다고 본의 아니게 착한 거짓말을 하였다. 동기들의 의아한 시선을 받기는 했지만, 회장직도 무난하게 사임하였다. 홀가분하였다.

겨울 초입부터는 전원생활의 터전 확보를 위한 현지답사에 나섰다. 《벼룩시장》과 《교차로》에 게재된 광고를 자세히 분석하여 전화 확인 후 느낌이 오는 매물이 나오면 일주에 한두 군데는 꼭 방문하였다. 영천, 군위, 의성 일대를 목적지로 정하고 수많은 다리

품을 팔았지만, 미끼 매물에 바람만 맞다 보니 씨앗 뿌릴 봄이 올 때까지도 내가 원하는 꿈의 동산은 나타나지 않았다.

넘어진 김에 쉬어간다고 어느 날 도서관에서 책을 읽다가 '농부가 되고자 한다고 누구나 농부가 되는 것이 아니고 하늘이 불러주어야만 농부가 될 수 있다'라는 대목에서 책장을 덮고 곧장 집으로 왔다.

전원생활을 포기했노라고 이실직고하자 아내가 반색하면서 잘생각했다고 하였다. 아내는 내가 그토록 하고 싶어 하기에 그저 겉으로만 동의하는 척했었노라고 실토를 하였다.

부동산에서 계약 전 마음에 딱 들지는 않아도 비스름한 물건이 있을 때 나는 늘 타석에 들어선 타자가 코치의 사인을 살피듯이 아내의 턱짓 사인을 본다. 그때마다 아내는 늘 엑스(X) 사인이었다.

지금 생각하니 하늘이 날 전원으로 불러주지 않은 것이 아니라 아내가 나를 전원으로 불러주지 않아 꿈을 접어야만 했던 전환점이었다. 아둔함에서 깨어나 놓쳤던 정신 차리고 보니 하늘 같은 아내의 손바닥이었음을 깨달았다. 인생 2막도 손바닥에 앉아서 휘파람이나 불면서 사는 것이 좋을 것 같다. 전원생활이 꽃길이 아니고 가시밭길이었을지도 모른다는 생각하니 아내의 위상이 더욱 하늘같이 높아 보였다.

부모는 자식의 교과서

300회 특집에 부치노라

사랑하는 아들딸아!

너희들과 떨어져 생활한 지도 벌써 7년이란 세월이 훌쩍 지나갔구나. 방학 때나 휴가 때 잠시 만나서 생활하는 기간을 제외하고는 매주 한 통씩 기도하는 심정으로 써온 편지가 어느덧 300통째가 되었구나. 조석으로 밥상머리에서 자식들에게 좋은 이야기를 들려주는 아버지들 못지않게 너희들과 대화를 하려는 아버지의 노력이었는데 너희들은 어떻게 생각하고 있는지 궁금하다.

몇 년 전 『유배지에서 쓴 편지』라는 다산 정약용 선생의 저서를 읽고부터 아버지는 현대판 유배 생활을 체험이라도 하는 듯한 느낌을 받은 이후로 너희들에게 더욱 열심히 편지를 쓰게 되었다.

돌이켜 보건대 육지로의 유학이라는 미명하에 어린 나이에도 불구하고 너희들을 부모의 곁을 떠나 외롭고 힘든 객지 생활을 시키는 것이 아버지로서 못 할 짓을 하는 것 같아서 늘 마음이 아팠다. 너희들을 섬 개구리로 만들지 않기 위해서였다. 다행히도 잘 적응을 해줘서 안심된다. 학문의 수준도 그다지 나쁘지 않다고 하니 아버지의 마음은 기쁘다.

오늘날 너희들이 있는 건 연세 많으신 외할머니 덕분이라는 사실을 잠시도 잊지 말기 바란다. 열과 성을 다하여 뒷바라지해 주시는 공로를 늘 감사히 생각하면서 살아가기를 바란다. 이다음 어른이 되면 그 은혜를 갚아드리기를 바란다.

300통의 편지를 쓰는 동안 아버지는 너희들에게 한 마디라도 더 유익한 얘기를 전하고자 나름대로 많은 독서를 하였다. 신문을 비롯하여 하찮은 잡지에서도 너희들에게 유익할 만한 얘기는 빠트리지 않고 스크랩하면서 기록하곤 하였다. 너희들 때문에 아버지도 많은 공부를 한 셈이었다. 함께 생활하지 못하는 불안감과 노파심 때문에 한 것이 너희들이 감당하지 못할 정도로 무리한 요구는 아니었는지 모르겠다.

가장 많이 강조했던 것이 학문 탐구와 독서 정진이었던 것으로 기억이 된다. 그도 그럴 것이 너희들의 현재 신분이 학생이기 때문이란다. 학교 수업도 충실히 해야 하겠지만 폭넓은 독서 또한 학교 수업 못지않단다.

초등학교 시절에는 주로 공중도덕과 올바른 어린이가 실천해야 할 예절에 대하여 많이도 강조하였다. 인사와 식사 예절, 가정에서 외할머니 일 거들기, 심부름 잘하기 등등 수고를 통하여 웃어른께 귀여움을 받을 수 있는 행동에 대하여 강조를 하였다. 우연하게도 딸은 반장을 여러 번 하였고, 아들은 도덕재무장 본부장 상을 탄 것이 자랑스러웠다.

중학교에 들어가서는 과목별 공부하는 요령에 대하여 강조를 하였다. 국어는 교과서 외에도 폭넓은 독서를 통하여 이해력을 증진

부모는 자식의 교과서

하면서 폭넓은 사고력을 기르도록 주문을 했고, 수학을 잘하기 위해서는 끈기와 집중력 적극성을 기르고, 추리력, 분석력, 종합력을 기르도록 주문하였다. 외국어는 리딩을 통하여 발음 연습을 하고 회화를 위해서는 문장을 구구단 외우듯이 반복훈련을 열심히 하도록 주문을 했었다. 한자는 조립식으로 습득을 하도록 요령을 일러준 결과 한문은 성적이 괜찮은 것 같더구나. 수학을 만점 받은 아들은 선생님으로부터 문제집을 상품으로 받았다고 하니 아버지 객지 생활의 고달픔을 잊게 하는 영양제가 되기도 하였다.

고등학교 시절에는 폭넓은 친구를 사귀면서 진로에 대하여 깊이 생각하도록 주문을 하였다. 이제 아버지는 너희들의 능력과 의지대로 나아가는 진로에 후원자가 될 뿐이다.

늘 효도와 우애를 강조했고, 학문 탐구의 길은 멀고도 험난하다고 얘기하였다. 생존경쟁에서는 강자만이 살아남는다는 사실도 얘기하였다. 그렇다고 해서 너무 겁먹을 필요도 없다고 얘기했었다. 학생 시절에 행복을 느끼는 요건이 무엇인지도 얘기를 했고, 성공한 사람들이 걸어온 길을 소개하기도 하였다. 하루하루 학교 생활이 힘들더라도 지금은 참아내야 함은 잠시도 잊지 말 것을 당부하기도 하였다.

자신의 꿈을 실현하기 위해서는 신념과 의지가 없이는 이루기 힘들다는 사실도 이야기하였다. 공부하는 선비가 의복 타령을 해서도 안 된다는 사실을 이야기하였고, 근면하고 검소한 생활을 하면 복이 들어온다는 사실도 이야기하였다. 용돈 절약과 검소한 의

복은 다행히도 부유한 아버지를 만나지 않았기에 잘 실천된 것으로 간주한다.

그러나 아직도 제대로 되지 않는 것이 있으니 그것은 외할머니께서 힘드셔서 어머니가 너희들과 함께 지낼 때 어머니의 마음을 편하게 해드리지 못하는 것이란다. 그로 인하여 아버지의 마음을 우울하게 만들 때도 많았음을 기억하기를 바란다. 앞으로는 너희들 뒷바라지로 새벽잠 설치면서 도시락 싸고, 밥하고 빨래하고, 청소하는 등 해도 해도 끝이 없고 표 나지 않는 집안일로 고생하는 어머니의 노고에 감사할 줄 아는 아들딸이 되어주기를 바란다.

그 외에도 밤하늘의 은하수 같은 무수한 이야기들을 적어 보냈다. 그러나 언젠가는 아버지가 편지를 쓰지 않아도 되는 성인 시절이 올 것으로 예측을 해본다. 너무 무리한 요구와 주문이 있었을 것이란 것을 아버지도 시인한다. 너희들 의식으로 감당하기 힘든 것이 있었다면 취사선택을 해도 좋다. 그러나 너희들과 아버지 사이에 한 가지만 더 약속하기로 하자. 그것은 부자유친을 바탕으로 한 신뢰다. 변함없는 신뢰.

사람은 누구나 순간적 쾌락에 빠지면 심신을 망치는 엄청난 결과를 초래한다는 사실을 잊지 말기 바란다. 컴퓨터 오락에 중독되는 것보다는 학문 탐구와 독서 정진에 중독되는 것이 훨씬 더 유익하다는 사실을 기억하기를 바란다. 모르고 지내던 것을 학문 탐구를 통하여 알게 되는 순간이 오락의 즐거움에 비유할 수야 있겠느냐?

부모는 자식의 교과서

너희들이 열심히 학문을 탐구하고 독서 정진한다면 아버지는 절해고도일망정 객지 생활을 결코 고달프게 보내지 않을 자신이 있다. 너희들 또한 아버지의 고생이 건강하고 반듯하게 성장해 나가는 데 밑거름이 되기를 간절히 기원한다. 부자유친과 신뢰를 바탕으로 너희들은 학문을 마치고, 아버지는 명예로운 정년퇴직을 맞이하도록 노력하자. 지금까지 건강하게 나의 사랑하는 아들딸로 잘 자라줘서 고맙다. 그런데 너희들에게 미안한 마음이 들어서 자꾸만 눈물이 난다.

오늘도 여기서 줄인다. 건강하게 잘 지내라.

아버지를 울린 딸의 편지

사랑하는 아빠께!

우선 항상 부족한 딸 때문에 걱정시키는 것, 그리고 지난번에 그렇게 인사도 없이 훌쩍 가버린 것 미안해. 그냥 생각 없이 떼를 쓰려던 건 아니었는데 아빠랑 얘기하다 아빠의 말투 때문에 기분이 상해서 괜히 억지를 부렸던 건 사실이야.

원래 나는 지금 회사에서도 이제 1년이 다 되어 가니까 곧 페이도 어느 정도 오를 거고, 상황을 봐서 생각보다 많이 오르지 않으면 페이도 높이고 월급으로 받을 수 있는 회사로 이직을 할까도 생각 중이었어.

그런 이후에 지금보다는 좀 더 안정되면 차를 사도 될 것 같았고, 어쨌든 올해 안으로 차근차근 실행에 옮기려고 했던 거지 당장 사야겠다는 건 아니었어.

그보다 먼저 면허를 따야 하는데 아빠 말대로 몇 달간 150만 원(세금 떼면 그보다 적지만)으로 생활하고 대구 몇 번 왔다 갔다 하면서 상황이 좋지 않아서 200만 원 얘기도 했던 거고.

그렇지만 한 가지 알아줬으면 하는 건 절대 아무 생각 없이 겉멋에 차를 사겠다는 게 아니라는 거야. 기름값, 세금, 보험 무서운

　　　　　　　　　　　　　부모는 자식의 교과서

것도 다 알아. 아빠도 알다시피 내가 일주일에 적어도 이틀은 밤을 새워야 하고 새벽에 일을 마치고 들어가는 날도 많아. 회사에서 택시비를 주기는 하지만 정해진 진행비 한도 내에서만 가능한 거고.

세상이 흉흉하다 보니 밤늦은 시간에 택시 타는 게 무서울 때도 많아. 그래서 일부러 첫차를 기다려서 들어가는 날엔 아주 많이 지쳐. 한 시간이라도 더 자면 좋을 시간에 멀지도 않은 거리인데도 지하철을 타면 두 번이나 갈아타고. 버스를 타면 먼 길을 돌아가기 때문에 길에서 40~50분을 허비하게 돼. 체력적으로 아주 힘들어서 출퇴근용으로 차가 필요하다고 생각한 거지. 절대 생각 없이 무작정 사려고 한 게 아니야.

남들처럼 잠 충분히 자고 대중교통을 이용할 수 있는 시간에 출퇴근이 가능한 직업이면 300~400만 원을 벌더라도 차 살 생각 별로 안 했을 거야. 난 돈은 많이 못 벌지만, 그래도 매일 그렇게 치열하게 살고 있어.

집에선 맨날 늦잠 자고 손도 까딱하지 않는 모습을 보고 엄마, 아빠는 게으르다고 하지만, 그건 쉬는 날에나 누릴 수 있는 내 유일한 사치야. 일할 땐 밤을 새워도 다음 날 일찍 스케줄이 있으면 시간 맞춰 일어나서 스케줄 소화 다 해.

그래서 그런 잔소리도 솔직히 서운할 때도 많아. 요즘엔 이래저래 생각이 많아. 어느 개그맨이 집 사려면 숨만 쉬고 일해야 한다는 얘길 하는데 웃음이 나는 게 아니라 정말 숨이 턱턱 막히는 것 같았어.

돈은 벌어서 의식주 해결하고 여가로 하고 싶은 일에도 써야 하는데 죽도록 일해도 돈은 안 되고 그저 아무것도 못 하고 먹고사는 데만 급급한 현실에 기운이 많이 빠져. 엄마, 아빠 세대는 그저 사는 모습들도 다 비슷하고 안 먹고 안 쓰면 돈이 모이는 시대를 살아왔지만, 지금은 안 쓰려야 안 쓸 수가 없는 환경인 데다 벌기는 더 힘든 시대야. 나도 어떻게 해야 할지 잘 모르겠을 때가 많아. 그런 것 때문에 엄마, 아빠는 더 절약을 강조하는 거겠지만 그게 참 어려워.

페이스북에 사진으로 올린 화장품들만 해도 그래. 스킨은 진작에 떨어졌는데 로드숍(저렴한 화장품들 파는 곳) 세일기간까지 샘플로 버티다가 세일하는 것들로만 산 건 데도 7만 원이나 썼어. 7만 원이면 또래 친구들이 백화점에서 사 쓰는 크림 한 통 값밖에 안 돼.

난 그 돈으로 스킨, 에센스, 클렌징 티슈, 화장 솜, 파운데이션까지 샀어.

사회생활 하다 보면 화장 안 하는 것도 지적할 때가 많아서 화장도 예의라고 할 정도라 안 할 수가 없게 돼.

그러면 스킨, 로션만 쓰면서 아끼는 건 이미 안 되는 거지. 그러면 내가 선택할 수 있는 건 세일 기간에 발품 팔아 고르고 골라 사는 거야. 그게 내 소비 생활에 있어선 최선이라는 걸 알아줬으면 좋겠어. 그리고 한 가지 아빠한테 장점도 많지만, 딸로서 부탁하고 싶은 건 글로 표현할 때처럼 말도 그렇게 조심스럽게 표현해

부모는 자식의 교과서

췄으면 좋겠다는 거야.

아빠랑 얘기하다 보면 아빠는 그런 마음으로 한 말은 아닐지라도 가끔 무시하는 투의 얘기를 할 때가 많아. 아빠 아빠가 얼마나 "능력이 없으면"이란 표현을 혹은 그런 뉘앙스의 말을 많이 하는지 모르지?

그 소릴 들으면 난 겨우 페이 수준 때문에 내가 열심히 산 것과는 상관없이 정말 루저가 된 것 같아 상처받아. 그래서 반발심에 괜히 마음에도 없는 말을 하게 되고 그래. 그나마 나는 화라도 내지만 예민하고 마음 약한 엄마한테는 좀 더 신경 써서 다정하게 얘기했으면 좋겠어. 엄마가 지난번에 운 것도 내가 엄마한테 그만하라고 해서 서운했던 게 아니라 아빠의 말투 때문이었어(이건 내 생각이 아니라 정말로 엄마가 한 말이야). 말투에도 신경 쓰고 엄마 말도 좀 들어주고 그래.

엄마는 아빠가 생각하는 것보다 꽤 합리적인 사람이야. 노후 문제 때문에 아빠가 돈 걱정 많이 하는 건 알겠는데 엄마도 그에 못지않게 생각이 많고 잘 아끼고 있어.

아빠는 무조건 싼 게 좋다고 생각하지만. 500원짜리 양말을 사서 한 번 신고 버리는 것보다는 1,000원짜리를 사서 10번 신는 게 경제적인 거잖아. 엄마는 그런 계산을 다 하고 하는 거니까 믿고 맡겨.

아무튼 하고 싶은 말은 많은데 너무 두서없이 얘기한 것 같아. 내 마음이 얼마나 이해됐는지는 모르겠지만, 이런 내 상황을 조금이라도 이해해줬으면 좋겠어. 다시 한 번 더 아빠 속상하게 한 거 미안해.

이번 주말에 대구에서 봐.

부모는 자식의 교과서

딸에게 눈물로 쓰는 반성문

사랑하는 딸아!

너의 편지를 읽고 나니 눈시울이 축축해진다. 이 편지는 너의 편지에 답장을 쓰는 것이 아니라 아버지를 자책하는 반성문이다. 세월이 그렇게 변하고 딸이 그 정도로 성숙했음을 까맣게 모르고 있었구나. 아직도 아버지는 네가 어린아이로 보였어. 그래서 교과서 노릇만 한다고 착각을 했었다. 정말 미안하다.

너의 편지를 읽고 세상을 많이 원망도 해봤다. 너를 88만 원 세대로 태어나게 해서 너무너무 미안하다. 그렇다고 해서 세상만 원망한다고 무슨 소용이 있겠느냐?

네가 상처받은 만큼 아버지도 반성할게. 정말 미안하다. 잘 정제되지 못한 언어의 습관과 약점을 아버지도 어느 정도 알고는 있지만, 너에게서 지적을 받으니 더욱 반성이 되는구나. 친구들 모임에 가도 말을 실수하지 말라는 엄마의 당부가 새삼스럽다.

치열한 생존경쟁에서 살아남기 위한 너의 몸부림이 그 정도인 줄은 몰랐다. 그러다 보니 도움을 줄 일이 무엇인지 생각하지 못하고 처음부터 노력 부족으로 남들처럼 탄탄대로를 가지 못하는 데 대한 불만이 있었던 것은 사실이었다. 그건 순전히 네가 집에만 오면 피곤해서 지나친 휴식에만 몰두하는 모습을 보고 나무만 보았지, 숲을 보지 못하는 우를 범하였구나. 지금 생각하면 차도 사 주고 맛있는 것도 사 주고 충분한 휴식을 통하여 재충전의 기회를 주지 못한 것이 너무너무 미안하고 후회가 된다.

88만 원에서 출발한 봉급이 150만 원으로 오를 때까지 열악한 환경에서 살아남기 위하여 몸부림친 너의 수고에 늦게나마 박수를 보낸다. 아버지 세대와 달라진 공과금과 통신비를 비롯하여 아끼려야 아낄 수 없는 지출도 이해가 간다. 당연히 절약도 아버지 세대와는 달라야 하겠지.

현실에 맞는 너의 검소한 생활도 높이 칭찬한다. 노후 준비 때문에 돈 걱정한 것도 사실이다. 그러나 그것은 노후에 너희들도 살아가기 힘 드는 데 도움을 주지는 못할망정 부담을 주어서는 안 된다는 생각이었으니까 이해하기를 바란다.

이제 너의 치열한 삶과 현실에 맞는 검소함, 폭넓은 사고 앞에 아버지는 시대에 부응하지 못하는 낡은 교과서를 폐기하면서 한 가지만 부탁을 하마. 돈을 얼마를 벌든지 열심히 하면 기회는 올 것이니까 부디 건강만은 잘 챙기기를 바란다. 이제 세파에도 생존할 수 있을 정도로 성장한 너를 한 마리 물고기를 방생하는 심정으로 세상으로 자유롭게 헤엄칠 수 있도록 놓아 준다.

자식이 어릴 때는 부모가 키우지만, 부모가 늙으면 자식이 부모를 키운다고 하였다. 이제는 사랑하는 딸이 부모의 교과서가 되어 주기를 바란다.

부모는 자식의 교과서

그리고 너의 아픈 마음이 하루빨리 풀리기를 바란다. 너의 아픔이 곧 아버지의 아픔이다. 아팠던 만큼 서로가 성숙해지자. 너의 솔직한 심정을 편지로 표현해 주어서 아버지 마음 후련하다. 부디 객지 생활에 건강 잘 챙기기를 바란다.

코로나19

코로나19가 엄습해 왔다. 절정기에는 700명이 넘는 환자가 확진
돼 대구는 물론이고 전국을 충격에 빠뜨렸다.

대구 최대 중심가이자 번화가인 동성로에 인적이 끊어지고, 전
국 3대 시장인 서문시장도 시장 개설 이래 최초로 1주일간 전체
휴점을 하고, 시민들은 공포 분위기 속에서 집에만 있음이 시작되
었다. 초저녁에도 대로에 차량이 끊어지고, 골목도 인적이 끊어지
기는 마찬가지였다.

상황이 심각해지자 전국에서 의료진이 몰려오고 119 구급대원
들이 지원을 왔다. 총력전에 들어간 셈이다. 시민들은 자발적으로
지원 나온 의료진에게 잠이라도 편하게 잘 수 있도록 여관방을 통
째로 내주는가 하면 철저한 위생관리하에 급식을 지원하는 자원
봉사자들이 급증하기 시작했다. 한결같이 시민이 있었기에 내가
있었으므로 그들을 치료하러 온 의료진을 지원하는 것은 당연하
다고 하였다.

그러나 정작 나는 목숨을 걸고 달려온 그들에게 미력이나마 보
탤 능력이 전혀 없다는 생각에 그저 우울하기만 하였다. 그때 아
내가 우리도 뭔가를 도와야 한다고 하였다. 영양 있는 식자재를

보내고 싶어도 어느 장소에서 어떻게 지원이 이루어지는지 도무지 알 수가 없었다. 하는 수 없이 아내와 나는 기부금으로나마 도와야 한다는 결론에 도달하였다.

아내는 집 안에서 나오는 폐지 한 장도 허투루 버리지 않는다. 모아 놓으면 내가 고물상에 내다 팔아서 별도의 통장에 모아두었다가 가끔 불우이웃 돕기를 해 왔었다. 기부금 통장을 확인하여 보니까 100만 원이 넘는 돈이 들어 있었다.

나는 지체 없이 적은 금액이지만 100만 원을 며느리 계좌로 송금하고 대구 코로나19 치료를 위하여 지원 나온 의료진에 기부를 할 수 있는지를 검색해 보도록 하였다. 기부할 방법이 없다는 연락을 받고 그렇다면 대구 지역 코로나19 치료에 쓰이도록 공동모금에 즉시 지정 기부를 하도록 하였다.

그런데 예상치 못했던 일이 벌어졌다. 아들과 딸도 부모를 따라서 각자 적은 금액이지만 기부에 동참하였다. 코로나19가 국가적 재앙이었지만 개인적으로는 자식 기부 교육을 시킬 수 있는 좋은 계기가 되었다. 자식에게 교과서 역할을 한 것 같아서 기분이 너무 좋았다.

내가 기부에 눈을 뜨기 시작한 것은 40대 중반에 절해고도에서 근무하느라 신용카드 포인트를 사용할 수 없었던 것이 계기가 되었다. 연말에 포인트 기부 안내를 받고 얼마 안 되는 포인트를 기부했는데 안내 책자와 우편료 등을 고려해 보니까 너무나 부끄러운 금액이어서 이듬해부터 기부를 시작하였다. 나보다 못한 사람을 돌아보면서 그들을 돕기 위해 나 자신은 검소해지는 이득이 생겼다.

그렇게 시작한 기부가 20년이 넘어서 내가 기부하던 회원 번호를 그대로 아들에게 승계하였다. 부자들은 유산을 상속하는데 기부금을 상속하는 것이 미안하기는 하지만 말없이 받아주는 아들이 고마웠다.

기부는 남을 도와야 하기에 나 자신이 검소해져야 한다. 40을 내다보는 아이들은 나보다 7, 8년은 앞서서 기부를 배웠다. 그 금액은 형편에 따라서 점차 늘려 가면 될 것이다. 아무튼 코로나19는 국가적 위기였지만 우리 가정에는 좋은 자식 교육의 계기가 되었다.

코로나19가 잠잠해지자 수해가 전국을 덮쳤다. 또다시 기부금 통장을 들여다봤다. 적은 금액이지만 내가 더는 가지고 있을 필요가 없을 것 같다는 생각이 들었다. 얼마 되지 않는 잔액을 용기를 잃지 않고 일어서야 할 사람들에게 돌려주었다. 바닥난 통장의 잔액은 나의 사치를 조금씩 줄여나가면 다시 쌓여나갈 것이다.

국민적 재앙인 코로나19 사태가 빨리 종식되어서 온 국민이 각자의 생을 정상적으로 영위해 나가기를 기원해본다.

부모는 자식의 교과서

하산길

현직 시절 업무가 힘들어 스트레스가 심한 고비를 맞이할 때마다 내 소원은 퇴직하면 누구의 간섭도 받지 않고 한없이 놀아보는 것이었다.

주체하지 못하는 시간을 소비하기 위하여 여행도 해봤고 친구를 만나러 다니면서 여유까지 부렸다. 아내 손잡고 정겹게 하산하는 꿈같은 노후 생활. 상상만 해도 미끄럼틀 위에서 미소 짓는 어린아이 심정이었다. 그러나 아내도 여느 평범한 여인들과 다르지 않다는 사실을 아는 데는 그리 오래 걸리지 않았다. 내가 생각하는 아내는 여생의 동반자인데 아내는 나를 집에 두면 걱정되고 데리고 다니면 거치적거리는 애물단지로 생각하고 있는 것 같았다.

인생살이도 등산과 같은 이치다. 더 올라갈 곳이 없는 정상이 바로 퇴직이다. 여생은 하산길이다. 그 길의 궁극적 목표는 건강하고 장수하기 위해서 경제적으로도 부족함이 없다면 금상첨화일 것이다. 그것은 산에서 내려올 때 안전을 보장해 주는 장비나 지팡이 같은 것이다.

나도 여느 공직자 못지않게 한눈팔지 않고 평생을 직장과 집을 오가며 가족의 생계를 위하여 일벌레 노릇을 하다가 퇴직하였다.

정년퇴직은 내 끈기의 상징이 되었고, 대한민국 정부가 수여한 훈장은 나의 정직성과 성실성을 인정하는 보증서가 되었다. 부부가 먹고 살만한 연금까지 나오니 더는 욕심 낼 필요도 바랄 것도 없으니 산절로 수절로 내려가는 인생 하산길인 줄 알았다.

평균수명이 늘어나는 만큼 준비 없는 하산 길은 점점 더 기나긴 험로가 되어 간다는 사실도 피부로 느꼈다. 건강과 경제력이 뒷받침되지 않는 하산 길은 방향감각을 상실한 고통의 길이라는 사실도 알았다.

하산 길에 내가 준비한 것이라고는 '연금'이라는 아주 작은 지팡이 하나가 고작인데도 퇴직이라는 등정의 기쁨에 도취하여 자만심에 젖은 채 하산 길로 접어들었으니 준비 없이 산을 찾은 등산객보다도 훨씬 더 위험에 처해 있었음을 뒤늦게 깨달았다. 그도 그럴 것이 연금으로 겨우 생활비를 해결해준 알량함에도 항우장사 부럽지 않은 대접을 받았으니 착각에 갇힌 철부지였다. 생각은 안전한 길로 가고 싶은데 몸은 자꾸만 수직 절벽 쪽으로 미끄러지고 있었다.

그때 나에게 안전한 하산 코스를 발견하게 해 준 것이 바로 매월 배달되는 행복한 연금 생활자의 동반자인 '연금지'였다. 퇴직 후 한동안 취업 문턱 언저리를 맴돌았지만, 자신감도 부족하고 나이 제한 때문에 취업할 만한 곳이 없었다. 자신감이 점점 더 상실되면서 퇴직 증후군 앓이를 하고 있을 때 연금지를 통하여 'G 시니어 (퇴직공무원 종합 포털)'를 접하게 되었다.

부모는 자식의 교과서

취업의 욕심을 접고 봉사활동을 원한다는 이력서를 등록하였다. 얼마 후 연락을 받고 워킹 스쿨 봉사활동에 참여하면서 저소득층 연탄 나눔과 요양원 김장 봉사, 농촌 일손 돕기 등 계절적 봉사활동에도 적극적으로 참여하였다.

G 시니어 덕택에 봉사활동을 통하여 더불어 살아가는 맛과 삶의 뿌듯함을 느낄 수 있었다. 봉사활동에 눈을 뜨게 해준 G 시니어가 나의 하산 길에 안전하게 사용할 튼튼한 지팡이를 마련해 준 셈이다. 일 연간의 봉사활동이 나의 퇴직 후 사회생활 적응력을 적잖이 길러주었고, 하산 길을 안전한 우회로로 접어들게 하였다. 그 후 워킹 스쿨 봉사활동은 힘이 별로 들지 않는 봉사활동이기에 나보다 더 나이가 많은 사람들에게 적당한 봉사활동이라는 생각이 들어서 일자리 양보 차원에서 봉사활동을 접었다.

용기를 내서 아파트 경비원 채용에 도전하였더니 경력이 전혀 없는데도 워킹 스쿨 봉사활동과 직업군인, 군 공무원 경력을 높이 평가하여 금방 채용해 주었다. G 시니어가 나에게 봉사활동에 눈을 뜨게 하였고 취업의 도약대가 되었다.

경비원이 된 지금은 무엇이든지 못 할 것이 없다는 청춘의 자신감을 되찾았다. 경비원 봉급으로 연금과 연금 사이에 보조 계단이 생긴 것 같아서 하산 길이 한결 수월해졌다. 아내도 도시락을 열심히 쌀 일거리가 생겼다고 즐거워하면서 칭찬을 해주니까 매일매일 살맛이 절로 난다.

아파트 경비 역사상 경비원이 도둑을 잡은 사실이 없다. 도난예방 장비와 경비초소를 운영함으로써 도난을 예방하는 효과가 더 큰 것이다. 경비원이 실제로 하는 일은 주변 청소와 분류배출 확인, 로비나 통로 점등 및 소등, 제초작업 같은 환경미화를 비롯하여 맞벌이가 대세인 시대에 아이들 안전도 돌봐야 하고, 부모한테 연락할 아이들에게는 전화기도 빌려줘야 한다.

지각할까 봐 걱정되는 아이의 잠도 깨워줘야 하고 하교 후에 잠시 쉬다가 잠이 든 아이는 학원 시간에 늦지 않게 잠을 깨워주기도 해야 한다. 이 모든 것을 경비의 업무 여부를 떠나서 주민이 편리해지고 원하는 일이라면 무슨 일이든지 봉사 정신으로 해내면 기분이 좋고 주민들도 좋아하였다.

산의 고도에 따라 식물 생장 등고선이 다르듯 나이와 체력에 맞는 일자리란 일자리들이 이젠 하산 길 풍광처럼 한눈에 다 들어온다. 나이가 들어가면서도 일을 즐기고 사랑하는 것은 오래된 기계를 닦고 조이고 기름 쳐서 가동 상태를 연장하는 것과 같은 이치다.

현직 시절엔 한시적으로 일하고, 몇십만 원 받는 것이 무슨 일자리냐고 생각하던 회의감을 크게 반성하게 되었다. 노인들에게는 하루 한 시간을 일하는 것도 대단한 즐거움이고, 단돈 일만 원을 받는 것도 부자들의 일백만 원보다 더 값지고 소중한 돈이라는 사실을 깨달았기 때문이다.

퇴직과 훈장에 담긴 영광과 명예를 처음엔 전부 자랑거리로 생각했었는데 이젠 빚을 갚으라는 명령장으로 보인다. 나라의 손길이 미치지 못하는 구석구석에서 나라에 진 빚을 갚으라는 준엄한 명령장. 시간적, 육체적으로 봉사할 수 없다면 기부금을 내서라도 나라에 진 빚을 갚는 것이 올바른 하산 길이리라. 봉사와 기부는 뒤따르는 동행자들의 안전을 위하여 돌멩이나 나뭇가지를 치워서 미끄럼이나 긁힘을 방지하는 유익한 역할이기에 누구나 실천해야 할 미덕이다.

평생 앞만 보고 공직자의 길을 걸어온 나에게는 이제 자식에게 물려줄 유산이 없다. 그래서 생각해 낸 것이 내가 내던 기부금을 아들에게 대물림하는 것이었다. 부자들이 보기엔 지나가던 유기견이 웃을 일이라고 하겠지만, 가난을 대물림하는 것보다야 떳떳할 것 같다.

기부를 통해서 나보다 어려운 사람을 돌아보면서 더불어 살아가는 여유로움을 갖는다면 그보다 더 좋은 자식 교육도 없을 것이다. 사실 자식 교육은 돈으로도 해결할 수도 없고 더구나 과외를 시키거나 학원을 보낼 수도 없는 노릇이다. 자식의 영혼을 살찌우기 위해서 기부금 대물림을 반드시 실천할 것이다. 대물림을 위해서 내가 내던 회원 번호 그대로 아들에게 회원 승계와 증액도 가능한지를 이미 확인해 봤다. 가능하다는 답변을 받았다.

모 복지 단체에 하던 기부가 곧 20년이 다가온다. 21년이 되는 해부터는 아들에게 대물림할 계획이다. 조건은 아들이 물려받을 때는 반드시 증액해야 한다는 조건으로. 사랑하는 아들이 즐거운 마음으로 받아 주리라 확신한다. 그때는 못난 아비가 현직 때 좀 더 많은 봉사활동을 하지 못했던 것과 좀 더 많은 기부금을 내지 못했던 것이 후회된다는 조언도 곁들일 예정이다. 부전자전하는 것이 곧 부자유친이란 사실도 교육하고 싶다.

G 시니어 덕분에 나는 이제 안전한 하산 길로 접어들었다. 여유를 가지고 조심조심 다정하게 내려가는 동행자들의 안전을 보살피는 역할이 여생의 숙명이란 생각이 드는 걸 보니 이제야 철이 드는 모양이다.

오늘도 아내가 새벽잠 설치면서 정성스럽게 싸주는 도시락 가방을 받아 메고 다정한 배웅을 받으면서 대문을 나선다. 아내의 미소 띤 얼굴보다 싱그러운 새벽공기가 내 몸에 생기를 불어넣는다.

부모는 자식의 교과서

풀무 같은 여생

    어린 시절 동네 어귀에 친구네 대장간이 있었다. 농기구를 전문적으로 벼리는 대장간이 아니고 묘지에 설치할 석물을 다듬는 데 필요한 연장을 벼리는 대장간이었다. 친구 할아버지와 아버지, 삼촌이 석수장이였기에 이른 아침에 벼린 연장을 챙겨 일을 나가면 해가 져야 돌아온다. 종일 빈 대장간이어서 요즘 아이들이 병원 놀이하듯이 틈만 나면 친구들과 어울려서 대장간 놀이를 하곤 했다.

    친구 할아버지가 슬근슬근 흥부네 박 타는 장단에 맞추어 풀무질하다가 벌겋게 달아오른 정을 집게로 집어서 모루 위에 얹는다. 친구 아버지와 삼촌은 굶주린 이리떼가 먹이를 향해 달려드는 자세로 해머질을 해대기 시작한다. 두 분이 교차해서 두들겨대는 해머질은 기계보다도 더 정확해 보였다.

    대장간 놀이를 할 때 실제로 불을 피우지는 않았지만, 교대로 풀무질을 하기도 하고, 집게로 정을 모루 위에 올리면 해머 대신에 망치로 정을 두들겨 물에다 담금질하는 흉내도 내 보았다. 놀이에 정신이 팔린 나머지 얼굴과 옷에 검정이 묻은 채 돌아가면 어머니에게 야단을 맞기도 했지만, 별도의 장난감 구매가 필요 없는 순박한 놀이였다.

지금은 석물 다듬기가 자동화되어서 대장간도 다듬기도 각자(刻字)도 필요가 없다. 하지만 자동화 전 석수장이는 종합 예술가였다. 대장일도 할 줄 알아야 하고, 원석을 채취할 때는 폭파 기술도 있어야 하며, 각종 석물의 재단과 다듬기는 목수의 기능과 조각가의 기능도 갖추어야 한다. 완성된 석물은 묘지 주변에 설치미술 기능을 발휘하는 것으로 종료된다.

올해도 문중의 연례행사인 벌초를 했다. 잡초 속에 묻혀서 숨쉬기조차 힘들던 상석들이 허연 멀끔한 모습을 드러냈다. 아버지 산소 상석은 자동화로 만들어진 상석이고 할아버지 상석은 석수장이의 수작업으로 만들어진 상석이다. 아버지 상석은 검은색에 윤기가 자르르 흐른다. 반면에 할아버지 상석은 옅은 회색을 띠고 있어서 볼품은 없어 보인다.

하지만 나는 할아버지 상석에 더 정감이 간다. 자동화가 되기 전 하나의 상석이 만들어지기까지 석수장이들이 흘린 땀과 정성이 배어 있기 때문이다. 석수장이가 하나의 상석을 만들기 위하여 투철한 직업의식과 장인정신을 발휘하던 모습이 주마등처럼 스친다.

우리 고향 마을은 화강암이 유난히도 많다. 탐석(探石)할 때는 지상과 지하의 구분이 없다. 지하의 경우 암석의 크기를 파악하기 위하여 주변 흙 파기부터 한다. 쓰일만한 돌로 판단되면 남폿구멍을 뚫는다. 몇 날 며칠 동안 뚫은 구멍에 다이너마이트를 넣고 찰흙으로 전색하여 수십 미터 밖에서 발파 스위치를 누르면 지축을 흔드는 천둥소리와 함께 돌 파편이 수십 미터까지 날아갔다.

부모는 자식의 교과서

몇 개의 덩어리로 깨어진 큰 덩어리의 돌을 원하는 석물의 크기와 비슷하게 잘라야 한다. 자르고자 하는 일직선상에 중간마다 홈을 파고 '야'라고 하는 작은 정을 여러 개 박고 차례로 해머질을 해대면 그토록 야무진 돌이지만 신기하게도 원하는 크기로 잘린다.

잘린 돌에 먹줄을 튕기고, ㄱ자로 된 철자를 이용하여 직각을 잡는다. 먹줄을 따라서 끌 망치로 모서리 깎기를 한다. 상석의 경우 직육면체가 형성되면 정으로 면을 다듬는다.

정으로 초벌 다듬기가 끝나면 곰보망치로 전면을 두들겨서 2차 다듬기를 한다. 2차 다듬기가 끝나면 깎기(목수가 사용하는 자귀와 같은 연장)로 두들기는 3차 다듬기를 한다. 3차 다듬기가 끝나면 연마석 위에다 무거운 돌을 올려놓은 기구를 두 사람이 밀고 당기는 작업의 반복 끝에 반들반들한 상석이 완성된다.

상석이 완성되면 창호지에 이름과 본관 배우자의 묘지 위치, 좌향 등을 기록한다. 상석 문을 쓴 창호지를 상석에 붙이고 각자를 시작한다. 각자 작업은 매우 정교하다. 일자 드라이버 모양의 작은 정으로 글자의 가장자리를 파기 시작한다. 글자의 넓고 깊은 곳을 팔 때는 송곳 모양의 정을 사용한다. 망치도 작은 망치를 사용한다.

완성된 상석을 운반할 때는 통상 장정 8명이 목도를 하여 옮긴다. 오르막에서는 앞에서 당겨주고, 뒤에서는 밀어준다. 상석을 들이는 날은 목도꾼들에게 먹일 음식과 제수 음식이 푸짐하여 잔칫집 분위기가 된다. 문중 후손들이 원하는 장소에 정확하게 설치를 해주고서야 석수장이의 모든 임무가 끝난다. 하나의 상석이 만들어지는 과정에서 풀무가 하는 일은 아주 짧은 단계지만, 풀무 없이는 상석이 만들어질 수 없었다.

옛날 대장장이들은 궤 풀무의 왕복 운동을 성행위로 인식했다는 기록에 실소를 금할 수 없었다. 풍로(風爐)를 자궁에 비유하고, 제련과 합금을 하던 시절에는 녹은 금속들의 합금을 결혼으로 인식하면서 자신들을 특수 계층의 신분으로 인식하고 있었다니 참으로 기발한 자긍심이었다. 기피 업종일 뿐만 아니라 뜨거운 여름에도 시뻘건 불 앞에서 비지땀을 흘려야 하는 고달픔을 그들 나름으로 날려버리는 방법이었을 것이다. 문학뿐만 아니라 모든 예술 분야에 성(性)이 약방의 감초 역을 하였듯이 대장일에도 예외는 아니었던 것 같다.

밀어도 송풍 되고 당겨도 송풍 되는 풀무. 풀무의 송풍으로 병든 연모들이 풍로에서 뜸질하고 단단한 모루 위에서 메질을 통하여 건강을 되찾는다. 슬근슬근 톱질하듯 느릿한 풀무 장단 같은 여생을 살고 싶다면 이것마저 욕심일까.

재취업의 문을 두드리던 중 "우리보다 못한 사람들 벌어먹게 놔두고 봉사활동 할 데 없나 알아봐요. 부모가 잘 살아 놔야 자식이 잘돼요"라는 아내의 지엄한 분부에 단칼에 포기하고 워킹 스쿨(초등학교 1, 2학년들의 하굣길을 안전하게 바래다주는 봉사활동)에 합류하였다. 작은 일이지만 내가 즐겁고 자식들이 잘되는 풀무질이 되었으면 좋겠다. 아내도 잘하는 짓이라고 칭찬을 한다. 부모의 올바른 삶이 자식에게 거울이 된다는 사실은 모든 부모의 철학일 것이다.

내가 동행할 녀석들이 책가방을 메어 달라고 떼를 쓴다. 못 여기는 척 받아서 멘다. 책가방을 메고 서 있는 나를 옷걸이 같다고 놀리는 개구쟁이들이지만 너무나 귀엽다. 나를 바보스럽게 생각하는 녀석들의 순진무구함이 나에게 즐거움으로 반사되는 순간이다. 있어도 그만, 없어도 그만인 것 같으면서도 없으면 안 되는 풀무처럼 사는 것이 생자의 극락이요, 천당이 아닌가 싶다.

제2부

군(軍)은
인생 연수원

어머니께서 생전에 사람이 살아갈 때는 늘 외나무다리 건너듯 살아가라고 하신 말씀이 두 가지 측면에서 잘 지켜진 것 같다.

한 가지는 작은 비리에라도 연루되지 않은 것이다. 그랬다면 다리 밑으로 떨어져 허우적댔을 것이다. 또 하나는 여성 문제에 한눈팔지 않은 것이다. 이 역시 범하였다면 다리 밑으로 추락하였을 것으로 짐작이 된다.

앞으로도 이 두 가지 문제는 최영 장군께서 황금 보기를 돌같이 하라는 말씀처럼 지켜서 죽는 날까지 자식들에게 교과서가 되고자 한다. 해군 소속으로 근무하던 시절에 생긴 '걸어 다니는 규정철'이라는 별명을 유지한 채.

노병이 가야 할 길

38년간 입던 군복을 벗었다. 시원섭섭하였다. 송별연에서 "노병은 사라지지 않는다. 다만 정년퇴직할 뿐이다"라는 농담과 함께 석별의 술잔을 높이 들기도 하였다. 특별히 잘 근무한 공로가 없음에도 불구하고 과분하게 국가로부터 보국훈장 광복장도 받고, 국가유공자로 등록도 하였다. 가족들 곁으로 돌아와서 매월 연금을 수령하면서 여유 있게 인생 2모작에 착수하게 되었다. 어느 효자가 생활비를, 어느 재벌이 기부금을 다달이 하루도 틀림이 없이 통장에 입금하겠는가?

정년퇴직은 사업자가 점포를 정리하여 셔터를 내려 폐업을 하는 것과 동일하다. 정년퇴직을 하였으니 백수 1호봉이 된 셈이다. 아직도 더 열심히 근무할 의욕과 체력이 남아 있다는 생각이 들어 미련도 남는다. 하지만 골인 지점을 통과한 선수가 체력이 남아 있다고 해서 계속 트랙을 돌아봤자 심판들이 인정해 주지도 않고, 관중들에게도 기쁨을 주지 못하는 헛수고가 된다.

필자의 군 복무는 좋게 표현하면 다양한 경험이요, 나쁘게 표현하면 파란만장 그 자체였다.

14년의 육군 복부를 마치고 전역한 후에는 해군과 해병대에서

　　　　　　　　　　　부모는 자식의 교과서

예비군 지휘관으로 일하며 육·해·공·해병대·예비군이 약간씩 다른 문화와 장점을 가지고 있음을 느낄 수가 있었다.

이러한 복무 과정에서 군으로부터 부여받은 군번도 4개나 된다. 맨 처음 논산훈련소에 입대하여 받은 병 군번, 육군 제1 하사관(부사관)학교를 졸업하고 일반 하사로 임용되어 받은 군번, 육군 보병학교를 졸업하고 장교로 임관되어 받은 군번, 대위로 전역하여 군무원으로 임용되어 받은 순번 등 네 개의 고유번호는 무덤까지 가지고 갈 숫자이다.

군이 부여한 4개의 고유번호는 나를 한 단계 높은 사람으로 업그레이드시킨 인생 연수원이었다.

요즘 나약하다고 기성세대들이 걱정하는 젊은이들이 새로운 사람으로 태어나기 위해서 신체검사에서 부적격 판정을 받을 만한 결함을 없애고자 수술을 받고 입대를 하는가 하면 다문화 가정 자녀들이 충성심을 가지고 복무를 하고 있다. 외국 영주권 소지자 자원입대에 이어서 새터민 젊은이들까지 입대를 원하고 있는 것으로 봐서 군이 새로운 사람을 만드는 인생 연수원 역할을 하고 있다는 것이 잘 증명되고 있다.

요즈음 청문회 현장에서는 본인 또는 자녀의 병역 문제가 단골 메뉴로 도마 위에 오른다. 합법적으로 면제를 받았든 비리로 면제를 받았든 국민의 4대 의무인 병역 의무를 당당하게 필한 예비역 앞에서 자랑거리는 못 된다.

나는 군 복무를 통하여 가족의 소중함을 알았고, 조직 생활을 통하여 사회성을 길렀다. 상명하복 체계하에서 예절을 배웠고, 리더십에서 대인관계를 배웠다. 힘든 훈련을 통하여 체력을 길렀고, 인내심을 키웠다.

이제 인생 2모작의 여정에 들어서서 필요한 모임에 얼굴을 내밀어도 군 출신이라 해서 무시하지 않음에 자부심을 느낀다. 군대에서 익힌 교관 생활이나 리더십이 사회 조직에서도 통하고 있음을 느낀다.

얻은 것만큼 추억도 많다. 훈련소 시절 달 밝은 밤에 보초를 서면서 고향에 계시는 부모형제를 그리워하였던 일, 실무부대에서 크고 작은 훈련 시 장거리 행군에서 탈진 직전에 반합에 배식 받은 병식을 비포장도로에 주저앉아서 먹던 꿀맛은 잊을 수가 없다.

밥 먹듯이 걸리는 새벽 비상 훈련, 옷을 입은 채 전투화 끈을 묶은 채 24시간 대기 체제를 유지하는 5분대기조 시절도 이제는 그리움이다.

철책선 근무 시에는 밤이슬을 맞기도 하고, 북풍한설에 난도질을 당하기도 하였지만 철통같은 경계 태세를 유지했던 자부심이 꿈틀거린다.

수색소대장 시절 대원들과 함께 목숨을 걸고 DMZ 미확인 지뢰지대를 통과하면서 수색 정찰 코스를 개척하였는가 하면 야간위장을 한 상태에서 소총에 실탄을 장전하고, 방탄조끼 입고, 통문을 통과하여 불시에 적과 조우할지도 모르는 매복을 나가던 추억은 인생 일대의 가장 위험하고도 힘든 과정이었다. 통문을 통과하여

부모는 자식의 교과서

가을바람 스산하게 부는 억새밭 길을 사주경계 대형으로 이동 중에 마지막 대원이 통과하면 철문 닫히는 쇳소리를 듣는 순간 가슴이 철렁한다. 내일 아침에 무사히 돌아올 수 있을까? 하는 걱정이 되기도 하였지만, 부하들 앞에서는 의연해야 했다.

중대장 시절 대대 ATT 도중에 찾아온 태풍 때문에 훈련은 중단되고 야전에 세워놓은 중대 깃발이 바람에 찢어지고, 며칠을 두고 내리는 폭풍우 때문에 철수도 훈련도 하지도 못하는 진퇴양난의 상황에서 팬티까지 젖은 상태로 며칠을 버틸 수 있었던 것은 젊음이 있었기에 가능했을 것이다. 영하의 날씨에 눈 쌓인 야전에서 혹한기 야간 야외훈련을 하던 시절을 생각하면 그때가 오히려 그리워지기도 한다. 연대 RCT 때는 사랑하는 소대장의 순직이라는 큰 슬픔을 겪기도 했다.

힘든 추억이 있었는가 하면 좋은 추억도 많았다.

DMZ 근무 22년 만에 모범 장기 근속자에 뽑혀서 제주도와 국토의 최남단 마라도를 여행하기도 하였고, 34주년 예비군의 날에는 모범예비군에도 뽑히는 영광을 안기도 하였다.

지금 생각하면 여러모로 감사한 사람들도 많다. 부족한 인간이었지만 군 조직상 상관이라는 계급과 직책 임무 수행을 성실히 참아냈던 모든 대원에게 감사드린다. 아울러 부족함이 많음에도 너그럽게 포용해 주시고 격려해 주신 모든 상급자와 지휘관님들께도 감사드린다.

살을 비비면서 잠자고, 밥 먹고, 총을 들고 함께 땀 흘리면서 훈런받던 모든 대원이 감사하다. 훈련소 시절 장거리 행군으로 탈진 직전 건빵 한 조각으로 재충전을 해주던 전우가 그립고 고맙다. 지휘력이 미숙하던 초급 장교 시절 형처럼 지도해 주던 선배님들에게도 감사하다.

철책선 근무는 2주에 한 번 외박이 허락되는 여건 때문에 잘 보살펴주지 못하는 바람에 유산을 한 아내를 관사로 데리고 가서 먹이고 재우면서 정성껏 간호해 주셨던 인간애 넘치는 대대장님 사모님 은혜가 감사하고 뵙고 싶어진다.

혹한기 훈련 때 양손에 보온병 들고 기다리다가 행군 중인 중대원들에게 따끈한 커피와 사탕을 나누어 주시던 선임하사 사모님들께도 감사하다. 그리고 단합대회 때도 맛있는 음식 들고 달려와서 중대원들의 허전한 마음에 어머니 냄새를 풍겨주시던 수고에도 감사드린다.

선봉연대 송년 파티 때 임신한 아내를 동반할 수 없었다. 혼자 참석하는 중대장은 벌금을 내라는 연대장님의 지시를 아시고 졸업을 앞둔 고3 딸내미를 파트너로 대리 참석시켜주신 이웃집 아저씨도 감사하고, 딸 출산 때 친정어머니처럼 산바라지해 주신 이웃집 아줌마도 감사하다. 한 번밖에 못 찾아뵈었는데 다시 찾아뵙고 싶다.

전방 근무 하는 아들 집에 오신 나의 아버지를 자신의 아버지보다 더 극진하게 대해 주셨던 선임하사님께도 감사드린다.

그 외에도 감사한 분들이 수없이 많지만 여기서 줄인다.

부모는 자식의 교과서

현재까지의 인생은 국가를 위하여 사생활을 버리고 헌신했다고는 하나 나를 위한 삶이었다. 여생은 아내와 건강하게 살면서 자식들로부터 효도를 받는 것이다. 몸이 건강해야 국가로부터 받은 혜택을 남을 위하여 봉사할 수 있기 때문이다. 큰일이 아닐지라도 공익과 질서에 도움이 되는 작은 일부터 남을 위한 일이라면 봉사할 작정이다.

그것이 퇴직한 노병이 걸어갈 정도이리라.

군에 간 자식에게 편지를 쓰자

자식을 군에 보낸 부모라면 누구나 내 자식이 또 다른 관심 사병이 되지 않도록 하기 위해 자식에게 편지를 써야 한다. 편지는 언어 이상으로 사람의 마음을 움직이는 위력이 있기 때문이다. 말로 표현하기 어색한 내용도 문자로는 자연스럽게 표현할 수 있으며, 말로 하면 잔소리가 될 사안도 글로 하면 감동이 되기도 한다.

내 자식이 가해자나 피해자가 되지 않고 신성한 국방의 의무를 무사히 마치고 귀가하기를 기대한다면 당장 편지 쓰기를 시작해야 한다. 자식을 바로 세우는 몫은 부모에게 있으며 군이 대신하는 데는 한계가 있기 때문이다. 자식이 군에 가서 스스로 철든 인간이 되어서 돌아오기를 기대하는 것은 순진무구함이 가득했던 농경시대의 얘기다.

한 나라의 군사력은 국력의 상징이다. 세계 유일 분단국으로 적과 대치하고 있는 우리의 상황에서는 적이 건드리기만 하면 조건 반사적으로 폭발하는 강력한 군사력이 필요하다.

강력한 군사력 완성은 군인복무규율 제4조(강령)만 충실히 이행해도 충분하다. 국군의 사명과 이념 수행이란 목표 달성을 위하여 투철한 군인 정신으로 무장하고, 전 부대원이 일치단결하여 엄정한 군기하에 철저한 교육 훈련으로 하늘을 찌를 듯한 왕성한 사기를 유지한다면 적이 언제 어느 때 도발을 해오더라도 즉각 섬멸할 수 있을 만큼 강해진다. 이렇게 강한 부대에는 절대로 사고가 나지 않는다.

무장탈영을 비롯한 강력 사고가 발생하는 부대나 개인은 대부분 기본적인 군인복무규율 제4조(강령)를 제대로 이행하지 않았다는 사실이 조사 결과 드러난다. 일단 군에서 사고가 나면 불가항력이거나 확률적으로 일어날 수 있는 사고도 외부에서는 절대로 용납되지 않는 것이 특징이다.

평시에는 팔짱 끼고 관심도 없던 언론은 당장 '軍 왜 이러나?'란 상업성 머리기사로 지면을 장식하면서 돌팔매질해댄다. 정치권도 자신들의 표밭 갈이를 위해서 주먹구구식 복무 단축과 국방 예산 삭감 분 복지비 전환 등의 공약으로 개선장군 행세하고 전방 부대 방문하여 찍은 사진으로는 자신의 업적으로 홍보하다가도 사고가 나면 군에 삿대질을 해대는 것이 현실이다.

이는 총체적 안보 불감증의 대표적 사례다. 지금은 총성이 들리지 않으니 잠시 평화스러워 보인다. 그러니 평화 시 군대는 여름철 굴뚝이나 난로로 취급한다는 증거다. 그래서는 안 된다. 여름철(평화 시)일수록 굴뚝을 고치고, 난로에 기름칠하여 잘 보관했다가 온 식구(국민)가 겨울철(전시)에 대비하는 것이 올바른 안보 의식이다.

군은 국민의 진정한 지지와 성원이 담긴 명예와 사기를 먹고 국토방위에 임하는 조직이다. 군이 물고기라면 국민은 물이기 때문이다. 가끔 부대에서 발생하는 총기 사고는 매우 안타깝고 불행한 사고임은 틀림없다. 하지만 나는 평생 군복을 입고 병사를 관리하였고, 아들 녀석을 사병으로 복무시키면서 국토방위에 헌신했던 국민의 한 사람으로서 군의 잘못을 질책하기 전에 사회적 환경을 되돌아보고 온 국민이 함께 책임 의식을 느껴야 한다고 주장한다.

자유분방함을 넘어서서 무소불위의 환경에서 자라나 신호등 색깔에 구분 없이 이어폰 꽂고 손가락으로는 끊임없이 문자메시지를 보내면서 행진하는 모습은 가히 대한민국이 통화 중인 나라라는 실감이 나게 한다. 컴퓨터 앞에 앉으면 폭력 게임 삼매경에 빠지니 귀와 눈이 망가지는 줄을 모른다. 풍요로운 의식주와 부모의 과잉보호가 나 자신밖에 모르는 세대로 성장하도록 부채질한 결과 그림자도 밟지 않을 정도로 존경받던 스승들이 학생 관리가 골치 아파 명예퇴직 선택을 고민하기에 이르렀다.

그러한 세대를 관리해야 하는 군이 관심 사병 관리에 발목이 잡혀서 전투력 향상이 지장을 받아서는 안 된다. 그렇다고 해서 결코 포기해서도 안 되는 일이다. 그것은 농부가 농사를 포기하는 것과 같다. 농사를 포기하는 것은 곧 식구가 굶을 것을 각오해야 하기 때문이다.

농사도 기름진 옥토에서는 밑거름이나 화학비료 없이도 작물이 잘 자란다. 나의 경험으로는 반듯하게 성장하고 효성이 지극한 병사는 어느 부서에서 어떠한 임무를 부여해도 임무 수행을 잘 해낸다는 사실을 피부로 느꼈다.

부모는 자식의 교과서

반면에 척박토일수록 밑거름이나 화학비료 없이는 농사를 지을 수가 없다. 병사 관리도 농사와 비슷하다. 지휘관의 관심이 뽑고 뽑아도 다시 자라나는 잡초를 뽑는 일이라면 전문 상담사의 상담은 짧은 기간에 효과를 내는 화학비료와도 같은 것이다. 그러나 부모의 관심은 작물이 생장하는 전 기간에 걸쳐서 큰 효과를 내는 밑거름이다. 따라서 부모가 쓰는 편지는 자식을 바로 세우는 밑거름인데 그 역할을 군이 대신해줄 수는 없는 노릇이다.

나의 사랑하는 아들은 서부 전선에서 사병으로 군 복무를 마쳤다. 지원 입대를 하였고, 보병대대 군수병으로 근무를 마쳤다. 졸병 시절은 잠시 60밀리 분대에서 근무한 적도 있었다. 추운 날씨에 혹한기 훈련도 견디기 힘들었지만, 연일 계속되는 주둔지 주야간 훈련 중 생활관을 출입할 때마다 안경 흐림 현상 때문에 고생도 많았다. 훈련은 훈련대로 하면서 군수병 업무 숙달을 위해서 1인 2역을 하였다. 여름에는 졸병에게 샤워할 시간은 부여하지도 않고 선임병은 땀내 난다고 면박을 주었으니 불쾌지수가 높았을 것이다. 회의 준비하다 보면 아침을 제시간에 먹지 못하는 때도 잦았다고 하였다.

자유를 마음껏 누리면서도 진정 자유에 대한 고마움을 느끼지 못하다가 정해진 시간이 되면 먹기 싫어도 먹어야 하고, 자기 싫어도 자야 하며 나 혼자만의 공간에 길든 아이가 단체 생활에 적응하기가 쉽지 않았을 것이다. 연일 계속되는 교육 훈련은 안락하던 심신에 피로감이 쌓아 왔을 것이 눈앞에 선했다.

그래서 내 자식의 고통은 나 스스로 해결하기로 작정하였다. 고민 끝에 아들을 위하여 기도하는 심정으로 일주일에 편지 2통씩을 쓰기로 작정하고 바로 실천에 옮겼다. 때로는 스트레스 해소를 위하여 스포츠신문 여자 연예인 천연색 화보도 스크랩하여 동봉하였다.

부모가 자식의 정신적 지주가 되어 주지 못한다면 그 누구도 대신할 수가 없다는 확고한 신념으로 수직적, 수평적 관계 정립과 인내심을 기르는 요령 등에 대하여 늘 메모를 해 두었다가 편지 내용에 포함시켰다. 선임병이 네 얼굴에 침을 뱉더라도 당장 닦으면 그 선임병의 뜻을 거역함이 되기 때문에 마를 때까지 기다릴 정도로 화나는 일이 있더라도 꾹 참으라는 타면자건(唾面自乾, 다른 사람이 나의 얼굴에 침을 뱉으면 절로 그 침이 마를 때까지 기다린다는 뜻으로, 처세에는 인내가 필요함을 강조하여 이르는 말)을 강조한 결과 지금 직장생활 적응에도 많은 도움이 되었다고 실토를 하였다.

군 복무 기간이 몸은 비록 떨어져 있었지만, 심적으로는 훨씬 허심탄회하고도 진지한 대화의 기간이었다. 부자 사이의 정을 더욱 두텁게 하는 계기가 되었으며 사회인이 된 지금도 아들 녀석은 아버지에게 감사한 마음을 가지고 있다. 전역 후 3년간 열심히 공부하여 장학생도 되었고, 중견기업에 취직하여 인정받는 직장인이 되었다.

복무 당시에 가끔 수신자 부담 전화가 걸려올 때는 농담 삼아 "유류고 제초 작업은 했나?" 하고 물으면 "아니요. 예초기가 고장이 나서 못 했어요" 하고 대답한다. "대대장님한테 지적 안 받도록 낫으로라도 제초 작업 빨리 해라" 하면 알았다고 진지하게 대답하였다. 이런저런 얘기를 나누다가 군대 생활 힘들지 않으냐고 물으면 힘들지 않다고 착한 거짓말을 하는 것이 보이기 시작하였다. 착한 거짓말이 늘어갈수록 관심 병사 군에서 안심 병사 군으로 진입을 하였다는 믿음이 누적되었다. 그래도 전역하는 날까지 펜을 놓지 않았다.

군에 간 자식에게 편지를 쓰는 것은 부자유친의 실천이요, 자식이 바로 서고 국방력이 막강해지는 밑거름이다. 먹고살기 바빠서 편지를 못 쓴다는 것은 소 잃고 외양간 고치기나 다름이 없다. 자식은 부모의 희망인데 자식 넘어지고 먹고사는 것이 윤택해진들 마음이 편하겠는가. 물고기에게 물을 공급하듯이 군이 심기일전할 수 있도록 그리고 내 자식이 바로 설 수 있도록 변함없는 애정을 담은 편지를 써야 한다.

내 이름을 더럽히는 군인이 되지 말자

우주상에 존재하는 삼라만상이 다 이름을 가지고 있으니 사람이 태어나서 이름을 가지는 것은 지극히 당연하다. 사람마다 각각 다른 개체를 의미하는 이름이 있고, 본명 외에 자나 호를 사용하던 풍습이 애칭을 사용하는 세태로 변하더니 요즘 젊은 세대들은 배 속에 있는 태아까지 한시적인 이름으로 태명을 쓰기도 한다. 그것도 태아가 자라면서 초음파에 의하여 자연스럽게 성별이 감별되면 성별에 맞는 이름으로 바꾸기도 하니 태어나기 전에 이름을 두 개씩이나 사용한 후에 태어나는 시대가 되었다.

나의 이름은 초음파가 없던 시절에 태어났으니 태명은 없었음이 확실하다. 아들 선호 사상이 존재하던 시절이니 아버지께서 기분 좋게 작명가 선생님을 찾으셨으리라 짐작이 간다. 시골 오일장 좌판에 돗자리 펴고 돋보기 쓰신 작명가 선생님 찾아가서 태어난 생년월일시를 말씀 드렸을 것이다.

그러나 조상 대대로 쓰는 김 자와 대동보의 항렬자인 태자는 작명가 선생님께서 선자(選字)할 몫이 아니고 중간자인 일(日)자를 작명 이론에 따라 사주와 맞게 선자를 하시느라 이만저만 고민이 아니셨을 것이란 짐작이 든다. 아들 이름 지었다고 어깨에 힘을 주

부모는 자식의 교과서

고, 목에는 잔뜩 깁스한 자세로 파장에 친구들 불러 모아 주막집에서 대폿잔깨나 기울이셨을 것이니 긴긴 해가 넘어가고 장돌뱅이들이 짐 싸는 줄도 모르셨을 것이다. 땅거미가 젖어든 비포장도로를 취기에 흔들흔들 갈지자걸음으로 걸어 집에 도착한 뒤 작명지를 어머니께 내미는 순간부터 정식으로 호명되기 시작하였을 것이다.

초등학교에 입학하기 전인 유아기에는 동네 어른들과 친구들이 주로 이름 두 자를 불러 주었고, 학교에 입학한 뒤로는 선생님들께서 성을 포함하여 석 자를 불러 주셨다.

나는 군대 생활 38년간 육군에서는 국방색, 해군에서는 흰색, 해병대에서는 빨간색 명찰을 붙이고 다녔지만 내 이름을 그리 사랑하지 않았었다. 왜냐하면 군복에 명찰을 부착하는 것은 복무규율과 규정에 의한 것이었지 내가 내 이름을 사랑해서는 아니었기 때문이다. 그런 어리석은 경험이 있었기에 이 시간에도 군장부에서 군복에 명찰을 부착하는 군인을 보면 멋보다는 자신의 이름을 관리하고 사랑하라고 권하고 싶다.

또한 나의 군 복무 기간에 이름 석 자는 행정적인 이름으로 사장되었다. 현역 시절은 김 소위, 김 중위, 김 대위처럼 계급이 이름을 대신하였고, 전역 후 예비군 지휘관 시절 24년간 이름 대신에 중대장이란 직책이 이름을 대신하였다. 그러하였으니 이제부터라도 사장되었던 내 이름을 내가 책임지고 관리하면서 사랑하겠다는 생각이 절절해진다.

작명하는 이유는 대부분 이름으로부터의 기대하는 발복 때문이다. 그러나 내 이름에서 여태까지 발복이 있었다면 곰국으로 치면 두 번은 우려먹고 세 번째 우린 국물로 미역국 끓여 먹을 지경에 이르렀을 것이다.

그래서 내 이름에서 발복은 접어 두고 나의 의지와 노력의 감응이 이름으로 역류하여 이름이 명예로워지도록 하는 데 최선을 다하고자 하였다. 군인은 군 복무를 성실하게 하려는 의지와 노력의 감응이 바로 자신의 이름으로 전이되어 발복한다는 사실을 알아야 한다.

발복이 왕성한 이름을 지었다고 감나무 밑에 누워서 홍시가 입 안에 떨어지기를 기다리는 것은 어리석은 짓이다. 나는 평범한 이름일지라도 안전한 높이까지 감나무에 올라가서 홍시를 따서 먹는 것이 바로 노력과 의지의 감응이 이름으로 전이되어 명예로운 이름이 되는 것이요, 발복하는 이름으로 변한다고 믿었다.

작명의 기준이 발복이 기본이 되다 보니 개똥이, 쑥개, 꼭지, 끝출, 끝님 등 토종 이름들이 사라졌다. 잔병치레 없이 건강하게 자라라는 뜻으로 개똥이와 쑥개라는 이름을 짓기도 하고, 딸 많은 집안에서는 아들을 낳기 위한 눈물겨운 노력으로 꼭지라는 이름을 쓰기도 했으며, 가족 계획이 없던 시절 출산 끝내려는 간절한 소원을 담아 끝출이, 끝님이라고 지었는데 지금은 흔적 없는 이름이 되었다.

이름이 나에게 무한의 발복을 내리기를 기다리지 말고 내가 이름의 발복을 위하여 어떠한 의지와 노력을 쏟아부을 것인가를 생

부모는 자식의 교과서

각하는 것이 자신의 이름을 자기가 책임지고 관리하고 사랑하는 길이다.

일과를 시작하기 전에 내 이름을 위하여 오늘 무엇을 열심히 할 것인가 생각하고 잠들기 전에는 오늘 내 이름을 걸고 최선을 다하였는가 생각하자. 부족한 점을 내일도 보충하고 모레도 보충하다 보면 전역을 할 때쯤은 자신의 이름에도 많은 발복이 되어 있음을 느낄 수 있게 된다. 이러한 노력은 무덤까지 계속되어야 한다. 인생의 끝이 전역이 아니기 때문이다.

세 살 때 나쁜 버릇 여든까지 간다고 하는데 군대에서 생긴 나쁜 버릇이나 오점이 여든까지 간다면 자신의 미래는 불을 보듯 뻔하다. 세월이 아무리 흐르고 변한다 해도 정직성과 도덕성, 최선을 다하는 노력은 변하지 않는다.

자고 나면 세상이 혼탁해지고, 흉흉해지는 것도 다 자신의 이름을 책임지고 관리하면서 사랑하지 않는 사람들 때문이다. 모든 사람이 자신의 이름이 더러워지는 것을 두려워한다면 하루아침에 가정을 파괴하는 성폭력, 학교 폭력이 사라질 것이다. 강절도가 사라지는 것은 물론이고, 하늘을 지붕 삼아 떠도는 노숙자들에게 몇 푼의 미끼로 이름 빌려 부당한 대출로 사기 치는 행각도 없어질 것이다. 자신의 이름과 양심은 어디에다 전당을 잡히고 벼룩에게서 간을 빼먹겠다고 칼을 들고 설치는지 필설로는 표현할 수 없는 악행이다.

매일매일 기분 좋은 병영을 만드는 것은 좋은 물을 만드는 것이다. 좋은 물에서 살아갈 물고기는 바로 군 복무하는 나와 전우들이다. 그러기 위해서 각자가 자신의 이름이 더러워지지 않도록 책임지고 관리하고 사랑해야 한다. 권위형 통솔이 가고 민주형 통솔이 자리 잡은 민주 군대에서 기분 좋은 병영 분위기 만들기는 나의 몫임을 알아야 한다. 기분 좋은 병영 생활은 시간이 너무나 빨리 지나가기 때문이다.

자신의 이름이 더러워지면 부모의 이름은 저절로 더러워진다는 사실을 두려워할 줄 알아야 한다. 좋은 일로만 평생을 살아도 시간이 부족한데 순간의 잘못으로 자신의 인생을 만신창이로 만들어서는 안 된다.

자신의 실체요, 빛이 없는 밤에도 그림자처럼 따라다니는 고마운 이름을 스스로가 책임지고 관리하고 사랑해야 한다. 그리고 자기의 이름이 범죄자의 손에 들어가지 않도록 쇠사슬로 묶고, 자물쇠로 잠가서 안전하게 관리해야 한다.

세상에 공짜는 없다고 하였다. 노력하지 않고 이름에서 발복이 없다고 식은 죽 먹듯이 개명하는 행태는 개명 후에도 별반 달라질 것이 없다. 내가 예비군 지휘관 시절 직업상 말썽을 피우는 대원들의 이름은 빨리 기억하는 습관이 있었는데 어느 날 그 이름이 없어져서 확인해 보면 개명이 되어 있는 경우가 있었다. 이름은 변했지만, 사람은 그대로인 아이러니다. 공짜를 바라는 개명이나 사기 치고 개명이라는 뒤꼍으로 숨는 비겁한 삶은 결국 자신의 이름만 더럽힌다는 사실을 당사자들이 빨리 알아차린다면 살기 좋은 세

부모는 자식의 교과서

상은 더욱 빨리 올 것이다.

내 이름을 더럽히면 군의 명예를 더럽히는 비굴한 군인이 된다. 잊혔던 자신의 이름에 먼지를 털고 잘 관리하고 사랑하여 쿨한 병영 분위기를 만드는 데 앞장서자.

신독은 만인의 백신

'신독(愼獨)'의 사전적 의미는 '홀로 있을 때도 도리에 어긋남이 없도록 삼감'으로 되어 있다. 혼자 있을 때 도리에 어긋남이 없는 사람은 여럿이 있는 데서는 더욱 정중하게 될 것이기 때문이다. 그러한 사람들끼리 조직을 이룬다면 그 환상적인 조직에는 법이나 규정이 필요 없을 것이다. 하지만 전지전능한 신들이 모인 조직이 아닌 이상 그러한 조직은 현실적으로 존재하기가 불가하다.

로마 제정 시대 역사가 타키투스는 "나라가 부패하면 부패할수록 이에 비례하여 법률이 늘어난다"라고 하였다. 우리의 현실에서도 자고 나면 새로운 법률이 생겨나는데 비리에 연루된 피의자들이 검찰의 호출을 받는 일이 비일비재하다. 한때는 너무나 정직해 보여서 존경받던 분들이 검찰 청사 앞까지는 고개를 들고 도착하여 청렴결백을 주장하면서 당당하게 카메라 앞에서 포즈를 취한다.

그러나 조사를 받고 나올 때는 다수가 고개를 숙이면서 나온다. 또 어떤 분들은 조사를 받기도 전에 극단적 선택으로 사건을 마무리하기도 한다. 이러한 현상은 다 마음속 신독의 부재 때문에 일어나는 현상이다. 신독이라는 강력한 백신으로 예방접종이 되어 있다면 어떠한 비리에도 걸려들지 않기 때문이다.

부모는 자식의 교과서

신독의 부재로 일어나는 비리 중에 군과 가장 밀접한 비리가 신종 병역 비리다. 브로커의 알선으로 멀쩡한 신체를 환자 바꿔치기로 등급 조정이나 병역 면제를 받는 신종수법은 다 검은돈을 거래할 목적으로 이루어진다. 해당 병역 의무자, 브로커, 의료진 등 모두가 신독의 부재로 돈에 눈이 멀어 도리에 어긋나는 짓인 줄 알면서도 삼가지 않았기 때문에 이런 일에 연루된다.

내가 가기 싫은 군대는 남도 가기 싫다는 사실을 알아야 한다. 성실하게 국방의 의무를 다하는 사람들도 얼씨구나 하고 입대하지는 않았을 것이다. 하지만 법률을 지키고 도리를 다하기 위하여 즐거운 마음으로 기꺼이 임하는 것은 다 신독의 위력 때문이다. 다들 즐겁게 자진해서 입대하여 병역의 의무를 다한다면 애당초 병역법은 입법도 하지 않았을 것이다.

검은돈을 주는 사람도 나 혼자요, 받는 사람도 나 혼자라는 순간의 착각이 문제다. 주는 사람과 받는 사람이 상호 감시 관계에 있다는 사실을 망각하는 순간이 없어야 한다. 주는 손이 받는 손을 배신하기도 하고 받은 손이 주는 손을 배신하기도 한다. 그래서 완전 범죄는 성립될 수가 없다는 사실을 인지해야 한다. 혼자 있을 때도 자신의 그림자로부터 감시받는다는 심정으로 신독에 길들어야 한다.

한때는 명예와 신의, 정의를 목숨처럼 지키다가도 잠시 정직과 절제, 겸손을 망각한 순간에 불행이 찾아든다. 법은 지키지 않아도 내가 편하고 이익이 있다고 해서 안 지키면 지키는 사람들에게는 그만큼의 불편과 불이익이 돌아간다는 사실을 알아야 한다.

신독이 무너지는 순간의 결과는 가정파탄이나 패가망신으로 이어질 뿐만 아니라 주변 사람들과 사회에도 크나큰 손해를 끼친다. 지위가 높은 사람의 신독이 무너지면 피해는 더욱 커지게 된다. 나무도 큰 나무가 넘어지면 더 큰 피해를 가져오듯이. 그래서 지위가 높은 사람일수록 늘 신독을 통하여 마음의 중심을 잃지 않도록 뼈를 깎는 노력을 기울여야 한다.

신독이란 백신의 항체가 생긴 남성이라면 여성이 남성의 허리띠를 풀고, 지퍼를 내려도 성폭행이나 성추행은 일어나지 않는다. 고위공직자 임명을 위한 국회 청문회를 보면 당당한 후보자와 그렇지 못한 후보자의 차이는 바로 신독 충만 정도에서 발생됨이 여실히 드러난다.

공직자라면 24시간 지역 주민들로부터 감시를 받고 있으며, 동료 직원들로부터도 이중 감시를 받는다는 생각으로 마음속에 신독을 키워나가야 한다.

비근한 예로 신독이 충만된 사람이라면 최소한 근무 시간 중 골프 파동에는 휩싸이지 않았을 것이다. 그런 면에서 신독은 공직자뿐만 아니라 만인의 비리 예방이 100% 보장되는 백신이나 다름이 없다. 어떤 사람이 와서 팔을 잡아당겨서 끌고 가더라도 근무 시간만큼은 골프를 쳐서 안 된다는 사실을 알기 때문에 따라나서지 않을 것이다.

골프는 근무 시간 외에 즐겨야 한다는 사실을 잊고 신독이 무너진 상태에서 골프 한 번 치다가 처벌받고 파면되면 부끄러운 남편과 아버지가 된다. 평생을 땀 흘리며 쌓아 올린 공든 탑이 하루아침에 무너지고 만다.

신독의 주성분은 정직성과 도덕성이기 때문에 그것이 타락하거나 해이해져서는 절대로 안 된다. 그러므로 신독은 제조도 본인 스스로가 하고 주사도 스스로 놓아야 한다.

나는 과거 상급 부대로부터 58마일이나 떨어진 절해고도에서 17년여간 근무를 한 적이 있다. 예비군 자원도 많지 않고 상급 부대 지휘관이 천리안을 가진 것도 아니기 때문에 업무와 무관한 짓을 해도 감시를 받지 않는 사각지대였다. 하지만 민폐 근절을 모토로 한눈팔지 않고 근무한 결과 시간이 지남에 따라 점차 칭찬의 소리를 들을 수 있었다. 신독은 내 마음속의 신앙이었고, 교과서 같은 부모가 되기 위한 노력이었기 때문이다.

그 결과 이임 시에는 과분하게도 면민 일동 명의로 감사패도 받았다. 물론 이 시간에도 많은 공직자가 누가 알아주지 않더라도 묵묵히 자신의 소임을 다하는 모범적인 분들이 더 많이 있기 때문에 희망적이다.

돌이켜 보면 면민들을 위해서 아무것도 한 것이 없었다. 나 자신의 공직생활에 오점을 남기지 않기 위해서 신독을 키우면서 맡은 바 임무에 최선을 다했을 뿐이었다.

부임 초기에는 섬사람들의 배타성에 맞서기 위하여 오로지 공명정대한 업무 처리와 법규만을 준수하다 보니 몰인정하고 융통성 없는 인간으로 손가락질하던 주민들도 10여 년이 지나자 한결같이 근무하는 모습을 보고 양식 있는 주민이 하나둘씩 입을 열기 시작했다. "공직자는 면 대장처럼 저렇게 근무해야 해"라는 지지의 발언이 점점 칭찬의 발언으로 확산한 결과였다.

칭찬의 결실을 보는 데 결정적 역할을 한 것은 바로 스스로 제조하고 스스로 주사하면서 길러온 신독의 덕분이었다.

만인이 신독의 위력으로 끔찍한 살인이나 강도를 없애고, 성추행이나 불법 로비, 부실 공사, 불법 주정차, 위장전입을 없애고, 칼 없는 살인 행위인 루머나 악플도 없애고, 평생을 심신에 상처를 안고 살아가야 하는 성폭력 근절되고, 마음 놓고 먹어도 되도록 불량식품을 퇴치해 살기 좋은 사회가 이룩되어야 한다.

그것이 바로 과거의 가난한 동방예의지국을 부유한 동방예의지국으로 재탄생시키는 길이다. 신독은 만인의 백신이요, 사회를 건강하게 만드는 청정제임을 알아야 한다.

부모는 자식의 교과서

통일 독일을 부러워 말자

불순 세력의 회오리바람이 온 나라를 휩쓸고 갔다. 겨울 삭풍이 낙엽을 쓸어가듯 국민의 마음속 평화를 모조리 쓸어가는 듯한 광경에 말 한마디 못 한 채 언론의 보도만을 지켜만 봐야 하는 안타까움. 평화를 사랑하는 국민이라면 누구나 같은 마음이었을 것이다. 평생 군복을 입고 국가안보를 위하여 헌신했던 나로서는 참담하고 허탈하였다.

뼛속까지 평화주의자라고 항변하는 세력이 구치소에 갇히던 날 평소 술을 입에 대지 않던 나였지만 몇 년 묵은 과실주 한 잔을 마시고 나서 편안하게 잠들 수 있었다. '평화', 입으로는 누구나 쉽게 외칠 수 있다. 뼛속까지 평화주의자를 구치소에 가두는 광경이 외국인들의 눈에는 어떻게 비쳤을까. 자못 궁금하다.

그러나 그들이 외치는 평화와 우리 국민과 세계인이 바라는 평화는 너무나도 다르다는 사실을 알아야 한다. C. 타키투스는 "불쾌한 평화는 전쟁보다 해롭다"라고 하였고, J. W. 괴테는 "평화에는 두 가지 힘이 있다. 그것은 정의와 예절이다"라고 하였다. 불순 세력이 부르짖는 평화는 그들만의 평화지 국민들에게는 불쾌한 평화다. 그들의 정의는 불쾌한 정의요, 예절은 털끝만큼도 찾아볼 수가 없다. 그들이 주장하는 평화를 국민이 외면하는 이유는 바로 오만불손한 태도로 평화와 정의를 부르짖기 때문에 국민들이 지지하지 않는다.

대명천지를 무서운 줄 모르고 통신과 철도, 가스, 유류를 차단하겠다는 획책을 꾸미는 세력을 누가 평화주의자라고 믿을 것인가. 문제는 불순 세력이라고 하는 것이 하루아침에 일망타진되지 않는다는 사실이다. 불순 세력 척결은 마치 농부가 잡초를 뽑고 또 뽑으면서 추수를 하듯이 통일이 되는 날까지 계속되어야만 한다.

나는 불순 때문에 상처받은 마음을 치유하러 '낙동강 세계 평화 문화 대축전' 행사장을 찾았다. 현장에 도착하고 보니 현직 중대장 시절 국방부 정훈국에서 실시하는 산업 시찰 때 다녀갔던 왜관지구 전적기념관 바로 앞이었다. 넓은 둔치에 평화를 상징하는 애드벌룬이 평화롭게 흔들거리고 있었다.

행사장을 들어서자 한국전쟁 발발에서부터 종전에 이르기까지 생생한 광경이 사진으로 전시되어 있었다. 해외 참전국 전사자에게 추모의 예를 갖추고 맨 먼저 분단의 아픔을 느끼는 현장을 찾았다.

DMZ 철책과 구 동서독 철책을 전시해 놓은 분단의 현장에서 현직 소대장 중대장 시절로 돌아가 철모 쓰고, 군복 입고, 배낭 메고, 소총을 휴대하는 체험을 통하여 방전된 평화를 충전하는 기회를 가졌다. 어떤 사진작가는 모델이 좀 되어달라고 요청하였다. 한 장의 사진이 평화정착에 조금이라도 도움이 된다면 하는 생각으로 선선하게 응해 주었다.

부모는 자식의 교과서

이곳저곳 둘러보다가 한국전쟁이 치열하던 시기에 포탄을 지게로 져 나르는 체험장에서는 직접 포탄 지게를 져 보았다. 적과 맞서 싸우는 전투원의 역할도 중요하지만, 전투를 지원하는 근로자들의 노고가 있었기에 오늘의 평화가 지켜지지 않았나 하는 고마운 마음이 들었다.

해외 참전 16개국과 의료 지원 5개국 문화관을 돌아보고 나자 낙동강 방어선 체험 존에서는 전쟁의 참상을 회억시키는 각종 퍼포먼스가 전개되고 있었다. 모든 주제가 평화를 지향하는 훌륭한 내용으로 꾸며졌다. 공연장 무대에서는 해외 참전국 참전용사들을 초청하여 소개함으로써 그들과 그들 국가에 대한 존경심과 감사함을 표하기도 하였다.

그래도 장래가 밝은 것은 꿈나무 같은 학생 관람객이 많은 점이었다. 장차 나라의 안보 중심에 설 학생들의 영혼 속 깊이 평화의 뿌리가 내린다면 그 어떤 불순 세력도 비집고 들어올 틈이 없을 것이기 때문이다.

통일 독일의 철책을 만지작거리면서 부러워만 할 것이 아니라 우리도 합심 단결하여 불순 세력 척결을 필두로 차근차근 준비하면 통일은 언젠가는 오기 때문이다. "전쟁의 준비는, 평화를 지키는 가장 유효한 수단의 하나다"라는 G, 워싱턴의 미 의회 연설을 다시 한번 상기해 본다.

안보의 소리는 소음이 아니다

공동주택이 주거 문화의 대세를 이루다 보니 층간 소음이 사회적으로 문제가 되고 있다. 흉기 난동에 방화 사건이 일어나기도 하고 무자비한 폭행으로 이어지기도 한다. 이러한 층간 소음으로 인한 분쟁에 지레 겁을 먹은 어느 젊은 부부가 미리 아래층 거주자를 찾아가서 양해를 구했다.

초인종을 누르자 은발의 노부부가 문을 열고 맞아 주었다. 아이들을 기르고 있기 때문에 다소 소음이 발생하더라도 이해를 해 달라는 요지의 말씀을 드리면서 깍듯하게 예를 표했다. 노부부는 걱정하지 말고 아이들이나 건강하게 잘 키우라는 배려의 답변을 건넸다.

며칠 후 노부부께서는 아이들이 좋아하는 과자와 음료수를 사들고 위층 젊은 부부 집을 찾았다. 우리 부부가 적적하게 사는데 아이들이 적적하지 않게 해줘서 고맙다고 하였다. 우리가 자식 키우고, 손자 키우던 생각이 난다면서 아이들의 머리를 쓰다듬어 주면서 건강하게 자라라고 격려의 말씀까지 건네고 돌아갔다. 똑같은 소음인데도 노부부에게는 적적함을 달래주는 즐거운 소리로 들렸음은 뭣 때문일까. 그것은 법이나 돈으로 해결할 수 있는 문제

부모는 자식의 교과서

가 아니다. 이웃 간에 필요한 부분은 존중하고 양보하면서 더불어 살아가야 하는 공동체 문화를 터득한 노부부의 지혜 덕분이다.

같은 소리가 이웃 간에도 소통하면 소리요, 소통하지 않으면 소음이 된다. 소통의 성공은 자신부터 마음의 문을 먼저 열어놓아야 한다. 명창의 판소리나 인기 가수의 노랫소리를 들으러 축제장을 찾는 사람이 많다. 그 시끄러운 소리를 누구도 소음이라 하지 않는다. 연예인을 좋아하기 때문이다.

K-2 공군기지는 한국전쟁 이후 열세를 면치 못하던 공군력을 증강하면서 현재까지 우리의 영공을 물 샐 틈 없이 지키는 임무를 수행해 왔다. 7·27 휴전협정 이후 어수선한 전쟁 분위기가 채 정리가 되기도 전인 1954년 2월 16일은 세기의 여인 마릴린 먼로가 입국하여 15만여 명의 미군을 위문했던 유서 깊은 기지이기도 하다. 또한, 우리 국민이 모두 안보의 수혜를 입은 기지라는 사실은 누구도 부인할 수 없다.

국가안보를 위하여 혁혁한 공로를 세운 기지가 전투기 소리가 소음으로 변질하는 바람에 주민 2만 6천여 명에게 511억을 배상하는 전대미문의 사건이 발생하였다. 1인당 180여만 원의 보상이 개인의 치부에 얼마나 도움이 되는지는 모를 일이다. 하지만 담장 하나 차이로 보상을 받지 못한 주민은 본의 아니게 상대적 박탈감이라는 쓴맛을 보아야만 하는 삶의 음지가 발생했다. 이는 국가안보에 꼭 필요한 부분을 존중하고 양보할 줄 모르는 이기주의 문화가 팽배한 결과이다. 세계에서 유일한 분단국 국민의 자세는 아니다.

나는 기지 인근에 거주하면서 오랜 기간 전투기들이 훈련하는 소리를 들으면서 살아왔다. 정확한 수치로 통계를 제시할 수는 없지만, 북한의 위협이 커지면 전투기 소리도 커진다는 사실을 알게 되었다. 2011년 11월 김정은 체제 이후 전투기 훈련 소리는 김정일 체제 때보다 더욱 요란해졌다.

이를 미루어 볼 때 북한의 위협으로부터 우리 국민을 보호하기 위하여 전투기들이 훈련하는 소리는 소음이 아니고 안보의 소리로 듣는 자세가 절실히 필요한 때다. 우리 영공을 지켜야 하는 전투기들이 남의 나라 영공에서 훈련할 수는 없는 노릇이다. 국가안보를 위하여 꼭 필요한 부분은 우리 국민이 존중하고 지지해야지 남의 나라 국민이 할 일이 아니다. 국가의 안보는 개인의 부보다 더 소중함을 알아야 한다. 국가가 있어야 국민이 있다는 사실은 과거 일제강점기나 6·25 전쟁 참상의 예를 들지 않더라도 현명한 국민에게는 재론할 필요가 없다.

한여름 밤 풀벌레 우는 소리, 가을밤 귀뚜라미 우는 소리, 낙엽 밟는 소리처럼 낭만적인 소리도 있지만, 꽹과리 소리 징 소리, 북 소리도 어느 누구 소음이라고 하는 사람은 없다. 심지어 지축을 흔드는 천둥소리에 잠을 깼다 하더라도 천둥 소음이라고 하지는 않는다.

따라서 안보의 소리가 소음이 아닌 국민을 위하는 소리가 되어야 한다. 대포 소리, 전차 소리, 전투기 소리가 소음이 아닌 국민을 지키는 안보의 소리로 들려야 한다.

부모는 자식의 교과서

나는 1960년대 말 사과나무 사이로 K-2 기지에서 팬텀기들이 이 착륙 훈련을 하는 모습을 선명하게 지켜보았다. 군데군데 농가주택 외에는 허허벌판이었다. 최근에 같은 장소에서 기지를 바라다보았다. 아파트와 고층 건물들이 즐비해졌다. 스스로 소음을 찾아서 모여들었던 사람들이 소음공해 배상이라니 소음의 주체는 기지가 아니라 사람들인데도 적반하장을 접하는 아이러니다.

인근 부대 장병의 아침점호 소리를 들으면서 하루를 시작하고 범종 소리 들으면서 하루를 마무리하는 나는 얼마 전 병영의 담장 너머로 우렁차게 흘러나오는 군가 소리에 귀가 즐거웠다. 현직 시절 향방작계훈련 준비 중 야외에서도 녹음기로 예비군들에게 향토예비군가를 들려주던 추억이 반추되어서였다. 애국심과 군인정신을 고취하여 전쟁에서 승리하기 위한 안보의 노래. 군대를 갔다 온 남자들이라면 누구나 추억이 되살아나는 노래다.

교회에서 찬송가 소리가 나고 절간에서 목탁 소리 나듯이 병영에서는 지축을 흔드는 안보의 소리가 울려야 적의 위협을 억제할 수 있다. 그 우렁찬 안보의 소리가 소음으로 들리는 어리석은 국민이 되어서는 안 된다.

소음의 기준은 법으로 정해진 수치가 아니라 열린 마음으로 얼마든지 확대할 수 있다. 목숨을 걸고 훈련하는 조종사를 비롯하여 육·해·공에서 국토방위에 헌신하는 장병에게 성원과 격려를 보내며 즐거운 안보의 소리에 삶의 활력을 찾는 국민이 되어야 한다.

자신을 지켜주는 시설

지난 38년여 간의 군 생활 마무리할 무렵 자취를 하면서 학창 시절을 보냈던 추억을 더듬기 위하여 기대와 설렘을 품고 경북 상주 시내를 여행하다가 예상치 못한 현수막을 발견하고 놀라움에 저절로 발길을 멈추고 말았다.

잔뜩 부풀었던 기대와 설렘은 일시에 함정 속으로 곤두박질치고 말았다. 나의 시야에 선명하게 들어온 현수막 내용은 '낙동 공군사격장 폐쇄를 위한 상주시민 총궐기대회'였고, 일시는 이튿날인 4월 30일이었다.

나는 어린 시절 낙동 공군사격장에 대한 추억이 지금도 생생하다. 사격장이 있는 상주시 중동면과 인접한 예천군 풍양면에서 자랐기 때문에 눈만 뜨면 전투기 사격훈련 소리를 듣지 않을 수가 없었다.

전투기 이름을 몰랐던 당시는 4대의 편대가 늘 교대로 훈련을 하는 모습을 거의 매일 보다시피 하면서 어린 시절을 보냈다. 훈련 도중에 가끔 기총소사 하는 소리가 쿠르릉 하고 들려오면 어른들은 호죽기가 설사를 했다고 하는 농담을 하시곤 했다.

사격장이 1953년에 설치된 이래 나처럼 추억을 먹으며 자란 세대도 있는가 하면 가까운 지역 주민 중에는 다소 전투기 소리의 피해를 입은 이도 있었을 것으로 짐작은 된다. 그렇다고 해서 영공을 방어할 훈련을 끊임없이 해야 할 사격장을 폐쇄한다면 국가의 안보는 어떻게 되겠는가?

북한은 현재도 변한 것이 없는데 우리만 대책 없이 사격장을 폐쇄하는 것은 총칼 든 강도에게 스스로 대문을 열어주는 것이나 마찬가지일 것이다. 천안함 폭침과 미북 지원 합의 후에도 일방적인 장거리 로켓 발사를 비롯하여 사흘이 멀다고 대남 비방과 협박을 일삼고 있는 것만 보더라도 유비무환의 고삐를 늦출 시기가 아님이 명백하다.

대가 없는 국방은 없음을 알아야 한다.

W. 듀랜트는 국가의 안전보장은 국가의 부(富)보다 더 중요하다고 하였다.

플루타르크는 『영웅전』에서 개인의 부를 위해 국가안보를 양보하라는 주장은 국가의 힘으로 막아야 한다고 하였고, 사람이 나라를 섬기는 것은 꿀벌이 벌집을 돌보듯이 해야 하며 국민은 나라를 섬기는 보상으로 돈을 받거나 어떤 명예를 받을 것을 기대해서는 안 된다고 하였다.

대가 없는 국방의 표상이 바로 한산섬 달 밝은 밤에 수루에 혼자 앉아 큰 칼 옆에 차고 깊은 시름하시던 이충무공이시다. 모든 국민이 존경하지 않을 수 없는 인물이다.

평시에 있어서 병정들은 여름철 굴뚝과 같다고 하지만 굴뚝은 여름(평시)에 보수하여 겨울(전시)에 대비하여야 한다.

『논어』「자로」편에도 이런 구절이 있다. 불교민전 시위기지(不敎 民戰 是謂棄之), 즉 '훈련을 마치지 아니한 군인을 싸움터로 보냄은 오로지 인민의 귀중한 목숨을 버릴 뿐이다'. 훈련은 국가안보의 근본임을 강조하는 대목이다.

소음의 피해가 있다고 한들 훈련 중에 전투기 추락으로 순직하는 조종사의 목숨이나 유족들의 슬픔보다는 크지 않다.

우리 인체 중에서 항문이 더럽고 냄새나는 대변을 배출하는 곳이라고 해서 없애고, 늘 맛있고 호화로운 음식만을 먹을 수 있도록 입을 두 개, 세 개 더 만들 수는 없다.

공군사격장도 마찬가지다. 국가안보를 위한 필수 시설을 일부 지역에 소음 피해가 있다고 하여 폐쇄할 수는 없다. 그렇다고 외국으로 보낸다거나 서울, 부산 등 지방자치단체별로 순환 설치할 시설은 더더욱 아니다.

그 어떤 주장도 국가안보보다는 우선할 수 없음에도 폐쇄를 주장하는 사태를 지켜보는 심정은 답답할 뿐이다. 앞으로는 불순 세력들에 의한 불순한 의도가 마치 지역 민심으로 둔갑하지 않기를 바랄 뿐이다. 정작 불을 질러놓은 자신들은 먼발치에서 뒷짐 지고 번지는 불구경이나 하는 불행한 사태가 더는 발생하지 않기를 간절히 바랄 뿐이다.

앞으로는 이러한 불순 세력들에 의한 국가안보 흔들기에는 국가와 국민의 힘으로 정정당당하게 대처하여 불순의 싹을 틔울 여건을 허락하지 말아야 한다.

부모는 자식의 교과서

핏물 흐르던 낙동강에 평화가 흐르다

'병 주고 약 준다'는 속담처럼 신은 사람에게 애당초 병(전쟁) 주고 약(평화)을 주었는지도 모른다. 24시간 숨 쉬면서도 질식사 직전에서 살아난 사람이 아니라면 공기에 대해 고마움을 모르듯이 우리 또한 평화에 대해 고마움을 모르고 살아간다. '평화', 말로는 쉽지만, 행동으로 지키기는 절대 쉽지 않다.

진정한 마음의 평화를 누리기 위하여 제2회 낙동강 세계평화 문화 대축전이 열리고 있는 낙동강 칠곡보 생태공원을 찾았다. 6·25 전쟁 당시 낙동강을 사이에 두고 1개월 반에 걸친 공방전은 결국 북한군의 참담한 패배로 끝남에 따라 9월 15일 인천상륙작전 개시와 더불어 국군과 유엔군은 낙동강 방어선에서 총반격하게 되었다.

그래서, 낙동강 방어선 전투는 북한군의 주력을 무찌르고 6·25 전쟁 발발 이래 초전의 수세에서 벗어나 공세로 전환하는 발판을 만든 유서 깊은 곳이다. 핏빛으로 물들었던 그때의 강물은 간곳없고 언제 전쟁이 있었느냐는 듯 강물은 평화롭게 흐르고 있었다.

행사장 입구에는 노란색 버스들이 유난히도 길게 줄을 지어 있었다. 자세히 보니 전쟁이나 평화라는 단어를 채 이해도 하지 못할 유치원과 어린이집에서 선생님의 손을 잡고 체험을 온 꼬마들이 타고 온 버스였다.

입구를 들어서자 참전 16개국의 활약상과 치열했던 전투상황이 사진으로 전시되었고, 평화를 지키다가 장렬히 전사한 참전용사 유해 발굴 과정도 사진으로 상세히 전시되어 있었다. 전쟁은 부모가 자식을 가슴에 묻지만, 그분들이 목숨을 던져 지켜낸 평화의 고마움에 보답하기 위해서 유해를 발굴하여 진정한 평화 속에 고이 잠들 수 있도록 손자뻘 군인들이 구슬땀을 흘리는 모습이 경이로웠다. 나라와 민족을 위해서 바친 목숨은 국가와 국민의 조상이 아니던가. 당연한 일이면서도 고귀한 일이다.

피스 돔(Peace Dome) 관에 도착해서는 6·25 참전 용사 비에 감사의 헌화를 하고 추념의 예를 올렸다. 6·25 전쟁 발발과정을 상기하면서 전쟁 유품을 돌아보고, 국군 라디오 방송을 들을 때는 전쟁의 비참함에 전율을 느꼈다.

전쟁고아가 된 어린 남매가 지친 모습으로 엄마 아빠를 불러대는 모습의 사진 한 컷이 가슴을 도려내는 듯하였다. 그 남매가 살아 있다면 70대가 되었을 것이다. 각종 전시물이 종전이 아닌 휴전 상태라는 사실을 일깨워 주고 있었다.

유해 발굴 현장 재현 과정을 돌아보는 과정에서는 태극기에 곱게 싸인 유골함에 저절로 숙연해지고 말았다. 하나밖에 없는 고귀한 생명을 나라와 민족을 위하여 초연히 바치고 떠나신 임들의 넋이 평화 속에서 고이 잠든 듯하여 다소나마 위안이 되었다.

피스 돔 관을 나서면서 평화는 분명 축복이지만 힘이 있어야만

부모는 자식의 교과서

지켜지는 것이란 생각이 들었다. 지금 이 시각에도 평화를 쟁취하기 위하여 지구촌 곳곳에서는 전쟁이 벌어지고 있는 것이 그 중거다.

피스 돔 관 바로 옆 야외에서는 치열했던 낙동강 방어선 전투 승전을 재연하는 퍼포먼스가 전개되고 있었다. 전사한 아들을 부여잡고 흐느끼는 어머니의 모습에서 다시는 이 땅에서 평화가 깨지는 일은 없어야 한다는 생각이 불끈 솟아올랐다.

발길을 옮기려고 하는데 바로 옆에는 전쟁이라는 단어를 이해도 하지 못할 꼬마들이 어른 군복 상의를 입고 '충성' 구호를 외치면서 전쟁을 체험하고 있었다. '충성'이라는 구호를 외치는 꼬마 용사의 입가엔 평화의 미소가 번지고 있었다. 무의식중에 나도 꼬마 녀석의 미소에 함께 미소를 지었다.

저 꼬마들이 훌륭하게 성장하여 평화를 지키는 든든한 역군이 되기를 바라는 마음 간절하였다.

DMZ 철책과 동서독 철책을 보는 순간에는 30년도 훨씬 지난 GOP 근무와 DMZ 수색 정찰 작전을 수행하던 때가 불현듯이 회상되었다. 그냥 지나치기엔 북받치는 감정이 용서치 않았다. DMZ 철책과 동서독 철책을 부여잡고 기도하는 심정으로 평화통일을 기원하면서 북받치는 감정을 억눌렀다.

행사장이 마치 한반도 대축전장이 아닌가 착각할 정도로 감동하던 중에 평화의 동전 밭 앞에 섰다. 동전 밭은 마치 자갈밭으로 착각할 정도였다.

그 눈부신 동전 밭이 내가 저절로 동전을 던지게 하였으나 더 많은 동전을 가지고 오지 못한 것이 후회스러웠다. 그 많은 동전이 6·25 때 우리를 도와주었던 나라를 위해서 학교를 짓고 우물을 파는 데 쓰인다고 하니 세계평화를 위한 동전 밭이라는 생각에 저절로 머리를 주억거렸다. 도움 받던 나라에서 도움 주는 나라로 변하다니 감개무량이었다.

제2회 낙동강 세계 문화 대축전은 회가 더해 갈수록 세계평화 발전소 역할을 하기에 충분하다. 칠곡군민이 선봉에 서서 민·관·군 일체감을 조성하여 이룩한 소중한 결과물이다. 호국의 반석 위에 단단하게 세운 세계 평화의 기둥이다. 칠곡에서 발전된 세계 평화는 이제 핏물 흐르던 낙동강 물줄기가 송전선이 되어서 오대양 육대주로 송전될 것이다.

그것은 호국의 고장에서 세계 평화의 아이콘으로 자리매김하는 칠곡군민의 자존감이자 후손에 물려줄 귀중한 유산이 될 것이다. 나도 평화 분야에서는 칠곡군민이 되고 싶은 마음 간절했다.

관람을 마치고 행사장을 빠져나올 때 건너편 산자락에서 이미 삽질이 시작된 평화공원 공사 현장에 시선이 꽂혔다. 공사가 완공 되는 날 평화를 사랑하는 세계인들의 훌륭한 만남의 장소가 되기를 기원하였다.

투철한 직업의식

삼삼오오 둘러앉기만 하면 연금 개혁 이야기가 주요 화제가 되던 시절이다. 개혁되면 얼마가 깎인다고 하더라는 근거 없는 발전기가 쉴 새 없이 돌아가고 있다. 근거 없는 발전기에서 발전된 전기에 감전된 사람처럼 마음이 흔들리는 사람들을 주변에서 자주 만나기도 한다.

공무원 연금은 물론이고 필자의 지인 중에도 사학 연금이나 군인 연금에 연관된 사람들이 있다. 그들도 만날 때마다 어느 때 명예퇴직을 신청해서 언제 나가는 것이 손해를 보지 않고 퇴직할 수 있는 적기라고 구체적인 기간을 권유하기까지 한다.

그러나 필자는 그들과 대화를 할 때마다 반론을 편다. 연금재정이 관리자의 부실이든 사회 환경의 변화든 간에 재정이 부실하여 모든 연금 수혜자들이 불안해하고 손해를 볼 처지라면 개혁으로 가는 것이 순리라고 본다. 언제 얼마만큼을 어떻게 개혁할지는 실무자의 몫이요, 책임이겠지만 여러 연금 수혜자들에게 다 같이 지속적이고도 안정적인 길이라면 개혁은 필연적임을 인정해야만 할 것이다.

구멍 뚫린 배에서 합심하여 다 같이 구멍을 틀어막고 침수된 물을 퍼낸다면 그 배는 다시 목적지까지 안전하게 항해할 수 있을 것이다. 미리 겁을 먹고 혼자서 도망을 치다가는 먼저 익사하여 귀중한 생명을 잃을지도 모른다. 직전 연금 개혁 때 서둘러 퇴직한 사람들의 판단이 옳았다는 통계가 아직 없는 것만 봐도 증명이 된다.

연금 몇 푼 깎이지 않으려는 계산 때문에 맡은 바 직무를 그르치는 우를 범하는 사람도 없어야 한다. 현재 각자가 임하는 직업은 하늘이 내려준 천직임을 인식해야 한다. 나의 직업으로 처자식들을 먹여 살렸고, 나 자신을 현재의 위치까지 올려놓은 것도 내가 몸담고 일해 온 직업의 덕택이란 고마움을 느껴야 한다.

그러한 천직을 헌신짝 버리듯이 팽개치고 연금 깎이기 전에 명예퇴직이나 희망퇴직이라도 해야겠다는 생각은 접는 것이 옳은 생각이리라 판단이 된다. 알량한 계산으로 자신의 직무에 허점이 생기는 일이 생긴다면 그것처럼 불행한 일도 없을 것이다.

연금이 깎인다고 해도 분명히 얻어지는 것도 있음을 알아야 한다. 노후 기간을 단축하는 만큼 노후 자금이 덜 들어가는 이익도 분명히 발생한다. 또한 연금과 봉급 간에 발생하는 차액으로 좀더 노후 자금을 각자 확보한다면 문제는 해결된다.

그러나 현재 개혁을 위한 안은 구상 중이나 얼마를 더 내고 덜받는지 구체적으로 결정된 바도 없는 마당에 지레 겁을 먹고 마음이 흔들릴 필요는 없다고 본다. 개혁이 된다고 하더라도 양식 있는 사람들이 수긍할 수 있는 상식의 범위가 아닐까 하는 조심스러운 전망이 점쳐질 뿐이다.

부모는 자식의 교과서

그러함에도 마라톤 주자가 골인 지점을 앞두고 출발선에서 약속했던 상금보다 상금이 다소 줄었다고 힘들게 달려온 레이스를 중도에 포기한다면 팬들에게 실망을 안겨줄 것은 불을 보듯 뻔한 일이다. 바로 실망할 팬들은 자신의 가족들이다. 비록 초라한 기록일지라도 완주를 하는 주자들에게 팬들은 아낌없는 박수를 보내는 것이 인지상정임도 알아야만 한다.

직업에 대하여 조선 말 유학자 유길준 선생은 이렇게 말씀하셨다. "사람의 직업은 그 목숨과 한가지라 남이 앗지 못하며 나도 쉬지 못하노니 그러한 고로 직업 없는 사람은 목숨이 있어도 생애가 없음인즉 사는 공효(功效)가 없다 할지니라"라고 하셨고, F. W. 니체는 "자기의 직업이 다른 어떠한 직업보다도 소중하다고 믿든지 자기가 그렇게 생각하는 것 외엔 그 직업을 버텨낼 수가 없다"라고 하였으니 동서양을 막론하고 직업의 중요성은 일맥상통한다고 하겠다.

정범석 님의 글 '스스로 배우는 사람'은 직업을 제2의 생명으로 비유하여 직장의 중요성과 충실을 강조하였다. 출퇴근 시간 준수와 자리 지키기에만 족해서도 안 되고, 부여된 업무를 잘 수행하면서 직장의 변천에 상응하고, 직장 발전에 대비해서 경험을 살리고, 지식화를 탐구해야 함을 일러주고 있다. 또한 직장에 충실해야 문제점을 정확히 파악할 수 있고, 문제점을 해결하기 위하여 연구하게 된다고 하였다.[1]

---

1 금성판 『문장대백과사전』, 이어령 편저

따라서 바늘을 잃지 않으려다가 황소를 잃는 우를 범하는 일은 없어야 할 것이다. 흔들리지 않는 투철한 직업의식으로 지금까지 쌓아 올린 경험을 직장 발전에 전력투구하는 것이 국가 경제 회복에도 도움이 될 것이다. 하늘은 스스로 돕는 자를 돕는다고 했다.

라틴 격언에 '직업은 사람을 만든다'라고 했으니 우리 모두 직업에 대한 고마운 마음으로 저조한 기록일지라도 끝까지 완주하여 유종의 미를 거두는 아름다운 마라톤 주자가 되어야 한다.

부모는 자식의 교과서

대민지원

고추잠자리가 저공비행을 하면 섬사람들은 멸치 떼가 앞바다에 들어왔다고 짐작을 한다. 지난해 여름 한 철 쓰고 보관해 두었던 그물을 물양장에서 수리한다.

추자도의 멸치잡이는 쳇대라는 기구를 사용하는데 국기 게양대를 연상하면 된다. 국기를 게양하는 밧줄에 그물을 대형 포충망처럼 매달아 사용한다. 지금은 반자동화가 되었다. 배를 점검하고 육지에서 젓갈 담을 소금을 확보하면 준비는 끝난다.

멸치잡이는 여름 한 철 야간에 이루어지기 때문에 근무에 지장 없이 승선을 할 수 있다. 팀워크를 발휘해야 하므로 한 명이라도 부족하면 선주는 발을 동동 구를 정도로 애를 태운다. 그래서 멸치잡이 철이 되면 나에게도 승선 요청이 온다. 거절할 수가 없다. 주간에는 근무하고 야간에는 대민지원을 해야 하는 그야말로 주경야독의 계절이다.

나는 멸치 어선 대민지원을 할 때도 투철한 군인정신으로 임하였다. 특별한 일이 없는 한 시작부터 끝날 때까지 멸치가 많이 잡히든 허탕을 치든 철망을 할 때까지 승선을 하였다. 멸치가 확률적으로 많이 잡히는 사리 때만 승선하고 잘 잡히지 않는 조금 때는 하선을 한다면 얌체 같은 행동이 될 것 같아서였다. 그러니 자연히 선원이 부족한 때를 대비하자니 일은 서툴러도 선주들이 선호하는 선원이었다.

작업 시작은 대략 일몰 30분 후에 집어등을 점등하여 무인도 주변 갯바위 쪽으로 배를 몰아간다. 고성능 집어등의 불빛을 본 멸치가 몇 마리씩 모여들다가 순식간에 떼로 모여든다. 멸치 떼가 모여들 때는 선원들은 절로 신이 나서 갑판에서 점프하기도 하고, 몽둥이로 뱃전을 두들기기도 하며, 함성을 지르기도 한다. 그런 행동이 피로도 잊고 집어를 가속하기도 한다고 한다.

꼬불사공(선미에서 조타수 역할)은 브릿지(Bridge)에 설치된 어군탐지기를 보고 그물 투망 명령을 내린다. 대형 포충망처럼 생긴 그물이 내려지면 이물 사공은 집어등을 그물 쪽으로 돌려서 멸치 떼를 그물 안으로 유도한다. 그물 사공들은 잽싸게 그물을 조이고, 시소처럼 걸쳐진 쳇대를 쳇대 사공들이 눌러서 조여진 그물을 들어 올린다.

갑판에는 은빛 찬란한 멸치가 파닥거린다. 가래질해서 보관창고인 물 칸으로 옮긴다. 이곳저곳을 옮겨 다니면서 같은 동작을 반복한다. 물때가 지나서 잘 잡히지 않으면 배를 정박하고 휴식을 취한다. 단잠을 청하기도 하고, 고등어나 갈치 낚시를 드리우기도 한다. 금방 낚은 고등어나 갈치는 좋은 횟감이 된다. 소주 한 잔을 기울이면서 어장을 전망해 보기도 하고 두런두런 살아가는 이야기도 한다.

부모는 자식의 교과서

조업이 끝나면 항구로 돌아와서 그물에 묻은 멸치 비늘을 깨끗이 털어내고 갑판을 물로 청소를 한다. 배가 물양장에 정박하면 분배받을 그릇을 준비한다. 선주의 몫은 어획고의 절반이다. 나머지 절반 중 이물 사공은 두 명분을 분배받는다. 처음에는 큰 그릇으로 분배를 하다가 양이 줄어들면 점점 작은 그릇으로 바뀐다. 공정하게 분배를 하기 위한 방법이다. 숫자가 틀리지 않게 한 그릇 분배받을 때마다 멸치 한 마리로 계산을 하면서 뱃전에 늘어놓는다.

출항 전에 선원에게 술이나 과일, 음료수 같은 야식을 올린 사람들의 몫도 푸짐하게 분배해준다. 밤이 이슥하도록 잠들지 않고 뱃머리에 구경 나온 노인들한테도 비닐봉지에 반찬용 멸치를 한가득 담아주는 것은 섬사람들의 후한 바다 인심이다.

분배받은 멸치는 멸치와 소금의 비율을 2:1 정도로 비빈 다음 큰 통에 저장하였다가 충분하게 숙성이 되면 맛있는 젓갈이 된다. 멸치잡이가 생업과 연관이 있는 사람이든 없는 사람이든 멸치가 잡히는 항구는 풍성하다. 번개탄을 피워서 석쇠를 걸치고 왕소금을 뿌려서 구운 멸치의 맛은 그야말로 일품이다. 1960~1970년대까지만 해도 파시가 이루어지던 추자도 멸치가 가짜 멸치가 워낙 많이 둔갑하는 시대가 되어서 진짜 멸치가 천대받는 것이 안타깝다.

미력이었지만, 여러 해 동안 멸치 배 선원 생활 대민지원으로 멸치젓을 자급자족했던 것은 주민들의 바다 인심과 풍습을 읽고 그들에게 도움을 줄 수 있어 좋은 기회였다. 가난했던 시절 식량과

물물교환하면서 생계를 꾸렸던 조상들의 애환이 서린 멸치가 옛 명성을 되찾았으면 좋겠다.

강군 육성을 위해서는 나를 버려야 한다

불교 경전 『금강경』 「제삼 대승정종분(第三 大乘正宗分)」에는 이런 구절이 있다. '유아상 인상 중생상 수자상 즉비보살(有我相 人相 衆生相 壽者相 卽非菩薩).' 자기가 제일이라는 모습, 즉 아상이 있다거나 나와 남을 나누어서 보는 모습, 즉 인상이 있다거나 재미있고 호감 가는 것만을 본능적으로 취하는 모습, 즉 중생상이 있다거나 영원한 수명을 누려야지 하는 모습, 즉 수자상이 있다면 이는 보살이 아니라고 하였다.

조직을 위해서는 나를 버려야 한다는 내용을 잘 압축하여 표현한 구절이라 하겠다. 더욱 깊은 뜻이 있지만, 더 깊은 뜻을 거론하는 것은 특정 종교를 지지하는 발언으로 오해를 살지도 모르기 때문에 여기서 줄이기로 한다.

세월이 흐르면 사람들이 살아가는 환경이 변한다. 물질적인 분야는 속도가 훨씬 더 빠르다. 화폐의 단위와 가치가 그렇고, 법률 개정이 그렇다. 그러나 세월이 아무리 흘러도 변해서는 안 되는 것들이 있다. 정직성과 도덕성, 예의와 염치 같은 올바른 의식들이다. 왜냐하면 인간 생활과 조직이 흔들리지 않도록 견고하게 지탱해 주기 때문이다.

인간 정신의 근간이 되는 정직성과 도덕성은 군에서도 무형전력의 기초가 됨은 두말할 나위가 없다.

그러나 현재의 사회적 분위기는 수치 경제는 좋다고 하는데 체감 경제가 어려워서 내가 먹고사는 문제 때문에 안보의식이 약화하였다. 경제가 좋을 때는 나의 등이 따뜻하고 배가 부르기 때문에 안보에 관심이 없는 실정이었다. 그러나 개인주의와 이기주의는 경제가 어려울 때나 좋을 때를 막론하고 가속도가 붙어 있다. 이러한 분위기나 의식이 강군육성에 간접적인 장애가 되어온 것을 부인할 수는 없을 것이다.

일부 불건전한 의식 유입이 군 내 사고로 연결되어 전투력 손실은 물론이고 지휘 부담과 대군 신뢰도 저하로 이어지기도 하였다. 나를 버리지 못해 언론을 통하여 알려졌던 자살, 구타, 안전·사제 사고들이 앞으로는 더 과거의 잘못이 되풀이되는 사례는 단절되어야만 한다.

오래전 내가 현역 시절 수도권 외곽 부대에 근무하던 시절이 있었다. 주말에 부모가 면회를 오면 해당 병사는 외박하던 시절이었다. 당시에는 다들 어려운 시절이라 면회객이 많지 않아서 큰 문제점은 없었다. 먹고살 만해지자 수도권 거주자는 너도나도 주말이면 텐트와 등산 장비를 가지고 가족 야유회 겸 아들 면회를 오는 빈도가 점점 잦아지기 시작했다. 외박 간 병사의 근무시간은 고스란히 집이 멀고 시골에서 농사일에 바빠서 면회 올 형편이 못 되는 병사들의 이중고로 돌아가고 말았다. 지금 생각해 보면 웃지 못할 주먹구구식 제도였다. 면회 부익부 빈익빈 형국이었다.

그때 그 부모들은 내 아들이 최고라는 아상과 내 아들은 남의 아들보다 중하다는 인상과 내 아들만 하룻밤이라도 즐겁게 보내면 그만이라 중생상과 전역할 때까지 내 아들만 계속 편하게 지내면 그만이라는 수자상으로 꽉 차 있었던 것 같다. 공정한 휴가와 외출·외박이 시행되는 요즈음에 되돌아보면 실소를 금할 수 없는 상황이었다.

현재 우리 군의 유형 전력은 국방 예산의 점차적인 증가로 가시적인 발전을 거듭하고 있는 것이 사실이다. 하지만 무형전력 면에서는 후진성을 탈피하지 못하고 있는 것이 일부분 존재하는 것도 사실이다. 모두가 시선을 집중하고 개선을 위하여 나를 버릴 각오를 한 상태에서 군 발전을 우선시하는 전제하에 선의의 경쟁을 해나가야 한다.

신병은 전입해서 새로운 환경에 적응하고 상급자와 선임자들의 얼굴과 이름 익히기도 벅차다. 그런데 극히 일부이기더라도 신병에게 불요불급한 잡무를 시키거나 교육을 위장한 갈구는 행위가 있다면 그것이 바로 후진형 병영문화일 것이다. 혹 그러한 후진성이 남아 있는 부대가 있다면 부대원이 일치단결하여 미련 없이 청소해야만 한다.

선배이고 상급자이고 선임자이기 때문에 무조건 내가 먼저 진급하고 대우받아야 하고 편안해야 하고 좋은 보직에 영원히 있어야 한다면 군이라는 조직이 소기의 목적인 전투 임무를 수행할 수 있겠는가? 정직성과 도덕성 예의와 염치에 따라서 군복을 입고 있는 군인이라면 누구나 한 번쯤은 반문해 봐야 할 것이다.

상급자와 선임자는 하급자와 후임자에게 나를 버리고 그들을 위해서 무엇을 하고 있는가? 무엇을 해줄 수 있나? 늘 생각하고, 하급자와 후임자는 상급자를 위해서 나를 버리고 무엇을 하고 있는가? 무엇을 해줄 수 있나? 끊임없이 고민하면서 자신을 되돌아보고 똘똘 뭉쳐서 형제애를 발휘한다면 누구도 감히 넘볼 수 없는 강한 부대가 될 수 있을 것이다.

예를 들어 공용화기를 운용할 때도 누구나가 사수, 부사수 탄약수 임무를 수행하기 위해서는 나(자신의 고유 임무)를 버리고 1인 2역, 3역도 마다하지 않아야 한다. 적이 공격해오는데 사수가 없다고 탄약수가 없다고 대응 사격을 멈출 수는 없듯이 그러한 상황이 평소에 훈련이 되지 않으면 하루아침에 이루어지지 않는다는 사실을 인지해야 한다.

내가 군을 위해서 존재하는 것이지 군이 나를 위해서 존재하지 않는다는 사실을 깨달아야 한다. 따라서 군복을 입고 군 조직에 속하는 동안은 사사로운 이성 문제, 가정 문제, 술, 개인감정 등은 우선순위를 뒷순위로 조정할 줄 아는 현명한 군인이 되어야만 한다. 원인제공도 말아야 하며, 결과를 만들지도 말아야 한다.

훈련장에 입소하는 예비군도 예외일 수는 없다. 왜 생업에도 바쁜 시간을 내서 훈련을 입소하는지 입소 전에 목적의식을 상기하고 민첩한 행동을 통하여 교관과 조교들에게 부담이 되지 않도록

부모는 자식의 교과서

통제에 임한다면 훈련의 능률과 성과가 배가된다는 사실을 인지해야만 한다. 양복 입은 신사도 예비군복 입으면 돌변한다는 얘기는 호랑이 담배 피우던 시절 얘기로 들리도록 해야 한다.

수천 년 폭풍우에도 끄떡없는 석성을 유지하는 돌들이 다들 위에만 놓으려고 한다면 찬란한 석성으로서의 형태를 유지하지 못한다는 사실을 생각하면서 우리 모두 석성의 교훈을 마음속에 깊이 새겨야 한다.

전입 신병에서 지휘관에 이르기까지 부대마다 하급자와 후임자는 '상급자와 선임자들이 나 때문에 신경을 쓰지 않도록 해야지', 선임자와 상급자는 '하급자와 후임자를 잘 보살펴서 부사관들의 마음을 편하게 해드려야지', 부사관들은 '장교들은 책임도 크고 할 일도 많으니까 짐을 덜어드려야지', 장교들은 '지휘관과 부하들이 마음 편히 지낼 수 있도록 해야지', 당직 근무자는 '내가 힘이 들더라도 지휘관이 다리 펴고 잠을 잘 수 있도록 열심히 근무해야지' 등 이런 식으로 나를 버리고 부대를 위해서 근무하는 자세가 확립된 부대는 전투력이 막강한 강군으로 손색없는 부대일 것이다.

나를 버렸기 때문에 몇십 년이 지난 오늘날도 후배들이 고인의 이름이 새겨진 상을 받기를 갈구하는 고 강재구 소령과 이인호 소령이 있었고, 제1연평해전에서 장렬히 전사한 윤영하 소령은 첨단 고속정의 이름으로 태어나서 북한군의 침략성을 좌절시키고 있음을 마음 든든하게 생각해야 한다.

나를 버린 역사적 인물로는 억울한 누명을 묵묵히 받아들이고 최후 전투에서 장렬히 전사한 충무공 이순신 장군이 있다. 평생에 남의 것을 탐하지 않았다는 정직성을 무덤 위에 풀이 나지 않은 것으로 증명한 최영 장군이 있고, 망해가는 고려를 버리고 이성계 일파와 손잡았더라면 후일 호의호식을 보장받을 수 있었던 충신 정몽주와 청백리의 표상 황희 정승, 성리학의 대가이자 민족의 위대한 스승이신 퇴계 선생과 율곡 선생, 민족의 독립과 계몽을 위해 평생을 헌신하신 백범과 도산 선생이 있다. 이분들은 한결같이 나를 버렸기 때문에 민족의 지도자나 위인이 될 수 있었다는 공통점이 있다.

이 시대 군에 몸담은 우리는 모두 위인들의 행적을 통하여 나를 버리는 길을 배우고 익혀서 강군 육성에 앞장을 서야 할 역사적 사명을 인식해야 한다.

나를 버려서 육성된 강군은 상하동욕(上下同欲)을 방청제로 활용하여 세계 속의 대한민국 강군으로 영원히 유지해 나가야 한다.

부모는 자식의 교과서

상급자는 하급자의 FM이 되어야 한다

군 생활을 통하여 함양된 군인정신이 사회에 진출해서까지 적용될 줄은 꿈에도 생각하지 못했었다. 현직 시절 투철했던 군인정신은 전쟁의 승패(勝敗)를 좌우하는 필수적인 요소였지만 사회생활에서는 인생의 성패(成敗)를 좌우하는 투철한 직업의식이 되었기 때문이다.

군인정신이 내 가족의 행복을 지키는 데 있어 제2의 생명과도 같은 직업전선에서 버팀목이 되는 필수 요소로 변해 있음을 절실히 느끼고 있다.

육군에서 전역하여 해군에서 예비군 지휘관 생활을 시작하였고, 해병대에서 정년을 맞이하는 동안 각 군의 장점과 강점도 터득하면서 고비 때마다 어려움을 군인정신으로 극복할 수 있었다. 군문을 떠난 지금도 고무신짝에 달라붙은 껌딱지처럼 좀처럼 떨어지지 않는 군인정신 덕택에 사회생활은 초년병이었지만 이웃집 아저씨 같은 신뢰받는 경비원으로 자리 잡게 되었기에 군인정신에 대한 한없는 고마움을 느낀다. 게으름이 찾아올 때도 군인정신으로 물리쳤고, 책임완수는 물론이고 경비원 복장도 군복의 복장군기 수준으로 착용하였으니 자연히 더 인정받게 되었다.

노력이 헛되지 않아서인지 경비원 2년 차에 모범경비원 표창장을 받았다. 모범적인 근무의 방증이었다. 수레는 두 바퀴가 튼튼해야 짐을 잘 실어 나를 수 있듯이 사람도 정신적 바퀴와 육체적 바퀴가 튼튼해야 정상적인 생활로 조직에 기여할 수 있다. 정신적 바퀴의 근본은 바로 군인정신이다.

형식과 언어, 습관이 냉정할 정도로 잘 절제된 직업군인 생활을 한 것이 필자에게는 축복이었다. 젊은 날 훈련은 육체를 단련시켰고, 군인정신을 통하여 강인한 정신력을 키워 담금질한 것은 큰 행운이었기 때문이다.

평생을 군에 몸담았기에 그 고마운 군에 대한 칭찬과 밝은 뉴스를 접할 때는 저절로 어깨가 으쓱해지지만 최근 잇따라 발생하는 경계 실패, 음주, 폭력, 성추행 등 크고 작은 사고 소식을 접할 때는 세계 6위 군사 강국 군대에서 발생한 사고가 맞는가 하는 회의감을 떨칠 수가 없다.

개인의 작은 실수와 과오로 인하여 군 전체의 명예에 먹칠하는 소식을 들을 때마다 내가 먹던 우물물이 더러워져서 다시는 못 먹을 것 같은 안타까운 생각이 든다. 그것은 아직도 필자가 군을 사랑하고 있다는 증거일 것이다. 많은 국민이 내 생각에 동의할 것이다.

재래식 무기 들고 육체적 훈련이나 하던 권위적인 군대 시절은 지나간 지 오래다. 첨단 무기로 무장되었고 과학적인 훈련을 해야 하는 민주적 군대로 탈바꿈하였다.

부모는 자식의 교과서

따라서 상하동욕자승(上下同欲者勝, 윗사람과 아랫사람이 소통을 이루고 같은 곳을 보고 달려야 목표를 이룰 수 있음)하에 강군육성이란 목표 달성을 위하여 일치단결하여야 한다. 권위주의 시대 군대처럼 '상급자는 바담풍 해도 하급자는 바람풍 하여라' 하는 식의 통솔은 더는 통하지 않는다.

'윗물이 맑아야 아랫물이 맑다'라는 속담처럼 상급자의 형식과 언어와 행동이 항상 하급자에게 FM(Field Manual)이 되어야 하고, 하급자의 잘못은 바로 상급자인 내 잘못이라는 연쇄 책임을 느껴야 한다. 하급자에게 교범 같은 상급자가 되기 위해서는 각고의 노력이 필요하다.

반드시 습관화해야 할 덕목이 바로 신독이다. 혼자 있을 때 삼갈 줄 아는 사람은 여럿이 있을 때는 더욱 정중히 하게 되기 때문이다. 습관화된 신독의 물줄기가 위에서 아래로 도도히 흐를 때 침전물 쓸어내리듯이 사고가 저절로 사라지게 해야 한다.

전염병 발병을 예방하기 위하여 백신을 접종하듯이 사고도 처리보다는 예방에 관심을 집중하는 것이 훨씬 더 효율적이다. 호미로 막을 것을 가래로 못 막는 우를 범해서는 안 된다.

춘풍추상(春風秋霜, 다른 사람에게는 봄바람처럼 따뜻하고 자기 자신에게는 가을 서리 같이 엄격할 때 대화와 소통이 이루어진다)의 심정으로 소통해 나간다면 뽑고 또 뽑아도 잡초처럼 싹이 트는 군 내 크고 작은 사고에 완벽한 제초제가 될 것이다.

영국 속담에는 '평화를 원하면 전쟁을 준비하라'라고 하였다. 남북 관계가 옛날에 비하면 평화 무드로 변화하고 있기는 하지만, 자주국방을 위한 막강한 군사력 강화라는 본연의 임무에 매진해야 한다. 2백 년 전 다산 정약용 선생께서는 『목민심서』를 통하여 병가백년불용 불가일일무비(兵可百年不用 不可一日武備, 군대는 백 년 동안 사용하지 않더라도, 하루도 준비를 해야 함)을 강조하셨다.

군이 전투력을 향상하는 것은 과거나 현재나 미래에 세월이 아무리 흘러도 변하지 않을 것이다. 수많은 예비역이 자신들이 거쳐 온 군을 걱정할 것이 아니라 군이 예비역의 걱정과 우려가 기우였음을 행동으로 보여줄 수 있기를 바라는 마음 간절하다. 국민의 생명과 재산을 보호해야 할 군이 국민에게 예비역에게 걱정을 끼치는 군이 되어서는 안 된다. 우리 군은 충분한 역량을 가지고 있음을 모두가 알기 때문에 무한신뢰를 보낸다.

부모는 자식의 교과서

멋진 군인, 품위 있는 예비군이 선진 국민

군의 기본 임무는 전·평시를 막론하고 국가안보를 튼튼하게 하는 것이다. 거기에다 멋진 군인이 전역하여 품위 있는 예비군으로 변한다면 대한민국 선진 국민 생활윤리 정착에 크게 기여하게 될 것이다.

지금 우리 대한민국은 문화국민의 생활윤리를 확립하여 세계인들의 부러움을 사고, 존경받으면서 국민소득 4만 달러 시대를 향하고 있다.

과거 우리나라가 유치했던 큰 대회들을 손꼽아 보면 2002년 월드컵 대회를 비롯하여 2010년 G20 정상회의, 2011년 대구 세계육상 선수권 대회, 2012년 여수 해양 엑스포, 2013년 세계에너지 총회, 2018년 평창 동계올림픽 등이 있다. 이러한 행사가 개최될 때마다 수많은 외국인이 오고갔다.

아무튼 국력과 국위 향상에 우리 군이 안정된 국가안보를 통하여 직간접적으로 크게 기여해 왔다고 자부할 수 있다. 그러나 우리는 여기에 만족하지 말고 안보 외적으로도 국민 생활윤리에 앞장을 서야만 국민에게 계속된 신뢰를 얻을 수가 있다.

백의민족과 고요한 아침의 나라 동방예의지국이 점차 사라지고 다문화와 글로벌 시대가 부상하지만 선진 국민의 윤리의식은 순수 우리의 것으로 차별화하여 외국인에게 감동을 주도록 노력해 나가야 한다.

대한민국 국민 중에 가장 혈기가 왕성하고 사상이 건전한 멋진 군인과 품위 있는 예비군은 예비 선진 국민이기에 실천에 앞장을 서야 할 사명을 띠고 있다고 해도 과언이 아닐 것이다. 선진 국민이 실천해 나가야 할 내용은 한둘이 아니다.

멋진 군인들이 친절을 실천한다면 병영생활이 한결 밝아질 것이요, 품위 있는 예비군들이 친절을 실천한다면 사회가 밝아질 것이다. 친절은 돈 들이지 않고 상대방을 기분 좋게 만들 수 있으니 누이 좋고 매부 좋은 격이다.

인사를 할 때는 밝은 표정으로 하고, 멀리서도 인사를 하며, 바쁜 상황에서도 가볍게 인사를 하고, 여러 번 마주치더라도 가볍게 목례하며, 악수할 때도 정중하게 해야 한다.

친절한 전화 통화를 위해서는 보이지 않는다고 하더라도 태도를 공손히 하고, 긴급사항이 아니라면 너무 이른 시간이나 너무 늦은 시간에는 하지 말아야 한다. 자신의 신분을 먼저 밝히고, 벨이 울리면 최대한 빨리 받으며, 통화는 작지만 분명한 목소리를 내야 한다. 부재중일 때는 메모를 남기고, 잘못 걸려온 전화도 친절하게 대하며, 공공장소에서는 통화는 되도록 억제하거나 간단히 해야 한다. 휴대폰으로 오락이나 문자를 이용하지 말고, 전원을 끄든지 진동 모드로 조절하여 공공에 피해를 주지 말아야 하며, 운전 중

부모는 자식의 교과서

에는 안전을 위하여 사용하지 말고, 금지된 구역에서도 사용하지 말아야 한다.

친절한 언어생활을 위해서는 폭언은 절대로 해서는 안 되고, 비어 및 은어를 삼가며, 상대방을 부를 때는 존칭을 사용하고, 표준어로 정중하게 말하며, 이야기를 들을 때는 진지하게 말하고, 폐를 끼쳤을 때는 사과를 하고, 호의를 받았을 때는 감사를 표해야 한다.

친절한 배려를 위해서는 노약자·장애인 보호석은 앉지 말며, 대중교통 이용 시 남에게 피해를 주는 행동은 삼가야 한다. 길을 묻거나 도움을 청할 때도 예의 있게 행하며, 에스컬레이터에서는 오른쪽에 서고, 엘리베이터에서는 기다렸다가 함께 타며, 가능하면 닫힘 버튼 사용을 금지하여 에너지를 절약해야 한다. 출입문 통과 시에는 뒷사람을 위하여 문을 잡아주며, 힘들거나 어려운 처지에 있는 사람에게는 도움을 주도록 해야 한다.

외국인에 대한 친절을 위해서는 편견 없는 시선으로 대하고, 감사와 사과의 표현을 충분히 하며, 친절하고 성의 있는 응대로 좋은 이미지를 심도록 노력해야 한다. 내가 외국에 나가면 그 나라 사람에게는 내가 외국인이 되기 때문이다.

질서를 잘 지키는 것은 나만 손해 보는 것이 아니라 서로가 시간을 줄이고 기분을 좋게 하며, 사고를 예방할 수 있기 때문에 지켜져야 한다.

줄서기를 습관화하여 도착하는 순서대로 남에게 불편을 끼치지 않도록 줄 서야 하며, 경기관람도 바르게 하고, 긴급한 상황에서도 질서를 지키며, 공연장에서도 시작 전에 자리에 앉아서 남에게 손해를 끼치지 말고, 집에서 TV로 시청을 하는 한이 있어도 암표는 사지 말아야 한다.

길을 건널 때는 돌아가더라도 횡단보도를 이용하고, 차도에 내려서지 말며, 다른 사람의 통행을 방해하지 말고, 운전자를 방해하지 말아야 한다. 대중교통 이용 시 남에게 불편 주지 말고, 운전 중 안전 수칙을 준수하며, 차 밖으로 꽁초나 쓰레기를 버리지 말고, 보행자를 배려하면서 운전해야 한다. 사고 시에도 침착하고 질서 있게 처리하고, 끼어드는 차에 양보하며, 차선이 줄어들 때는 한 차선에 한 대씩 교대로 진입하고, 양보를 받았을 때는 고마움의 인사를 해야 한다. 고장 난 차량에는 도움을 주고, 주차도 예절인 만큼 정확하게 하여 남의 주차에 지장을 주지 말아야 한다.

행락 질서 확립을 위해서는 과음이나 고성방가를 삼가고, 자연을 소중히 여기며, 쓰레기는 정해진 곳에 버려야 한다.

상거래 질서 확립을 위해서는 강매 업소는 이용하지 말고, 정찰제 매장을 이용하며, 반드시 영수증을 발급받고, 물건은 필요성과 실용성을 꼼꼼히 따져보고 충동구매는 하지 말아야 한다. 부당한 상거래는 반드시 신고하는 용기를 발휘해야 한다.

청결을 유지하면 나도 기분이 좋고, 남도 기분이 좋아진다.

일상생활에서 청결은 먼저 용모를 깨끗하고 단정히 하며, 불쾌한 냄새를 제거하고, 음식을 입에 넣고 말하지 않으며, 내 주변 내

집 앞부터 깨끗이 하고, 애완동물로 남에게 폐를 끼치지 않는 것이다.

공공시설에서의 청결은 공중화장실도 내 집 화장실처럼 이용하고, 고장 난 공공시설은 즉시 신고를 하며, 공중목욕탕을 바르게 이용하고, 숙박업소에서도 질서를 지키며, 식당에서 물수건을 용도에 맞게 이용하는 것이다. 공공장소에서는 음식을 먹지 말고, 대중교통 이용 시 쓰레기를 버리지 않으며, 남이 버린 쓰레기도 주울 수 있는 용기를 키워야 한다.

자연환경 보존을 위해서는 유원지에서 취사 행위는 지정된 곳에서만 실시하고, 쓰레기는 되가져오거나 분류 배출을 철저히 하며, 가급적 일회용품을 사용하지 말고, 세제나 샴푸는 가급적 적게 사용해야 한다.

흡연과 음주도 예절의 한 부분인 만큼 걸을 때나 남과 함께 있을 땐 삼가고, 담배꽁초는 지정된 곳에 버리며, 식기나 컵에 담뱃재를 털지 말고, 금연구역을 반드시 준수하며, 주량이 약한 사람에게 술잔을 강제로 돌리지 말고, 건전하고 위생적인 음주문화를 확립해 나가야 한다.

우리 주변에서 멋진 군인과 품위 있는 예비군이 되기 위해서 실천해야 할 내용을 정리해 보지만, 몰라서 실천을 못 할 내용은 하나도 없다. 실천해야겠다는 의지와 용기만 있으면 된다. 하루에 한 가지씩이라도 실천에 옮기겠다는 의지와 용기를 키워야 한다. 겉으로는 조용하고 부드러우면서도 안으로는 중단 없는 의지와 용기가 있는 멋진 군인과 품위 있는 예비군이 되어야 한다.

기본 임무인 국가안보에 충실하면서 선진 국민 윤리의식 정착에 앞장을 서는 선진 국민이 되어 보자.

부모는 자식의 교과서

나라를 위하여

지구촌에 존재하는 모든 나라는 일정한 영토에 다수인으로 구성된 사회집단이 통치권을 가지고 있기 때문에 나라로서 인정을 받는다. 따라서 나라는 일정한 틀에 찍힌 고형물도 아니요, 개인이 소유할 수 있는 물건도 아니다.

우리에게는 대한민국이라는 세계인들이 부러워하는 우리의 나라가 있다. 우리가 행복하게 살다가 후손들에게 물려주어야 할 사랑하는 나라 대한민국이 있음을 자랑스럽게 생각해야 한다. 우리 국민들이 영원히 사랑해야 할 자랑스러운 대한민국도 일제강점기가 있었고, 6·25가 있었기에 나라의 소중함을 더더욱 절실하게 깨닫게 한다.

일제강점기에는 빼앗긴 나라를 찾기 위하여 갖은 고초를 겪으면서도 포기하지 않았던 독립투사의 희생과 헌신 그리고 책임이 없었다면 오늘날 대한민국은 없었을 것이다. 6·25 참전용사들의 희생과 헌신 그리고 책임이 없었다면 통치권이 없어졌을 터이니 대한민국에서 행복한 삶도 없었을 것이다.

프로야구 선수들이 팀 승리에 필요한 한 점의 득점을 위하여 장타력이 있는 선수가 번트나 플라이를 치는 것은 개인의 성적보다

팀의 승리를 위한 희생이다. 한 점의 득점을 위하여 슬라이딩하는 것도 팀의 승리를 위한 헌신이다. 팀의 승리는 선수들이 감독의 사인이 있을 때는 있는 대로 없을 때는 없는 대로 수비면 수비, 공격이면 공격 임무를 각자 맡은 바 책임을 충실히 해내야 보장된다.

프로야구 선수들이 야구 사랑을 통하여 팀의 승리를 보장받듯이 우리 국민들도 일류 국민, 즉 프로 국민이 되어야 한다. 자신의 몸을 돌보는 것보다는 나라 사랑을 우선시하는 희생, 몸을 바쳐 있는 힘을 다해서 나라를 사랑하는 헌신, 주어진 의무나 임무를 충실히 이행하는 책임이 바로 나라를 사랑하는 수단이다. 희생과 헌신, 책임은 국민 모두가 가슴에 새겨야 할 국가관의 구성요소다.

불과 70여 년 전만 해도 6·25 전쟁으로 인하여 나라가 온통 잿더미가 되고 가난으로 얼룩졌던 대한민국. 가난 때문에 늘 배고팠고, 배가 고파서 나라를 사랑하고 싶은 마음마저 생기지 않았던 나라. 1등 국가 미국이나 풍요롭고 아름다운 유럽에서 태어나서 좋은 집에서 살면서 좋은 옷 입고, 맛있는 음식 배부르게 먹고 싶은 마음 굴뚝같았다. 우유를 마시면서 열심히 공부할 수 없을 때문에 나라를 사랑하고 싶은 마음이 생기기는커녕 원망스럽기까지 했던 시절이 있었다.

여건이 열악한 학교엘 가도 고달팠고, 집에 오면 배고팠다. 삶이 팍팍한 그런 아이들에게 나라 사랑이란 단어는 사치에 불과했다. 국제적으로도 분단국가요, 국토는 좁고, 국력도 미약한 변방에 머물러 있는 나라를 사랑하고 싶은 국민들은 별로 없었다.

부모는 자식의 교과서

그토록 보잘것없이 초라했던 대한민국이 88올림픽을 성공적으로 개최하였고, 월드컵 4강 신화를 썼으며, 동계올림픽 5위 달성, G20 정상회의 유치를 비롯하여 2011 대구 세계 육상선수권 대회, 2012 여수 세계 해양 엑스포와 핵 안보 정상회의를 유치하였다. 앞으로도 남북 공동 올림픽 유치를 비롯하여 세계 중심 국가로서 유치 가능한 행사라면 무엇이든지 적극적으로 유치 활동을 하는 세계인의 부러움을 사는 중심 국가로 우뚝 섰다.

이제는 미국이나 유럽에서 태어나지 않은 것을 더 원망할 필요도 없고, 부러워하지 않아도 되게 되었다. 원조를 받던 나라에서 원조를 주는 나라로 탈바꿈하였기 때문이다. 그뿐만 아니라 지구촌 분쟁지역마다 평화유지군으로서 한국군이 해결사 역할을 해달라는 요청이 쇄도하는 지경이다.

우유 마시는 것이 소원이었던 나라에 우유가 남아돌고, 먹을 것이 없어서 마음껏 뛰놀지 못하던 나라가 비만을 걱정해야 하는 나라로 변모하였다. 하루 세끼 밥만 해결되어도 열심히 일하던 국민들이 저임금에 3D 일자리는 모조리 외국인들에게 빼앗겨 버린 지 오래다. 이래서는 안 된다.

오늘의 대한민국이 있기까지 한눈팔지 않고 나라 사랑을 위해서 헌신했던 국민들의 발자취를 찾아서 그 길을 다시 가야 한다. 부자가 되기 위해서는 부자가 되는 과정을 흉내를 내라고 하듯이 나라를 사랑했던 위인들의 발자취를 더듬어 그 길을 다시 한번 걸어가야 한다.

그렇다고 해서 이 시대에 이순신 장군이나 안중근 의사처럼 몇세기에 한 번 나올까 말까 한 위인들처럼 큰 나라 사랑을 하겠다고 욕심을 낼 필요는 없다. 왜냐하면 그 당시의 누란 사태가 오늘날에 되풀이되는 상황이 온다면 국민들의 고통 또한 크기 때문이다.

현시대가 요구하는 나라 사랑은 큰 나라 사랑이 아니라 일류 국민답게 조직과 신분에 적절한 역할을 충실히 하는 희생과 헌신, 책임 완수 같은 누구나 할 수 있는 작은 나라 사랑이다. 수십 명으로 구성된 오케스트라도 음악을 사랑하지 않는 한 명의 단원이 엇박자 연주를 한다면 전체 연주를 망치게 된다. 전체 단원이 음악을 사랑해야만 성공적인 연주가 되어서 관중들로부터 갈채를 받게 된다. 일류 단원들이 수준 높은 연주를 해야만 관객을 사로잡을 수 있다는 사실은 명약관화하다.

국민의 한 사람, 한 사람이 오케스트라 단원처럼 나라 발전을 위해서 자신의 역할을 충실히 하는 것이 바로 작은 나라 사랑이다.

과거 가난하던 시절엔 국가 경제의 발전 속도가 가속도를 요구하던 시절이 있었다. 그 당시 경제발전에 걸맞게 헌신적으로 땀 흘렸던 국민들이 있었다. 월남전에 참전하여 피를 흘려 획득한 달러와 무기로 도로와 교량을 건설하면서 국가안보를 튼튼히 했던 파병 군인들이 있었다. 국내에서는 새마을 운동으로 가난과 싸워서 이겨 보겠다는 일념으로 쉬는 날도 없이 새벽에 일터에 나갔다가 캄캄한 밤에 돌아오는 근면한 국민들이 있었다.

공장을 짓는 데 필요한 돈을 벌기 위하여 이역만리 타국에서 온

부모는 자식의 교과서

몸에 새까만 석탄 가루를 뒤집어쓰고 수백 미터 지하 갱도에서 땀 흘렸던 파독 광부 형님들과 말도 통하지 않는 나라에서 환자를 돌보던 고달픈 간호사 누나들이 있었다.

그분들이 가족을 사랑하고 나라를 사랑하는 희생과 헌신 그리고 책임이 없었다면 고달픔과 고통을 참아내지 못했을 뿐만 아니라 오늘의 대한민국은 후진국 대열에서 벗어나지 못했을 것이다. 그분들 덕분에 우리 대한민국은 누가 뭐래도 지금은 경제 대국이 되었다.

이제 우리는 수고한 그들로부터 진 빚을 갚아야 할 때가 되었다. 그 빚을 갚는 일이 바로 작은 나라 사랑을 위하여 희생과 헌신 그리고 책임을 실천해야 할 때임을 명심해야 한다.

사랑하는 조국을 떠나 코리안 드림을 안고 한국에서 국제결혼을 하여 가정을 이룬 다문화 가정도 우리들이 품에 안고 더불어 살아가야 한다. 그들의 현실이 우리의 과거이고 거울이기 때문이다. 통일을 앞당겨 배고픈 북한 동포들과도 더불어 살아가야 한다. 그러기 위해서는 모든 국민이 국력을 키우고 국위를 높이는 역할이 무엇인지를 알아서 각자의 역할에 충실해야만 한다.

그리고 세계인들이 부러워하는 살기 좋은 나라를 만들기 위해서는 일류 국민의 역할을 다하지 않으면 안 되는 중요한 시기가 도래하였다. 일류 국민의 의무는 각자가 환경질서, 교통질서, 관람 질서 등 모든 법치 질서를 자발적으로 확립해 나가야 한다.

남녀노소가 각자의 역할에 충실하는 것이 다 나라를 사랑하는 일류 국민의 기본자세이다. 선진국 진입 문턱에 와 있지만, 장애물은 또 있기 마련이다. 그것은 다름 아닌 갈등이다. 가진 자와 못 가진 자의 갈등을 비롯하여 계층 간, 지역 간의 갈등 해소를 위하여 국가에서 지출하는 예산이 막대하다.

하지만 가진 자들이 기부하는 즐거움을 느끼고 지역 간 계층 간의 갈등은 서로서로 조금씩 양보를 한다면 쉽게 풀린다. 조금씩의 양보가 모이면 예산의 낭비를 막을 수가 있다. 그 절약된 예산을 국가안보나 국민 복지 향상 분야로 전환한다면 모두가 나라를 사랑하는 일류 국민이 된다. 그 장애물을 제거하기 위하여 모든 국민들이 희생과 헌신과 책임을 발휘할 때이다.

한 나라의 울타리 역할을 하는 조직은 바로 군대이다. 영원한 군인은 한 사람도 없다. 군인도 군인이기 전에 국민의 한 사람이다. 기왕이면 멋진 군인이 되어야 한다. 멋진 군인은 일반 국민들보다 더욱 나라를 사랑할 줄 알아야 한다. 멋진 군인만이 일류 국민이 될 수 있기 때문에 때로는 목숨을 던져서 나라를 사랑해야 한다.

또한 멋진 군인은 사랑하지도 않는 나라를 위하여 목숨을 바치는 어리석은 자가 없다. 군은 안정적 국가발전을 보장하면서 국가안보라는 공동의 목표 달성을 위한 조직원의 일원으로서 역할을 충실히 하는 것이 멋진 군인이 되는 길이다. 그래서 조직의 결속을 위하여 상하동욕자승(上下同欲者勝)으로 인화 단결해야 한다. 그것이 조직 속에서 실천하는 작은 나라 사랑이다.

항구 안에 정박해 있는 배가 안전을 유지하는 것은 방파제가 있

부모는 자식의 교과서

기 때문이다. 대한민국 국민의 생명과 재산을 보호하는 튼튼한 방파제 같은 멋진 군인이 되는 것이 나라를 사랑하는 길이다. 동북아라는 항구에 정박해 있는 대한민국호의 안전을 보장하는 튼튼한 방파제가 되기 위하여 나라 사랑에 충실해야 한다. 천년 세파와 태풍에도 희생과 헌신과 책임을 통하여 항구에 정박하고 있는 배들의 안전을 보장하는 튼튼한 방파제를 각자의 가슴속에 축조해 나가야 한다.

행복한 군인은 전역 후에도 행복하다

인간은 누구나 자신의 꿈이 이루어지기를 기대하면서 살아간다. 꿈은 바로 자신의 미래에 대한 희망이며, 야망이고 삶의 목표이기 때문이다. 꿈과 목표가 없는 인간은 미래가 없는 낙오자요, 패배자나 다름이 없다. 그러나 아무리 좋은 목표를 세웠다 하더라도 달성하기란 쉽지 않다.

목표 달성을 위해서 넘어야 할 길은 너무나도 험난하므로 집념을 가지고 전력투구하여야만 목표를 성취할 수 있다. 남보다 앞서가는 사람들은 모든 꿈과 비전, 즉 실현 가능한 명확한 목표를 가지고 최선의 노력을 다하는 사람들이다. 두 마리의 토끼나 그 이상의 토끼를 잡겠다는 산만한 목표는 실현 가능성이 없는 목표가된다.

그러한 목표는 망상이며 과욕에 불과하다. 세상에는 인간들이 얻고자 하는 목표는 많지만 여러 개를 한꺼번에 달성하기 위해서 뛸 수는 없다. 실현할 수 있고 적성에 맞으면서도 평생은 아니더라도 장기간 만족할 수 있는 분야라면 더욱 좋을 것이다. 아무튼 실현 가능한 하나의 목표를 설정했다 하더라도 일시에 도달하거나 달성할 수는 없다.

부모는 자식의 교과서

단계적으로 하나하나 착실히 목표에 접근해 가야 한다. 그 목표를 달성하는 인생의 단계 중 하나가 바로 병역의무다.

남자가 태어나면 어린이집과 유치원을 거쳐서 초등학교, 중·고등학교, 대학, 군대, 대학원을 거쳐서 자신이 원하는 직업을 선택하게 된다. 직업이라는 인생의 최종목표이자 가장 큰 목표를 달성하는 단계마다 하루의 목표, 한 주의 목표, 한 달의 목표, 분기와 반기의 목표, 한 해 한 해의 목표를 달성해 나가는 절차를 거쳐야 한다.

과거 과욕을 부리고 일시에 목표를 달성하려다가 오히려 실패를 한 일부 병역 비리자가 있었다. 군 복무 단계를 생략한 채 개인의 돈벌이와 인기 유지 목표를 달성하려다 목표 달성에 실패하고 만 사례를 우리는 잘 기억하고 있다. 수능을 앞둔 학생이 친구 만날 것 다 만나고, 놀 것 다 놀고, 잘 것 다 자고 자신이 원하는 대학을 갈 수는 없다. 원하는 대학을 목표로 삼았다면 밥 먹는 시간, 잠 자는 시간도 아끼고, 친구 만나는 것과 노는 시간은 포기를 해야만 경쟁자보다 높은 목표에 도달할 수가 있다.

남들보다 험난한 길을 선택하여 집념을 가지고 전력투구하지 않고서는 자신이 설정한 인생의 최종 목표에 도달할 수가 없다. 결론부터 말하자면 군 복무 기간이 인생 목표를 달성하는 데 도움이 되지 않는 공백 기간이라고 생각하는 군인은 행복하지 못하다. 그러한 군인은 전역 후에도 목표 달성할 수 없으므로 불행해지고 만다.

경제가 어려워 청년 백수가 넘쳐나는 동일 조건으로도 영혼이 깨어 있는 젊은이들은 두 겹, 세 겹 벌이로 목표에 도달하기 위하여 기회를 호시탐탐 노린다. 구직을 포기한 채 나라만 원망하는 영혼이 질식된 젊은이들과는 대조적이다. 이 세상에서 하찮은 것도 노력 없이 얻을 수 있는 것은 하나도 없다.

멀쩡한 신체를 병역 브로커에게 돈을 주고 의료진을 매수하여 신체에 이상이 있는 것처럼 조작하여 병역을 기피하는 자들이 들통이 나서 망신을 당하고 죗값을 치르는 안타까운 사례를 언론 매체를 통하여 종종 접한다. 신이 존재하는 한 세상에 공짜는 없다는 두려운 이치를 알아야 한다. 무임승차로 자신의 목적지를 가겠다는 비양심은 도려내야 한다. 건강하고 공평한 사회를 유지하기 위하여.

반대로 신체에 이상이 있어서 입대를 못 하는 사람이 내 돈 들여서 치료하고 당당하게 입대하기도 한다. 영주권을 가진 자들이 대한민국 국민으로서 정체성을 찾고 전역 후에는 국내에서 자신의 꿈을 이루고 목표를 달성하기 위하여 자진 입대하는 경우도 많아지고 있다.

그들이 바로 자신의 행복을 창조하는 군인들이다. 행복한 군대 생활을 성공하는 인생의 필수품으로 생각하기 때문이다. 아무튼 이러한 사실은 개인과 국가를 위하여 많으면 많을수록 좋은 일이다. 행복은 다른 사람이 그저 가져다주는 것이 아니라 스스로 창조해야 한다는 사실을 잠시도 잊어서는 안 된다.

군인의 행복은 바로 공동의 목표인 국가안보를 튼튼히 하면서

부모는 자식의 교과서

개인의 목표에 도달하기 위한 도장이란 점을 인식해야 한다. 군인이 행복을 인식할 때 병영생활은 즐거워진다. 대한민국 군인이 될 수 있는 조건은 정신적으로 건강하고 육체적으로 건강해야만 한다. 이 두 가지 중 어느 한 가지에만 이상이 있어도 군 복무가 불가능하다. 건강한 신체에 대한 보증수표를 가졌다는 자긍심을 가지고 즐겁게 복무해야 한다.

대한민국 남자라면 완전군장에 체력의 한계를 느끼는 행군의 추억도 해야 하고, PT 체조로 파김치가 된 몸으로도 전투 임무를 수행할 수 있는 의지를 키우는 유격훈련의 추억도 해야 한다. 달 밝은 밤에 경계근무 서면서 고향 생각과 가족에 대한 그리움도 느껴봐야 한다. 그리움으로 효심을 키우고 그리움을 참을 줄 아는 인내심도 키워야 한다. 게을러졌던 몸과 마음도 조직에 이끌려 부지런해지도록 길들여야 한다. 적은 봉급으로도 생활이 가능한 검소함도 익혀야 한다. 부모님 슬하에서 화초처럼 자라던 나약한 인간이 편식을 없애고, 금연을 실천하고 심신을 단련하여 새로운 인간으로 태어나서 훈련소에서 부여하는 군번을 죽을 때까지 기억하는 행복한 군인이 되어야 인생을 살아가는 맛이 있다.

병영 생활의 즐거움, 전우애의 즐거움, 병역 의무의 즐거움을 느끼면서. 적과 싸워서 이기기 전에 나와 싸워서 이기는 군대 생활. 필승의 군인정신으로 강인한 의지력을 기르는 군대 생활. 협력과 자조 정신을 기르는 군대 생활은 인생의 최종목표를 달성하는 데 좋은 밑거름이 된다.

구르는 돌에는 이끼가 끼지 않듯이 즐겁고 행복한 군인이 되는 첫째 조건은 늘 영혼이 깨어 있는 것이다. 영혼이 깨어있는 군인은 활발하고 능동적이며, 심신이 건강하고 주위 사람들로부터 호감을 받는다. 또한 지적은 멀어지고 칭찬이 가까이 온다.

좋은 대학을 졸업하고 머리에 든 것이 많은 순서대로 훌륭한 직업인으로 보장받는 시대는 갔다. 학벌이 좋다고 하더라도 기본적인 인격을 갖추어져 있지 않으면 성공을 보장받을 수가 없다. 인격은 인간으로서 갖추어야 할 가장 기본적인 품성이며 사회생활과 직장생활에 있어서 인간관계 유지에 기본이 되기 때문이다.

전국 각지에서 모인 다양한 선후배들과 병영생활의 질서와 규율, 군대 예절을 통하여 인격도야와 대인관계를 무한연습할 수 있는 절호의 기회를 잘 활용해야 한다. 한 번 지나간 기회는 다시 돌아오지 않는다. 현재의 기회를 놓치지 않는 사람이 바로 행복한 군인이다.

즐겁고 행복한 군 복무를 마친 사람에게는 성공적인 선택의 기회가 기다리게 된다.

직업 선택의 자유와 배우자 선택의 자유, 인생관 선택의 자유가 기다린다. 미래의 선택 결과는 인생의 진로를 성공의 길로 인도하느냐 실패의 길로 인도하느냐로 갈리게 된다. 하지만 행복했던 군인은 주저 없이 현명한 선택을 하게 된다. 늘 영혼이 깨어 있는 준비된 인생을 살아왔기 때문이다.

성공하는 인간이 되기 위하여 행복을 스스로 창조하는 군인이

　　　　　　　　　　　　　　부모는 자식의 교과서

되어야 한다. 군을 인생 연수원으로 삼으면 성공의 열쇠를 쥐는 사람이 된다.

소중한 물

우리나라는 UN이 정한 물 부족 국가라고 한다. 믿기지 않지만, 미래의 현실이다. 그래서 물 절약은 이제 선택이 아니고 필수다. 아껴 쓰고 더럽히지 말아야 한다. 물을 물 쓰듯 하다가 물 부족으로 인한 고통도 내가 받으며, 내가 더럽힌 물을 내가 마시고 건강을 해치는 피해도 내가 입게 된다.

우리는 날마다 자동차를 몰고 10원이라도 더 싼 주유소를 목숨 걸고 찾아다닌다. 하지만 물 절약과 물을 깨끗이 사용하고 더럽히지 않는 데는 너무나도 무감각하게 살아가고 있다. 그러다가 언젠가는 물이 석유보다 귀한 대접을 받는 날이 오면 좀 더 깨끗하고 좋은 물을 구하러 목숨 걸고 찾아다니는 날이 올 것이다.

밥 한 끼 굶으면 죽는 줄 알지만 정작 한 잔의 물을 마시는 것은 대수롭지 않게 여긴다. 우리 몸의 60~70%가량이 물로 구성되어 있고, 이 중 10%만 부족해도 생명을 유지하기가 힘들다고 한다. 그래서 사람 신체에서는 하루 세 끼 밥보다도 더 자주 공급해 주어야 하는 것이 물인데, 그 중요성을 물을 마시는 순간에도 모르고 마신다.

어떤 요구를 관철하기 위하여 음식을 먹지 아니하면서 시위하는

부모는 자식의 교과서

단식 투쟁자의 옆에는 예외 없이 물이 놓여 있는 것만 봐도 이를 잘 증명해 준다.

섭취한 물은 체내에서 영양소 운반을 돕고, 노폐물은 제거하는 역할을 한다. 이러한 순환 과정에서 땀이나 소변으로 수분을 배출하게 된다. 체내 수분 균형 유지를 위해서 갈증을 느끼면 다시 물을 섭취하는 고마운 물인데도 고마움을 모른다.

그동안 우리가 매일 먹고 마시고 쓰는 물은 너무나 편리하고 풍족하게 사용하는 물이다 보니 물의 소중함도 고마움도 모르고 살아왔다. 이제부터는 물이 공짜가 아니고 정당한 사용료를 지불하는 물이며, 많은 사람의 수고와 정성과 시설을 통하여 공급되는 생명 유지를 위한 필수적 자원임을 알아야 한다.

언젠가 대구 엑스코에서 개최된 물 산업전에서 모든 국민이 양치 컵을 사용하고 가정마다 절수형 변기만 사용해도 연간 2천억 원 넘게 절약할 수 있다는 사실을 알고 깜짝 놀랐다.

내가 물의 소중함을 안 때는 중·동부전선 최전방 한 고지에서 근무할 때 한겨울에 옹달샘에서 솟아나는 지하수가 혹한에 얼어서 눈이나 얼음을 녹여서 취사장에 가장 먼저 공급하고 부대원들은 간신히 식수와 세수를 할 정도의 생활용수를 조달하던 겨우살이 때이다. 기계화는 꿈도 못 꾸던 옛날이야기다.

그다음으로 우리 집 물 절약 역사는 30년 전 내가 해군에 발령받아 빗물에 의존해서 살아가는 절해고도 추자도에서 만 16년 넘게 근무할 때부터 시작되는데 그동안 물 절약이 몸에 뱄다. 집마다 골목마다 크고 작은 플라스틱 통에다가 빗물을 받아서 저장해 놓은 모습이 마치 이국에라도 온 것처럼 얼떨떨하였다.

아낙들은 집 안에 저장된 한 방울의 물이라도 아끼기 위해서 빨래를 리어카에 싣고 바닷가 저지대를 찾아간다. 마치 지구가 땀 흘리듯 하는 소량의 물을 찾아가야 빨래를 해결할 수 있었다. 그것도 초벌 빨래만 한 채 집으로 와서 받아 놓았던 빗물로 헹구는 고달픔의 연속이었다.

섬 특성상 갈수기에는 상수도마저 빗물에 의존하는 상황이었으니 저수량이 빈약하여 3~6개월에 한 번씩 급수할 때도 있었다. 자연히 생활용수도 빗물에 의존할 수밖에 없었고, 빗물을 생명처럼 아끼지 않으면 안 되었다. 돈이 많은 집은 집을 지을 때 지하에 빗물 탱크와 수돗물 탱크를 구축하기도 하였다. 대형 물탱크가 있어야 많은 양의 물을 저장할 수가 있으니 물 저장량은 부의 척도가 되기도 하였다.

갈수기인 한겨울 새벽녘에 아낙들의 물 전쟁터인 동네 우물에 나가 보면 한 두레박의 물이라도 더 퍼 올리기 위하여 총성 없는 전쟁이 일어나고 있었다. 수 미터 아래 우물 바닥에 자갈이 훤히 드러난 한쪽 구석에 약간의 고인 물을 퍼 올리기 위하여 두레박을 정조준하여 던진다. 채 한 두레박이 되지 못하는 물이지만, 두레박 끈을 사려 올리던 그때의 아낙들. 고달프고도 눈물겨운 모습이 지금도 생생히 기억난다.

우물 바닥이 해수면보다 낮은 관계로 소량의 물마저 바닷물이

부모는 자식의 교과서

스며들어 염분 섞인 물이지만 그들에게는 생명수였다. 그러한 섬 주민들과 동고동락하면서 물 절약 정신과 물을 더럽히지 않는 물 사랑 정신이 몸에 밴 것은 일생일대에 큰 수확이다. 역삼투압 방식의 조수기가 해군에 먼저 도입됨에 따라 그나마도 섬사람들보다는 물 부족에 대한 고통을 덜 받은 게 천만다행이었다. 해군 함정에는 장병 생활용수를 조달하기 위한 증류수를 생산하는 시설까지 있다는 얘기를 들은 후로부터는 물을 아껴야 한다는 생각의 끈을 더욱더 조였다.

2000년 가을 전국에서 최초로 낙도 지역 담수화 사업을 시행한 덕에 물 부족은 해결이 되었다. 천지개벽이라도 한 듯 섬 전 주민이 조수기에 서 뿜어져 나오는 통수식을 축하하기 위하여 마을 단위 모든 농악대가 동원되어 흥겨운 축제장이 되었었다. 참으로 물에 대한 소중함을 아는 사람들만의 유일무이한 축제였다.

때늦은 감은 있지만, 지금부터라도 물을 아끼고 절약하며 깨끗한 물 사랑 정신이 국민운동으로 전개되어야 한다. 꼭 필요한 만큼만 사용하고, 어떠한 경우라도 물은 더럽히지 말아야 한다.

물 절약을 위하여 모든 국민이 양치 컵을 사용하고, 가정마다 절수용품으로 바꿔 나가야 한다. 세탁도 모아서 하고 간단한 것은 손빨래해서 물을 절약해야 한다. 물을 더럽히지 않기 위해서는 음식물 찌꺼기를 하수구에 버리지 말고, 폐식용유는 휴지로 닦고, 합성세제 사용을 최소화해야 한다. 야외에서도 개인의 편리함과 게으름을 충족시키고자 남을 의식하지 않고 물을 더럽히는 행동은 철저히 삼가야 한다.

모든 국민이 물 절약을 통하여 국부를 낭비하지 말고, 물 사랑으로 각자의 건강을 지켜야 한다. 내가 더럽힌 물을 내가 먹고 내 건강을 해친다면 나만 손해다. 아껴 쓰고 절약하면서 더럽히지 않아야 할 물 사랑, 아무리 강조해도 지나치지 않다. 물 사랑은 삼척동자도 다 안다. 실천이 중요하다. 내일부터가 아니고 오늘부터다.

우리 집은 세숫대야도 다른 집 것보다 적다. 물그릇이 적으면 물이 더 절약되기 때문이다.

부모는 자식의 교과서

제2의 고향을 떠나다

섬은 내 인생 황금기를 침몰시킨 현대판 유배지였다.

우리 집 거실 모퉁이 작은 진열장 안에는 아내가 아끼는 소품과 나의 발자취를 대표하는 물품들이 옹기종기 자리다툼하고 있다. 관심이 소홀한 맨 아래 칸에는 주인 잘못 만난 17년생 양주 몇 병이 30년생 전후가 될 때까지 장례식을 치러주지 못한 내 주량의 무능함을 질타하고 있다.

그 물품들이 나에겐 침몰선에서 인양한 유품과도 같은 것들이다. 그중에서도 해군과 함께 16년간 근무하였던 섬을 떠날 때 면민 일동의 명의로 받은 감사패는 섬 생활의 파노라마를 고스란히 담고 있다. 섬 생활 초기에는 작은 여백 같은 융통성도 없는 나의 일거수일투족에 섬사람들이 입방아를 찧기도 하고, 뒤통수에 손가락질하기도 했었다. 그러나 나는 주민을 섬기는 일에는 팔을 걷어붙였지만, 내 고유의 직무는 물방울이 샐 만큼의 틈도 양보하지 않았다. 먼지만 한 직무유기라 할지라도 내 자존감에 생채기를 내서는 안 된다는 신념이 뇌리에 누룽지처럼 눌어붙어 있었기 때문이었다.

해군에 발령을 받고 부산항 연안부두에 도착하였다. 나는 이제 해외로 유배를 떠나는 형국이니 자주 만날 것을 기대하지 말라고 너스레를 떨면서 부산항 연안부두에서 식솔들을 이끌고 제주행 야간 카페리에 승선할 때만 해도 사실 섬은 나에게 공포와 절망의 대상이었다. 18시간이나 걸려서 도착한 섬 추자도를 눈으로 확인하는 순간 사람 살 만한 곳이라는 자신감이 생겼다. 맨 처음 부임을 하였을 때 원주민들의 눈에는 내가 이방인으로 보였을지도 모른다. 그러나 당시 이방인의 희소가치를 도구로 삼아 한 사람, 두 사람 이웃을 사귀기 시작했다.

신세계처럼 펼쳐진 바다는 계절 따라 카멜레온처럼 변하였다. 산골에서 태어나 바다와는 쥐꼬리만큼도 인연이 없던 내가 느꼈던 봄 바다는 따스한 솜처럼 포근하고 거울처럼 매끄러워 보였다. 여름 바다가 태풍과 풍랑이 자주 몰아치는 맹수 같다면 가을 바다는 황소처럼 우직스러웠다. 겨울 바다는 돼지처럼 꿀꿀거렸지만, 어족의 시신이 즐비하니 아주 풍성하였다.

변화무쌍한 바다의 풍랑 경계경보는 전봇줄을 맴돌던 바람이 알맹이 빠진 호각 소리를 내면서부터 시작한다. 풍랑주의보는 유일한 교통수단인 여객선 운항이 중단되기 때문에 섬은 창살 없는 감옥이나 마찬가지다. 그 감옥 같은 섬 생활이 나에게는 준비성과 침착성을 길러주었다. 수 시간을 기다렸다가 인물 좋은 감성돔 한 마리 끌어내는 순간의 짜릿한 손맛을 느끼는 낚시는 인내심과 집중력을 배양하는 데 많은 도움이 되었다. 비록 현대판 유배지였지만, 잃은 것에 비하여 얻은 것도 많았다.

부모는 자식의 교과서

미역 따서 말리고, 생선 살점 저미는 솜씨가 늘어나는 데 비례하여 신뢰도 쌓아 갔다. 시간도 점점 나를 응원하더니 지성이면 감민(感民) 정도는 아니었지만, 성실성을 인정받기 시작했다.

속절없이 흘러간 16년의 세월은 나에게 작별을 위한 끝맺음 숙제를 하라고 명령하였다.

나는 민폐를 끼치지 않고 조용히 떠나기 위해서 쥐도 새도 모르게 떠날 묘안 짜내기에 주야골몰하였다. 발령 사실을 이순신 장군처럼 아무에게도 알리지 않고 떠나기로 작정했다고 아내의 잔잔한 의중에 넌지시 파문을 던져보았다. 아내는 긍정도 부정도 하지 않았다.

섬을 떠나기 얼마 전 아내가 철없는 자식을 타이르기 위해서 심사숙고하는 품새로 나를 불러 앉혔다. 우리가 16년간 햇수로는 17년째 아무 탈 없이 잘 살다가 가는 것이 우리 공덕은 티끌이고, 섬사람의 은혜는 태산이니 인사치레는 하고 가는 것이 도리란다. 나는 묵묵부답인데도 아내의 얼굴에는 화색이 돌았다. 그 방법은 이미 점지받았단다. 동네 경로당을 돌면서 인사를 드리고 인원과 관계없이 막걸릿값이라도 드리고 작별의 예를 갖추고 가면 된다고 하였다.

봉투 여섯 개를 준비하여 겉봉에 '감사합니다. 건강하세요'를 적었다. 그 봉투에 아내는 5만 원씩을 담았다. 오래전이었으니 충분한 액수는 아니지만, 막걸리 한 잔으로 목을 축일 수는 있는 액수였다. 봉투를 들고 아내와 함께 각 마을 경로당을 찾아가서 어르신들 덕분에 잘 살다가 간다고 공손하게 인사드렸다. 자식의 손을 잡고 작별을 아쉬워하는 듯이 서운함이 교차하였다. 아내가 나의 섬 생활 끝맺음 숙제를 잘도 해준 셈이다.

떠나기 며칠 전에 면사무소에서 면민 일동 명의의 감사패를 받았고, 섬을 떠나던 날은 부둣가에서 많은 사람의 환송을 받았다. 뱃고동과 함께 스크루에 떠밀린 바닷물이 소용돌이치는 갑판 위에서 손을 흔들기 시작했다. 휘이휘이 흔들다가 눈물이 앞을 가려 더는 흔들지 못하고 모자를 벗어서 눈물을 닦았다. 닭똥 같은 눈물이 그칠 줄 모르다가 끝내 매미 같은 울음소리까지 터져 버렸다. 내 일생 잊지 못할 울음이었다.

통곡에 가까운 눈물이었으나 분명 기쁨의 눈물이었다. 기쁨과 행복은 챙기고 질곡과 고난은 흐르는 눈물에 녹여 바닷물에 희석했다. 기쁨과 행복만 골라서 담아 온 면민 일동의 감사패는 내 공직 생활의 흔적이 되고 있다. 지금까지 내가 생각하는 감사패는 주는 사람이 받는 사람에게 감사함을 담아서 주는 걸로 알고 있었다. 그런데 면민들이 준 감사패는 받은 내가 오히려 늘 면민들의 감사함을 잊지 못하니 감사의 개념을 바꿔준 특이한 감사패가 되었다. 이젠 작은 감사함도 놓치지 않도록 나의 의식을 바꿔준 고마운 감사패가 볼 때마다 제2의 고향을 생각나게 한다.

부모는 자식의 교과서

포항은 대구의 앞마당

포항 구룡포가 나에게는 제3의 고향이다. 38년간의 군 생활을 마무리하고 발급 받은 공무원 연금증에 마지막 근무지가 구룡포 읍으로 선명하게 새겨져 있기 때문이다.

포항을 생각하면 어린 시절 동심을 키우며 마음껏 뛰놀던 고향 집 앞마당 같은 생각이 나서 언제든지 달려가고 싶은 충동을 느낀다. 봄이면 어미 닭 따라다니며 모이를 쪼아 먹던 노란 병아리 떼가 정겨웠고, 여름엔 보리타작, 가을엔 발로 밟는 탈곡기 돌아가는 소리가 종일 집안을 시끄럽게 하지만, 탈곡이 끝나면 왕릉에 버금가는 나락 무더기가 쌓이는 모습이 신기하기도 하였다.

언제든지 방문을 열고 툇마루를 내려서서 고무신 신고 마구 장난치던 곳. 먹을 것이 부족하여 배 꺼진다고 조심조심 놀라는 할머니와 어머니의 노심초사도 못 들은 체 고달픔보다는 마음이 한없이 평화롭게 놀았던 앞마당. 포항이 나에겐 그런 곳이다.

사시사철 눈과 코와 입을 호강시킬 수 있는 볼거리와 먹을거리가 넘쳐나는 그런 곳이기에 자력에 끌려가듯이 가야 하는 곳이다. 삶이 고달프거나 우울해질 때는 더욱 그렇다. 혼자서 때로는 여럿이서 가고 또 가야 하는 곳이 포항이다. 너울 치는 영일만 물결엔 진정한 영일만 친구들의 춤사위가 투영되고 해안 길 군데군데 헤쳐모인 오두막들은 볼 때마다 나를 다시 오라고 손짓을 하는 듯 정겹다.

포항에 가면 미닥질 잘하는 진정한 영일만 친구들이 있어서 늘 기분이 좋다. 그 친구들과 둘러앉아 물회를 비롯하여 싱싱한 해물을 안주로 소주 한 모금 입에 물고 천장 한 번 쳐다보고, 안주 한 숟갈 입에 물고 천장 한 번 쳐다보면서 권커니 잣거니 하다 보면 적잖은 금액이 나올 때도 있다. 그래도 지갑 열어야 할 시간에 잘 묶여 있는 애꿎은 신발 끈만 풀었다 묶었다 하는 친구가 없어서 서로가 부담 없이 만나면 반갑고 헤어지면 아쉽다.

가장 먼저 불콰해진 친구가 화장실 가는 것처럼 위장 전술을 쓸 때가 많다. 슬금슬금 계산대로 가서 대권을 잡으려고 은밀한 행동으로 지갑을 열지만, 눈치가 9단들인 친구들이라 부전승을 용납하지 않고 누군가는 미닥질 상대로 도전에 나선다. 모르는 사람들은 그레코로만형 레슬링 경기를 공짜로 구경하는 진풍경이 벌어지기 일쑤다. 그사이에 내가 가서 슬그머니 내기도 하고 발 빠른 친구들이 한발 앞서 내기도 한다. 그럴 때는 열심히 미닥질하던 선수들이 머쓱해지고 만다.

친목회 갈 때는 동대구에서 열차를 타고 갔었다. 커피 향기에 취한 채 창밖 풍광을 감상하면서 영천, 경주, 안강을 거치는 동안 친구들과 도란도란 담소를 나누다 보면 금방 도착한다. 그런 낭만의 철길이 이젠 없어져서 아쉽다.

부모는 자식의 교과서

일단 도착하면 인근에 있는 중앙상가 실개천을 구경하면 대구 중앙로 실개천이 생각난다. 원조 실개천이기 때문이다. 걸으면서 구경하고 구경하면서 걷다 보면 죽도시장이 나온다. 죽도시장은 규모도 규모지만, 청정 수산물의 박람회장을 연상케 한다.

수산물 박람회장을 구석구석 구경하다가 시장기를 느끼면 발길 머무는 곳에서 기호나 주머니 사정에 적당한 인물 좋고 몸매 빼어난 활어를 손가락으로 찍으면 된다. 찍힌 활어는 도마 위에 누워서 입을 뻐끔뻐끔, 아가미는 벌름벌름하다가 꼬리로 도마를 후다닥 두들긴다. 우리 일행을 위하여 목욕재계하고 한 몸 바칠 준비가 되었다는 신호다. 흥정 끝내고 담소를 나누는 사이에 상 위에는 밑반찬이 정렬되고 그 중앙에는 싱싱한 회가 자리를 잡는다. 계절에 따라 시원한 국물이나 각종 어패류와 해조류가 서비스로 곁들여지기도 하는데 그것이 포항의 기본 인심을 느끼게 한다.

신선한 쌈 채소에 쫄깃한 생선의 살점 얹고, 마늘과 풋고추를 쌈장에 찍어 한 쌈, 한 쌈 싸 먹어도 좋고, 새콤달콤 비벼 먹는 물회도 맛이 일품이다. 절간 아궁이만큼이나 벌어진 입안으로 굵은 쌈 밀어 넣으면 삶의 애환이 콧등에 송골송골 맺히다 못해 이마와 양 볼에 땀으로 용해되어 흘러내린다. 소주 한 잔 털어 넣으면 신선이 따로 없다.

승용차로 갈 때도 대구는 동서남북, 수성, 도동 등 나들목이 게 발처럼 뻗어 있으니 어느 나들목으로 올라서더라도 대포 고속도로를 미끄러지듯 달리면 한 시간 만에 닿을 수 있는 거리다. 포항 나들목에 도착하면 활꼴로 쭉 뻗은 우회도로를 따라서 가고 싶은 곳을 선택하면 된다. 한반도 최동단 땅끝과 호미 반도를 돌아서 죽도시장에서 선물을 사 들고 돌아와도 되고, 영일만 신항의 웅장함에 입을 저절로 딱 벌린 채 영일대 전망대를 돌아보고 죽도시장을 들러도 된다. 한적한 펜션에서 일박하면서 일출의 장관도 보고 소원을 빌어도 좋다. 버스로 갈 때도 동·서·북부 터미널에서 출발하면 한 시간 만에 도착할 수 있으니 대구에 사는 나에게 포항은 고향 집 앞마당이나 다름없다.

끈적한 인심과 갯내가 어우러진 어촌마을 골목길이 다 관광 거리고 발에 차이는 것이 다 맛집이다. 사철 축제가 이어지는 고장이요, 맛을 창조하는 고장이 포항이다. 현직에서 마지막으로 함께했던 해병대 축제가 생겼다고 하니 축제 때도 가보고 싶다.

서포항 나들목에서 내려서서 해발 600미터 고지에 있는 경북수목원을 돌아보고 미끄럼틀 같은 내리막길 드라이브 코스를 내리달아 연오랑세오녀 설화를 듣고, 새천년 기념관과 국내 유일의 등대 박물관을 둘러보면 아이들 현장 교육에 그저 그만이지만, 이제 아이들이 다 제 갈 길을 가고 있으니 아쉬울 뿐이다. 손녀와 손자가 좀 더 크면 좋은 추억을 만들어 주리라.

등산광들은 전국에 소문난 내연산을 오르기 전에 고찰 보경사를 둘러봐도 좋고, 산에서 내려와서 들러도 좋다. 운제산을 오를 때도 원효대사와 자장율사의 전설이 담긴 오어사가 기다린다. 그 외에도 동대산을 비롯하여 쪽빛 동해와 눈 시린 영일만을 굽어보

부모는 자식의 교과서

면서 부담 없이 오를 수 있는 산들이 즐비하다.

명당 중의 명당 포인트로 손색이 없는 구룡포 장길리 낚시공원을 비롯하여 호미곶 강사리, 신항 방파제 같은 곳이 사시사철 강태공의 가슴을 철렁이게 하면서 손짓을 한다. 그저 낚시를 드리우고 세월을 낚으면 된다. 대어가 잡혀도 기분 좋고, 안 잡히면 미련을 낚아서 돌아가니 다음엔 희망을 낚으러 오게 된다.

2005년 여름 구룡포 해수욕장에서 개최된 한여름 밤의 축제 도중 사회자가 관광객 서비스 차원에서 선착순 20명을 선발하여 장기자랑을 시키는 것을 본 적이 있다. 거주지를 확인하자 경기도와 대전을 뺀 나머지 18명이 대구 사람이었다. 포항은 나뿐만 아니고 많은 대구 사람이 고향 집 마당으로 생각한다는 증거였다.

포항은 이제 나에게 '가고파'의 고장이며, 향수의 고장이 되었다. 다음에는 또 언제쯤 포항에 재충전하러 가게 될지 또 기다려진다. 고향 집 앞마당 같은 그 포항에. 포항 발음을 빨리하면 '꽝'이 된다. 다음에 갈 때는 '꽝 꽝 달리고 Go Go' 해야겠다. 내 삶의 풍요로움을 위하여. 제3의 고향으로.

태극기

태극기는 국가 상징물이다. 국가 상징으로 정하여 대내적으로는 국민의 애국심을 고취하고 대외적으로는 나라 이미지를 부각하기 위한 것이다. 그래서 나라마다 국기가 존재하는 것이다.

태극기 게양일은 5대 국경일인 3·1절, 제헌절, 광복절, 개천절, 한글날과 국군의 날, 조기를 게양하는 현충일로 정해져 있다. 몰라서 게양하지 않는 집은 한 집도 없을 것이다.

그런데 요새는 국기 게양일에 주택가 골목에서도, 아파트 베란다에서도 태극기를 게양한 모습을 구경하기가 힘들다. 방송하고 홍보를 한다고 하는데도 태극기 달기에 인색하다. 지방자치단체에서 게양하는 대로변 태극기가 휘날려야 국경일이나 기념일이 된 것을 알게 된다.

태극기는 24시간 달아도 되고 비가 와도 괜찮다. 출타하기 전에 미리 달아놓고 가고, 돌아와서 내리면 된다. 문제는 개인적 관심의 문제다. 달기 싫으면 태극기부대로 오인당할까 봐 달지 않는다고 하는 궁색한 변명을 하는 이도 있는데 자신의 국가관이 확실하면 됐지 남의 눈치를 볼 필요는 없다.

대한민국 하면 태극기가 떠오르고, 태극기 하면 월드컵 4강 신화를 이룬 원동력에 붉은 악마의 대형 태극기가 떠오르는데도 태극기가 천대를 받는 것 같아서 안타깝다. 대한민국 국민이면 태극기 게양으로 애국심을 표시해야 한다. 애국심으로 국민이 하나 되어야 하기에 태극기 게양을 소홀히 해서는 안 된다. 간단한 행동 하나로 자식에게 애국심과 국기게양의 교과서가 되어야 한다.

놀러 가는 일에만 교과서가 되지 말고 태극기 게양에도 교과서가 되면 더욱 좋을 것이란 생각이 든다. 각종 행사 시 형식적인 국민의례도 도마뱀 꼬리 자르듯이 생략, 생략하지 말고 애국가도 4절까지 부르면서 행사를 개최하는 주체들이 모범을 보여 나갔으면 좋겠다. 어릴 때부터 태극기 게양을 생활화하고 자랑스러워하는 습관을 길러나가야 할 것이다. 국민의례 생략, 생략이 국기 게양 생략의 원인은 되지 않았는지 되돌아볼 대목이다.

국기에 대한 맹세 '나는 자랑스러운 태극기 앞에 자유롭고 정의로운 대한민국의 무궁한 영광을 위하여 충성을 다할 것을 굳게 다짐합니다'는 애국심의 발로이며, 애국심으로 온 국민이 하나가 되어야 함을 강조하는 것이다.

내가 사는 동네에도 국기 게양은 희귀 현상이지만, 나는 끝까지 태극기를 자랑스럽게 게양할 작정이다. 국가 상징이나 애국심의 발로를 떠나서 나라가 있기에 우리 가정이 건재하고 무사 안녕에 대한 고마움을 표시하기 위해서다. 내가 국기 게양을 습관화한 것은 농번기에 바쁜 부모님을 대신하여 학교에 가기 전에 게양하던 어린 날의 습관이 있었기 때문이다. 죽는 날까지 변하지 않을 것 같다. 산골로 들어간 자연인이 1년 내내 국기 게양대에다 국기를 게양하는 모습을 본다. 그들이 진정한 애국자라는 생각이 든다.

부모는 자식의 교과서

내가 몸담았던 군을 위한 기도

신이시여!

우리 대한민국 국군이 늘 무운장구케 하셔서 단 한 명의 전우도 털끝 하나 다치지 않게 하여 주시고, 국민의 걱정과 부모형제가 노심초사로부터 자유롭게 하여 주소서.

언제부턴가 홀씨처럼 날아와 병영 저변에 깊게 내린 악습의 뿌리를 송두리째 뽑아주시고 그 자리엔 살가운 전우애를 심어주소서.

그리고 국민이 사랑하는 우리 군을 불신하는 모든 악습을 이 땅의 모든 병영에서 하루빨리 거두어 가소서.

신이시여!

내가 나라를 지키는 목적은 부모형제가 편히 발 뻗고 잠들게 하는 데 있다는 목적의식을 일깨워 주시고, 내 몸이 소중하면 전우의 몸은 열 배 더 소중함을 알게 하여 주소서.

사랑의 손과 복종의 손이 굳게 잡은 악수로 당겨주고 밀어주면서 솜보다도 더 포근하고 따뜻한 병영의 물결이 가정에까지 도도히 흐르게 하소서.

그러나 적을 만나면 불타는 적개심으로 전율하는 호랑이로 돌

변하게 하여 주소서.

그것이 전투에 임하면 죽음을 무릅쓰고 책임을 완수하는 임전무퇴의 기상이요, 군인 정신임을 깨닫게 하여 주소서.

그리고 상급자의 솔선수범에 하급자의 눈에서는 감동의 눈물이 뚝뚝 떨어지게 하소서.

신이시여!

보고로 시작하여 보고로 끝나는 군인이 되게 하시되 적이 언제 어느 때 도발해 오더라도 아군은 전혀 피해 없이 즉각 적을 섬멸하였노라고 항상 우렁찬 목소리로 전과 보고를 할 수 있는 패기 넘치는 군인이 되게 하소서.

칼날 같은 군기하에서도 생사고락을 통하여 형제애를 느끼는 것이 진정한 군기임을 알게 하여 명령에 죽고 사는 군인으로 만들어 주소서.

훈련한 대로 싸우고 싸워야 할 여건에 딱 맞는 훈련을 통하여 인내와 체력과 의리를 키우는 군인이 되게 하셔서 병영생활이 필수적 스펙처럼 젊은이들에게는 선망의 대상이 되게 하소서.

그리하여 병영에서는 늘 힘찬 군가 소리와 우렁찬 함성으로 하늘을 찌를 듯한 드높은 사기가 유지되어 적들이 저절로 떨게 하시고, 국민으로부터는 갈채 받아 세계가 부러워하는 군이 되게 하여 주소서.

신성한 국방의 의무를 무사히 마치고 건강한 몸으로 집에 돌아

부모는 자식의 교과서

갈 때는 잘 여문 튼실한 알곡처럼 영혼과 육체가 꽉 채워져서 부모님께 기쁨을 드리는 자식이 되게 하여 주소서.

제3부

생각의
쿠키들

군복을 벗고 사회 초년병이 되었다.

재취업에 성공한 기쁨이 시간이 갈수록 시들해졌다.

시간이 흐를수록 서당 개 3년이면 풍월하듯이 가서는 안 되는 길로 유도를 하고 가기 싫은 길로 가기를 강요당한다는 것을 알았다.

갑자기 저항심이 생기기 시작하였다. 나 혼자의 손해는 감당할 자신이 있지만 여러 사람의 공동 피해는 강 건너 불구경을 할 수가 없었다. 이런 것이 정의일지도 모른다는 생각이 들었다.

아파트 경비원이 되다

내가 아파트 경비원을 하리라고는 꿈에도 생각하지 못했었다. 밤에는 잠도 못 자고, 주민들의 갑질도 심하다는 뜬소문 때문이었다. 그러나 운이 좋았는지 재취업에 성공하였다.

일하면서 돈 벌고, 돈 벌면서 일하자!

나 혼자만의 구호 같지도 않은 구호를 설정하고 경비원으로 일하게 되었다. 퇴직 전에는 하루에 시내버스 왕복 차비와 점심 한 그릇만 제공하는 곳이 있으면 무한 봉사를 할 생각이었으나 막상 퇴직하여 얼마 동안 봉사를 하여 보니 봉사만 하기에는 너무 아까운 나이라는 생각이 들었다.

피천득 선생은 수필을 서른여섯 살의 중년이 넘은 사람의 글이라고 하였다. 그런데 나는 아파트 경비원이야말로 육십이 넘은 퇴직자에게 더없이 좋은 직업이라고 정의하고 싶다. 노동의 강도도 적당하고 봉급도 적당하며 사돈이 안다고 해도 창피하지 않은 직업이란 생각이기 때문이다.

1년 차 때는 비정규직에 최저임금에 감정노동자로서 열악하기 그지없는 초라한 직업으로 생각하였다. 용역업체의 갑질과 착취도 강 건너 불구경 상태였다가 점차 저항하자 하나둘 시정이 되어 갔다.

부모는 자식의 교과서

서당 개 삼 년이면 풍월하듯 경력이 쌓여가자 직업의식이 투철해지기 시작하였다.

총을 들고 나라를 지키는 것보다 총 없이 아파트를 지키는 것이 더 어렵다며 너스레를 떨기도 하였다. 청소를 할 때는 동료들에게 아파트 경비원한테는 대나무 골프채(마당 쓰는 대나무 빗자루)가 제일 좋은 운동기구라고 하면서 농담을 하였다. 다른 사람은 돈을 내고 골프를 치는데 우리는 돈을 받고 골프를 치면서 체력에 맞게 나인 홀만 돌아도 되니까 얼마나 좋은 직업인가 하고 농담을 하는 여유를 보였다.

아파트 경비원은 일하는 단지마다 근무 여건이 다르다. 자연히 봉급도 천차만별이다. 힘든 곳에 근무하면 봉급이 많고 편한 곳에서 근무하면 봉급이 적다. 그것은 휴게시간이 많은가 적은가, 심야근무가 많은가 적은가에 달려 있다.

일이 힘든 것은 체력과 정신력으로 이겨낼 수가 있다. 봉급도 정해진 근무 시간만큼의 법에 정해진 최저임금을 받으면 그만이다.

감정노동자로서 가장 고통스러운 순간은 별난 사람의 층간소음 중단 요청이다. 힘도 없는 경비원에게 들어온 민원을 무시할 수도 없고 전달받는 윗집 입장에서는 찬물을 끼얹는 순간이 되기 때문이다. 일 년에 몇 번 다니러 온 손주들 발소리를 조금만 이해해 주면 좋으련만 마음속에 바늘 하나 꽂을 틈이 없는 야속한 사람이 간혹 있다. 어렵게 인터폰을 들고 모기만 한 소리로 전달을 하면 순순히 알았다고 하면서 미안하다고 하는 집은 완충 작용을 했다는 생각에 기분도 좋고 보람이 있다. 그러나 우리 집은 아니라고 하면서 똑바로 확인하라고 역정을 내는 집은 난감하기 그지없다. 민원을 제기한 아랫집에 그대로 전달하면 타는 불에 기름 붓기가 되기 때문이다. 자연히 전달했노라고 윗집 역정은 숨긴 채 결과만 통보하고 만다. 그럴 때는 마치 꾸며 낸 거짓말이라도 하는 것 같아서 괜히 기분이 찜찜하다.

휴게 시간이나 식사 시간을 이용하여 대형 폐기물을 무단으로 배출할 때도 감정노동자의 마음은 많이 불편하다. 그렇지만 주민의 감정은 있어도 감정노동자인 경비원은 감정이 있어서는 안 된다. 갑질을 당한 주민 앞에서도 웃으면서 대해야 하는 것이 감정노동자의 기본자세이다.

자연히 CCTV를 통하여 버린 사람을 확인하였다고 해도 스스로 말할 때까지는 절대로 먼저 말해서는 안 된다. 버린 사람의 하늘 같은 자존심을 누설하는 경비원은 무능한 경비원이 되기 때문이다.

뭐니 뭐니 해도 경비원으로서 가장 참기 힘든 고통은 주민의 동의 없이 경비원 감원을 들먹일 때다. 공동주택에서는 기계경비가 좋은가, 사람 경비가 좋은가 하는 투표를 거쳐 주민이 동의해야 한다.

따라서 동 대표들은 개인주택에서 고용한 인부 해고하듯 하면 부당노동에 해당한다는 사실을 알아야 하는데 잘 지켜지지 않는다. 경비원이 있어서 치안이 불안한 주택을 팔고 안전한 아파트로 이사 온 주민도 있고, 바쁠 때는 놀이터에서 아이만 놀고 있을 때 경비원이 있으면 안심이 된다는 젊은 엄마도 있기 때문이다. 경비

부모는 자식의 교과서

원은 전쟁에 단 한 번 써먹기 위해서 유지하는 군대와 같은 것을 알아야 한다. 동 대표들의 잘못된 감원 결정이 주민투표에 부쳐져서 잘못된 결정이 취소된 아파트도 많다.

주민의 무관심을 틈타서 밀어붙이는 밀실 행정은 언제나 주민에게 피해를 줄 뿐이다. 주민의 주민에 의한 주민을 위한 아파트로 관리가 되어야 하고, 주민이 동 대표에게 무엇을 해줄 것인가를 생각하지 말고 동 대표가 늘 주민을 위하여 무엇을 할 것인가를 생각해야 한다. 동 대표라는 직책을 벼슬로 생각하는 단지는 주민들이 '호갱(어수룩하여 이용하기 좋은 손님을 낮잡아 이르는 말)'이 된다. 임기가 끝나면 동 대표도 호갱이 된다. 그런 악습은 끊어야 한다.

그렇다고 해서 당장 아파트 구조를 바꿀 수도 없고, 경비비가 비싸다면 전기세를 아끼는 방법도 있을 수 있을 것이다. 다른 예산을 절약하는 방법을 강구하기도 하고 더 버티기 어려울 때는 주민들에게 동의를 구하여 휴게 시간도 더 줄이기 힘들면 퇴근을 시키는 등 운영의 묘를 살리는 절차를 밟는 것이 올바른 방법이다.

경비원 생활이 어려움만 있는 것이 아니다. 어린아이들로부터 학생에 이르기까지 예의 바른 인사를 받을 때는 부모가 교과서처럼 보일 때도 많다. 이웃집 아저씨처럼 대해주는 어른들이 대부분이다. 그뿐만 아니라 경비실은 우렁이 각시의 간이역이다. 식사를 끝내고 나오거나 잠시 순찰하느라 자리를 비운 사이에 여느 우렁이 각시가 놓고 갔는지 가끔 과일이며, 떡, 음료수가 놓여 있기도 한다. 미안하고 고맙다. 헤드린 것도 없는데.

경비원이란 직업도 대충대충 해서는 안 되는 직업이다. 기본적으로 경비원 복장도 주민들이 제공하는 제복이기 때문에 단정하고 깨끗하게 착용을 해야 한다. 단정한 복장 착용은 근무자로서의 정신 자세이기 때문이다. 상대방의 눈을 즐겁게 하려는 목적도 있다. 정신 자세는 근무 상태로 직결된다. 근무지를 벗어날 때는 착모를 하고, 잠깐이라고 해도 근무시간에는 슬리퍼를 신어서도 안 된다. 덥다고 상의를 빼거나 춥다고 사제 목도리를 둘러서 꼴불견이 되어서도 안 된다. 개인이 자유롭게 사용할 수 있는 휴게 시간에도 최소한의 간편 복장으로 불시에 방문하는 주민의 눈살을 찌푸리게 해서는 안 된다. 단정한 복장 착용으로 아파트의 품격을 높여야 한다.

B. 프랭클린은 『가난한 리처드의 달력』에서 "음식은 자신이 즐겁도록 먹어라. 그러나 옷은 남의 눈에 즐겁도록 입어라"라고 하였고, 수필가 김태길 선생은 「졸업식」이라는 글에서 "제복은 곧 인격이다"라고 하였다. 강제성이 없어도 결혼식장에서 입어야 할 옷이 있고, 장례식장에서 입어야 할 옷이 따로 있다. 복장이 흐트러진 사람은 정신도 흐트러져 있다. 그러고도 주민의 갑질을 운운하면 안 된다. 복장 단정은 경비원으로서 기본을 지키는 것이다.

인사도 잘하고 친절해야 하지만 과잉 친절로 주민을 부담스럽게 해서도 안 된다. 그것은 자로 잴 수도 없고 저울로 달아볼 수도 없으니 주민 성향을 잘 살펴야 한다.

경비원에게는 특히나 성 문제에서는 엄격하다. 채용 전에 경찰에

부모는 자식의 교과서

서 성범죄 경력 조회를 받아야 한다. 경비원이 남자이지만 남자 중학생까지는 신체를 접촉하여 귀여움을 표시해서도 안 된다. 초등학생은 남녀를 막론하고 불러 세워놓고 길게 얘기를 걸거나 경비실 안으로 불러들이면 절대로 안 된다. 그런 행위는 바로 성범죄자로 의심받을 행위이기 때문이다.

나는 경비원으로 일하기 시작한 후 하루도 빠지지 않고 아내가 경비실로 저녁을 배달하는 사실을 경로당 어르신들이 안 후부터 장가 잘 간 경비원으로 소문이 났다. 집 밥 먹으면서 경비하는 대한민국에서 몇 안 되는 행복한 경비원이다. 아내도 좋아하고, 퇴직자의 직업으로는 안성맞춤이어서 그만둘 생각은 없지만, 일자리 나누기 차원에서 그만두고 싶어도 그만둘 수가 없다.

일하지 않는 백수가 되면 지역 건강 보험료 납부가 수입이 줄어드는데도 직장보험료의 4배 가까이 더 내야 하기 때문이다. 돈 벌면서 건강보험료 적게 내니 나이를 먹어도 퇴직할 수가 없다. 대한민국 노인들의 장래가 이래서 고달픈 것 같다.

나를 감동하게 한 짧은 손편지

경비원 4년 차에 초등학생으로부터 감동적인 위문편지를 받았다. 젊은 날 군 복무 시 최전방에서 근무하던 시절에 받아보았던 위문편지보다도 더 감동적인 편지였다. 옛날 위문편지는 사실 피동적인 편지였다. 그래도 혹한 속에서 '국군 장병 아저씨께'로 시작하는 어린 학생들의 편지를 받으면 많은 위안이 되었던 것은 사실이었다. 내가 초등학교 시절에 위문편지를 쓰고 군에 가서 위문편지를 받았던 마지막 세대였을 것이다.

그런데 뜬금없이 날아든 '국군 장병 아저씨도 아니고 '경비아저씨께'로 시작하는 위문편지를 받고 보니 아득한 옛날 위문편지보다도 더 감동적이었다. 편지 내용은 간단하면서도 예리한 관찰력과 순진무구한 동심이 한가득 담겨 있었다.

편지는 문방구에서 파는 예쁜 분홍색 편지지에 썼다. 인사말에 이어서 초등학교 3학년이라는 자기소개를 하였다. 그리고는 항상 덥든 춥든 신경 쓰지 않고 분리수거도 해 주시고 항상 저희 아파트를 지켜주셔서 감사하다는 고마움을 표시하면서 계속 아파트를 지켜달라는 당부와 함께 인사로 끝을 맺었다.

내가 없을 때 경비실에 두고 간 편지여서 이름을 물어서 사는 집을 알아냈다. 칭찬해주고 아이스크림을 하나 사 주면서 고마움을 표했다.

한 달 후쯤에 답장을 썼다.

풍행이 반듯하고 마음도 예쁜 김○○에게!

○○이 안녕.

○○이가 보낸 편지 받고 기분이 아주 좋았는데 답장이 늦어서 미안해. 무슨 이야기로 답장을 쓸까 고민을 하다가 늦었지.

많이 미안해.

춥든 덥든 신경 쓰지 않고 분리수거도 하고 아파트를 지켜준다는 ○○이의 표현이 아저씨를 너무 감동하게 했어.

정말 고마워.

○○이가 바라는 만큼은 아니겠지만 아저씨가 아파트를 열심히 지킬 테니까 ○○이도 열심히 공부하는 어린이가 되었으면 좋겠어.

아저씨는 나라를 열심히 지키던 국군 장병 아저씨였기 때문에 다른 아저씨들 못지않게 아파트를 열심히 지킬 수 있어. 나라를 열심히 지킨 덕택에 훈장도 받았고, 국가유공자로 등록이 되어 있지.

나라를 지키기 위해서는 춥든 덥든 필요한 훈련을 해야 하므로 아저씨는 잘 훈련되어 있어서 ○○이가 걱정을 안 해도 돼. ○○이도 공부를 재미있게 열심히 하다 보면 추운지 더운지를 느끼지 못하는 삼매경에 빠질 수 있으니까 열심히 노력해봐.

학교에서는 선생님 말씀 잘 듣고, 친구들과 사이좋게 지내고, 집에서는 엄마 아빠 말씀 잘 듣는 예쁜 ○○이로 커가는 모습을 곁에서 늘 지켜보는 행복한 아저씨가 되고 싶어.

머지않아 방학을 할 텐데 즐겁고 기억에 남는 추억을 만들어 보람 있는 방학을 준비하기를 바랄게. 책을 많이 읽어서 꿈을 키우는 멋진 방학을 맞이할 준비를 하였으면 좋겠다.

그럼 안녕.

경비 아저씨 김일태 보냄

추신: 아저씨가 ○○이한테 줄 것은 없고 서점에서 팔지 않는 책 한 권 선물할 테니까 초등부 글 읽고 중학생이 되면 중고등부 읽고, 더 성장하면 일반부를 읽으면서 가정에 튼튼한 기둥이 되기를 바랄게.

부모는 자식의 교과서

살기 좋은 아파트

대한민국은 아파트 공화국이라고 해도 과언이 아닐 정도로 아파트가 많다. 아파트는 도심의 스카이라인을 바꿔놓은 것은 물론이고 웬만한 시골에서도 아파트를 구경하기는 그리 어렵지 않다. 인구의 절반 이상이 아파트에 살고 있다고 하니 국토가 좁은 우리로서는 자연적인 현상일지도 모른다.

살기에 편리하고, 부의 축적과 환금성도 좋으니 너도나도 아파트에 올인하고 한 채로 부족하여 여러 채를 사는 사람도 있다. 알짜배기 한 채를 넘어서 똑똑한 한 채라는 이름까지 생겨났다.

아파트 가격이 오르고 또 오르면 못 오를 리 없겠지만, 언젠가는 상승의 끝은 올 것이다. 인구 감소로 막차를 타는 사람이 그 거품을 떠안는 시대가 꼭 올 것이다.

아파트 경비원으로 일하고부터는 아파트 가격 상승보다도 더 중요해 보이는 것이 주민 의식 상승이란 생각이 든다. 아파트를 관리하는 데 필요한 구성원이 모두가 자신의 맡은 바 임무를 성실히 수행하여 살기 좋은 아파트 만들고, 입주민들은 공동주택에서 지켜야 할 준수사항을 반드시 지키고, 이웃을 배려하면서도 이해를 할 줄 알아야 한다. 내가 먼저 아량 넓은 이웃이 되도록 노력하는 풍토가 조성되었으면 하는 생각을 여러 번 하였다. 그것은 바로 살기 좋은 아파트 환경 조성은 바로 나로부터 시작하기 때문이다.

흡연 구역을 지키지 않는 사람이, 악취 풍기는 음식물 쓰레기 국물을 아무 데나 흘리고도 모른 체하는 주민 한두 사람이 강물 흐리는 미꾸라지가 될 수 있기 때문이다. 내가 원하는 공동주택 준수 사항을 스스로 지키는 것이 이웃에 피해를 주지 않는 길임을 명심해야 한다. 층간소음 하나만 해도 어릴 때부터 부모가 교과서가 되어서 습관화시켜야 한다. 내 아이 기죽이지 않고 키운다는 미명하에 마구잡이나 막무가내로 키우는 것은 자식을 망치는 지름길이다.

살기 좋은 아파트가 되려면 여러 가지 조건이 있을 수 있다. 하지만 기본적으로 입주민을 대신해서 선거를 통하여 당선된 동 대표들은 주민이 세금처럼 낸 아파트 관리비를 허투루 쓰지 말고 투명하게 쓰고, 마치 내 개인 돈을 쓰듯이 아껴 써야 한다. 주관적 생각을 내려놓고 항상 주민이 원하는 것이 무엇이며, 원하지 않는 것이 무엇인지를 파악하여 공동주택은 객관적인 여론을 토대로 관리하겠다는 도덕성과 정직성을 겸비해야 한다.

관리소장은 법과 규정에 따라 아파트 관리를 철저히 해야 한다. 동 대표들이 지시한다고 해서 법과 규정에 반하는 일인데도 개인의 직위연장을 위하여 비위 맞추는 차원에서 동의하면 절대로 안 된다. 아닌 것은 목에 칼이 들어와도 아니라고 설득을 해야 흔들리지 않는 직장인이다. 그것이 주민들에게 봉사하고 급여를 받는 직장인의 양심이다. 갑질에 굴복하면 때에 따라서는 주민 재산을

부모는 자식의 교과서

낭비하는 때도 발생하게 된다. 흔들리지 않는 직장인이 많아질 때 비리는 감소된다.

그 외 관리실 기사들은 자기 계발을 통해 기술력을 향상하여 주민들에게 질 높은 친절 봉사를 하는 데 주력해야 한다. 경비원들은 출입자 감시를 기본으로 화재 예방과 안전을 통하여 직간접적으로 주민 재산과 생명을 보호하고, 담당 구역 청결을 유지하면서 친절 봉사해야 한다. 미화원들은 담당구역을 항시 청결한 상태로 유지하여 주민들이 쾌적한 환경에서 기분 좋게 살아갈 수 있도록 노력해야 한다.

부녀회는 관리 주체의 보조 역할을 하는 봉사단체로서 주민 화합을 위한 일체감 조성 역할을 해야 한다. 부녀회가 회원의 이익을 위하여 영리를 목적으로 활동하는 부녀회에 대해서는 주민들이 눈살을 찌푸린다는 사실을 알아야 한다. 돈을 벌려면 부녀회 활동을 하지 말고 직장을 나가야 한다. 그 외에도 소소한 구성원이 있다. 일시적인 것도 있고, 상시 근무에 준하는 구성원도 있다. 나의 시간과 노력 봉사로 주민의 관리비가 적은 금액이나마 절약된다면 보람이라는 생각으로 임해야 한다.

어느 아파트에서는 전직 회장이 자신의 임기 때 예산을 투명하게 쓰지 않고 후임 회장 예산 사용을 간섭하다가 후임 회장이 전직 회장 예산 사용 결과를 경찰에 수사 의뢰하여 비리가 드러난 사례가 있었다. 관리규약을 개정해 가면서까지 직책에 따른 활동비와 회의 수당, 식사비 등을 마구잡이로 인상하면 자신들이 임기가 끝났을 때 그 금액이 더 커 보인다는 사실을 알아야 한다. 남의 밥에 콩이 더 커 보이기 때문이다. 역지사지해야 한다.

아파트 관리사무소에서 회의를 하는데 집에서 식사하고 참석하여 식사비를 절약한다면 결국 내 돈도 절약된다는 간단한 이치를 왜 모르는지 알 길이 없다. 인상 사유가 활성화를 위해서라고 하는데 활성화의 주체는 동 대표가 아니고 주민이기 때문에 인상을 하지 않는 것이 더 큰 활성화란 사실을 알아야 한다. 몇 사람의 활성화를 위하여 많은 주민이 비용을 부담한다면 우울한 일이다. 활성화의 주체는 전체 입주민이란 사실을 잊지 말아야 한다.

감사도 내부 감사는 자신들의 잘못을 자신들이 지적할 수가 없으니 수박을 겉만 핥으면 그 수박의 맛이나 익은 정도는 알 수가 없는 이치나 마찬가지다. 외부 감사 또한 감사 업체의 다음 해 먹거리 확보를 위해서 관리사무소에서 제출한 자료를 각주 달고 '이상 없음'으로 끝내는 감사는 하나 마나 한 감사가 되고 만다.

이러한 많은 문제점은 관리비를 내는 주민의 관심으로 예방을 하고 감시·감독이 되어야 하는데 바쁘다는 핑계로 다들 무관심한 사이에 비리는 일사천리로 진행될 수 있다. 카페(사이버 관리사무소)를 운영하여 모든 입주민이 정보를 공유하고 여론을 형성하여 일방통행이나 독재 형식의 업무 추진을 막아나가는 것이 살기 좋은 아파트 공화국이 되는 방법이다. 그 열쇠는 주민 관심 안에 있다.

부모는 자식의 교과서

저항시인 이상화 시비

　동장군이 기승을 부리는 이른 아침이다. 그러나 마음은 초등학생이 소풍가는 기분이었다. 추위로 더욱 꽁꽁 얼어붙은 보도블록의 견고함을 느낄 겨를도 없이 집결지로 발걸음을 재촉한다. 문학 수업 종강을 일주일 앞두고 영원한 민족시인 상화 님의 흔적을 답사하는 야외수업을 떠나는 날이기 때문이었다.

　교과서에서 뵌 이후로 별로 기억할 필요성을 느끼지 못했던 상화 시인의 영혼이 머무는 장소를 찾아가는 방문객으로서 예를 갖추며 버스에 몸을 실었다. 인원 파악이 끝난 버스는 적, 황, 녹색 신호등의 통제와 청, 백, 황 선의 차선을 따라서 차가운 아스팔트 길을 미끄러지듯이 달려서 상화 시비가 있는 달성공원에 도착하였다.

　경내를 얼마간 걸어서 올라가자 원숭이가 초라니 방정을 떨어대고, 풀만 먹는데도 비만해서 걸음이 느린 슬픈 코끼리도 보였다. 조금 더 올라가자 나지막한 시비가 보였다. 시비 앞면에 새겨진 어눌한 글씨가 내 마음을 편안하게 한다. 나의 악필에 비하면 너무나 명필이기 때문이었다. 내용은 「나의 침실로」 중의 한 구절을 당시 열 살이었던 막내아들이 쓴 글이란다. 열 살 막내의 글씨에 아버지에 대한 존경심이 듬뿍 배어 있었다. 시비를 돌아보고 기념사

업회의 현수막을 들고 기념 촬영을 하였다. 어렵사리 획득한 문학 기행 인증이었다.

내려오는 길에는 노거수이자 보호수가 된 콩과 식물의 낙엽교목 회화나무가 세월의 무상함을 말해 주는 듯하였다. 공원 벤치에는 이른 아침인데도 노인들이 삼삼오오 모여앉아 담소하면서 햇볕을 쬐고 있었다. 쪽방에서 추위와 싸우는 노인들에 비하면 형편이 낫다고 할지 모르겠으나 마음은 역시 그늘져 보였다. 미래의 우리의 모습이리라.

경내를 빠져나온 우리 일행은 다시 버스에 몸을 싣고 도심을 벗어나기 시작했다. 매서운 추위에 굴뚝들도 입술이 얼어붙었는지 뿜어내는 입김이 영 힘이 없어 보였다.

시내를 벗어나자 나무들이 뉘 집 잔치에 보내려는지 밤새껏 내린 하얀 눈가루로 빚은 백설기 운반에 열중이었다. 북쪽으로 올라갈수록 점점 운반 양이 많아 중노동에 시달리는 듯해서 내 마음도 무거워졌다.

'금강산도 식후경'이라 했으니 독립기념관도 예외일 순 없다. 순대로 유명한 병천에 도착을 하였으니 점심 메뉴는 선택의 여지 없이 순댓국이었다. 식사 전 한 점의 정물화처럼 소담스럽게 담겨 나온 순대찜을 안주로 막걸리 한 잔씩으로 피로감을 털어냈다. 이어서 나온 순댓국으로 점심을 먹으니 만삭 같은 포만감이 밀려왔다.

버스가 도착한 곳은 독립기념관 정문이었다. 버스에서 내려와 눈 쌓인 마당길을 얼마간 도보로 이동하였다. 우뚝 서 있는 웅장

한 겨레의 탑이 마치 늠름한 초병같이 보여서 마음이 든든했다. 겨레의 탑을 지나 얼마 가지 않아서 오른편으로 약간 꺾어지는 곳. 좌대 위에 세워진 상화 시인의 시비가 보였다.

시비를 보는 순간 달성공원 시비보다 더 큰 기대를 했던 나는 실망이 컸다. 실망은 바로 위치 선정이 마음에 들지 않았기 때문이었다. 겨레의 얼과 한국의 빛을 담아서 건립했다는 독립기념관 경내에 시비를 세웠다는 의미 말고는 그 무슨 의미도 없어 보였다. 조경수에 가려서 기념 촬영 한 장 마음 편하게 하기조차도 어려운 협소한 공간. 며느리한테 안방 빼앗기고 뒷방 신세가 된 늙은이 처지와 무엇이 다르랴. 잠시 쉬면서 시 한 수 감상할 음향 시설이나 휴식 시설조차도 전무한 초라함에 놀라움을 금할 수가 없었다.

겉포장만 번지르르하게, 구색 맞추기에 급급한 실패작의 표본이었음을 직감할 수 있었다. 총 대신에 붓을 들고 일제에 항거한 민족시인의 시비라면 적어도 관람객들이 저절로 발길과 시선이 닿아 저항의 영혼을 느낄 수 있는 장소를 선택하는 것이 후손으로서 최소한의 예의가 아니겠는가. 수많은 관람객 중에서 독립기념관 경내에 상화 시비가 있다는 내용을 알고 오는 사람이 몇 명이나 되며, 현재의 위치에 시비가 있음을 알고 찾는 이는 몇이나 될까. 입으로만 '대한민국 국민이라면 누구나 가 봐야 할 곳이 독립기념관'이라고 외치면 무슨 소용이 있겠는가?

모든 방문객이 피하려야 피할 수 없는 요지로 이동 설치하여 자손만대에 상화 시인의 항일 DNA가 면면히 흐르게 할 수 있는 정신유산이 되기를 합장한다. 내가 그 조치를 할 수 있는 위치에 있지 못하는 것이 원망스럽고 안타깝다.

슬픈 마음으로 발길을 겨레의 집으로 옮긴다. 넓은 마당 양쪽에서 8·15를 상징하는 815개의 태극기가 겨울 미풍에 나부낀다. 눈 위에 찍힌 수많은 발자국은 청산리 전투에 참여했던 독립군들의 발자국 같기도 하고, 외줄로 난 발자국은 장군의 작전 명령을 품고 예하 부대장에게 전달하러 가는 전령의 발자국일 것도 같다. 아니면 독지가가 싸 준 독립 자금 보따리를 들고 일본인들의 감시를 피해 전달하러 가는 밀사의 발자국처럼 보이기도 하였다.

계단을 올라 겨레의 집으로 들어서는데 지붕의 눈이 녹아 처마에서 낙수가 떨어진다. 마치 나라와 겨레를 위하여 일제에 항거하던 독립투사의 고통의 눈물이 내 눈두덩에 떨어지는 것 같았다.

1시간 정도의 안내원 해설을 들으면서 제2 전시관 '겨레의 시련'과 제3 전시관 '나라 지키기'를 관람하고 나머지 전시관은 자체 관람을 하였다. 제2 전시관 수탈의 역사에 농업 분야는 들어 있으나 어업 수탈 분야가 미약한 것이 너무나 아쉬웠다. 일제강점기의 어업 전진기지는 우리에게는 수탈의 기지였다. 일본인 선주들에게 착취당한 노동의 강도는 섬 생활을 오래 한 나에게는 가히 공포의 수준이 상상된다.

물고기의 이름부터 이시다이(돌돔), 아까다이(참돔), 부리(대방어), 야스(방어), 갔소(다랑어) 등등 청산되어야 할 일본의 잔재들이다. 지금도 가끔 욱일승천기(일본 자위대기)를 만선의 기쁨으로 휘날리

부모는 자식의 교과서

는 어선을 보면 가슴이 아린 정도를 넘어 섬뜩함을 느낀다. 그도 그럴 것이 한반도 해역을 지배할 해군 총사령부를 창설하기 위하여 부산 가덕도에 거미줄처럼 땅굴을 파다가 항복을 하였으니 망정이지 그곳에서 욱일승천기가 휘날릴 뻔하였다.

일제강점기는 일본이 무력으로 한국을 짓밟은 민족 고난이자 전쟁이었다. '망일필위(亡日必危, 일제강점기를 잊으면 위태롭다)'의 정신 무장만이 일본에 두 번 다시 지배를 당하지 않는 길이다.

많은 국민들이 독립기념관을 찾아와 시비 앞에서 편안한 마음으로 상화 시인을 만나 저항의 영혼을 만나는 날이 오기는 올까. '뜻이 있는 곳에 길이 있다'라고 하였으니 기대는 버리지 않는다. 상화 시인의 저항심을 가슴에 새기고 부당노동 중간착취에 저항할 것을 다짐한다.

부당노동과 중간착취에 대한 저항

퇴직 후 얼마 동안 봉사활동에 참여하다가 운명처럼 다가온 직업이 아파트 경비원이었다. 재취업에 대한 기쁨보다 두려움이 앞섰지만, 병아리 경비원으로 1년 차 근무를 잘 마쳤다. 그러나 S 용역업체로부터 근무일 3일 부족으로 퇴직금을 받지 못했다. 365일에서 근무일이 단 하루만 부족해도 퇴직금을 받을 수 없는 근로기준법의 허점 때문이었다. 억울했지만 인턴 경비였다고 생각했다.

절치부심으로 새해를 맞이하자 법이 개정되어 퇴직금을 받을 수 있는 희망이 생겼고, 관리사무소에서 적립했다가 지급하기로 되어서 안심하고 일에만 전념할 수 있게 되었다.

서당 개 삼 년이면 풍월하듯이 경력이 쌓이자 아파트 경비원은 노조 활동을 금지당하며 최저임금에 비정규직 감정노동자로서 고용불안이 늘 존재한다는 사실도 터득되었고, 용역업체가 어떤 식으로 근로자에게 부당노동을 강요하고 중간착취를 하는지 알게되었다. 근로기준법이 지켜지지 않으면 근로자한테는 어차피 악법이기 때문에 불법행위 증거 하나가 열 사람의 증언보다 낫다는 생각에 서류 보관철을 준비하여 부당노동과 중간착취에 대한 증거를 빠짐없이 보관하기 시작했다. 경력이 많은 경비원도 불법을 알고는

부모는 자식의 교과서

있지만, 용역업체의 해고라는 무기 앞에는 속수무책이었다.

그래서 평생 연마한 정직성과 도덕성을 총알 삼아 용역업체 부패 사냥에 앞장서기로 하였다. 각오를 다지기도 전에 주어진 첫 번째 임무는 근로 계약 만료 넉 달을 남겨놓고 느닷없이 용역업체 이익 추구를 위한 봉급계좌 강제변경 요청을 거부하는 것이었다. C 용역업체 직원이 봉급 계좌 개설용 서류를 한 뭉치 들고 와서 개인정보를 기록하여 서명하고 계좌 비밀번호까지 적어내라고 윽박지르면서 응하지 않으면 봉급을 안 넣어주겠다는 폭력적 강요를 했지만 보는 앞에서 일거에 거부하였다. 용역업체 이익을 위해서 근로자들이 편리한 지방은행 선택권과 사익을 포기하고 불편한 시중은행 계좌를 강요당하는 것은 명백한 갑질이기에 수첩으로 책상을 치면서 사기업 말단 직원한테 비밀번호 노출은 못 하니까 개인적으로 통장 사본 제출하겠다고 하면서 자리를 박차고 나왔다. 공감하는 경비원들이 뒤따라 나왔다.

즉시 금융감독원에 민원을 제기하였다. 민원을 제기 받은 금융감독원에서는 불법으로 판정하여 편리한 지방은행 계좌를 계속 사용하게 되었다. 냉가슴을 앓던 동료들 모두가 고맙다고 하였다.

파리 목숨 신세의 경비원이 감히 용역업체 부장과 관리 사무소장 앞에서 큰소리를 칠 수 있었던 것은 C 용역업체에서 전산 조작을 하여 중간착취하는 사실을 정확하게 알고 있었기 때문이었다. 아는 것이 힘이라는 사실을 난생처음 경험하였다.

근로계약은 근로기준법에도 없는 촉탁 근로계약서로 작성한 사실을 용역업체 대표를 직접 만나서 바로잡아 주라고 요청했으나 다른 회사도 다 그렇게 하므로 우리 회사도 그렇게 한다면서 단호하게 거부하였다. 봉급과 봉급명세서는 바늘과 실의 관계인 만큼 봉급명세서를 매월 발급해 달라는 간절한 요청도 규정이 없다는 핑계로 거절하였다.

봉급명세서를 매월 안 주는 원인 분석을 해 봤더니 전산을 조작하여 착취하려는 방법이었음을 알아냈다. 건강보험을 건강보험공단에서 고지한 금액보다 많이 징수하여 고지 금액만큼만 내고 차액을 착취하였고, 건강보험 연말정산 환급금을 미지급하는가 하면 부분적으로 임금을 체불하는 등 전산 조작을 근로자들이 알지 못하도록 고의로 봉급명세서를 지급하지 않았던 불법행위가 물 위로 기름 떠오르듯 드러났다.

촉탁 계약과 중간착취, 임금 체불을 즉각 노동청에 민원 제기하였다. 근로자 임금 지급 대장과 건강보험료 납부 대장만 대조해도 착취 규모와 전산 조작이 금방 드러나는데 업무가 미숙한 근로감독관이었는지 석 달 만에 돌아온 회신은 아무런 문제점이 없다고 하였다. 경찰 입회하에 대질심문하자는 동료 경비원들의 공동 확인서와 통장 사본을 비롯한 증거 서류를 추가로 제출하여 강력 대응하였으나 함흥차사가 되고 말았다.

근로감독관은 종전을 선언하였지만 내 서류철에 차곡차곡 보관된 증거와 통장은 그대로 남아 있으니 아직도 끝나지 않은 전쟁이다.

부모는 자식의 교과서

다행하게도 C 용역업체가 해가 바뀐 후부터는 매월 봉급명세서를 지급하기도 하고, 통장도 개인적으로 사본을 제출받는가 하면 계약서도 만족할 만한 수준은 아니지만, 시정되어가고 있다는 소식이 들릴 때마다 노력의 대가가 헛되지 않았다는 방증에 보람을 느낀다.

그 후 매년 하지도 않던 연말정산 서류를 제출하라는 연락에 긴가민가하면서 제출하였더니 5월까지도 연락이 없어서 국세청에 확인해보았다. 근로소득세 환급금이 2월에 지급되어야 하는데도 작년 연말에 근로계약이 만료되었으니 착취할 목적으로 C 용역업체 계좌에 보관하고 있는 것을 알아내고 동료들에게 전파하여 해당자는 모두 환급받게 하였다.

정부에서 일자리 확대를 위하여 국비로 시행하는 직업능력개발 훈련비를 부정 수급하는 방법도 교묘하였다. 주변 동료들의 사정을 들어보면 원격 교육을 받을 수 있는 노령 근로자는 열에 한두 명 정도지만, 그나마도 고용 불안 때문에 한가하게 원격 교육을 받을 수 있는 사람은 거의 없는 것이나 다름이 없었다. 사정이 그렇다 보니 훈련용 국비를 용역업체는 영락없이 먹을거리로 생각하여 오뉴월 똥파리 끓듯 하였다.

노무에만 사용되어야 할 개인정보를 교육 기관에 무단으로 제공하기 때문에 어떤 교육이 있는 줄도 몰랐던 근로자들은 교육이 시작되는 날 ID와 비밀번호를 문자로 받는다. 그러면 용역업체는 직원을 시켜서 근로자에게 개별 접촉하여 ID와 비밀번호를 파악한 뒤 대리 수강을 하게 하거나 대리 시험을 치르고 소중한 국민 세금인 훈련지원금을 부정으로 수급받는데, IMF 이후 불량품처럼 설립한 이런 용역업체가 전국적으로 C 업체 말고도 수없이 난립한 상태였다.

부정 수급 사실을 증거 서류를 갖추어 국민권익위원회에 예산 낭비 신고를 하였더니 세종에서 대구까지 한달음에 달려와서 카페로 나를 부르기에 즉각 조사에 응하였다. 조사 후 전문 수사 기관에 넘겨졌다고 회신이 왔다. 수사가 절차상 느리게 진행되다 보니 사건 수사가 끝나기 전에 이듬해도 똑같은 일이 벌어지고 있는데도 단속은 없었다. 그 현장도 사진을 찍어 놓고 수사 기관에서 나를 부르기만 하면 증거로 제출할 날을 학수고대하고 있었다. 하지만 근로자들의 억울함을 끝까지 밝히자면 애꿎은 근로감독관 한명이 처벌을 받을 것 같아서 지나간 것은 묻어두고 앞으로 불법을 철저히 감시하는 데 주력하기로 하였다.

국비 부정 수급 행위나 근로자 착취 행위를 눈감는 것은 나의 양심을 썩히는 것이기 때문에 끝까지 파헤쳐서 척결하고자 한다. 나도 연금이 없는 생계형 근로자였다면 부당노동과 중간착취에 맞서 싸울 용기는 없었을 것이다. 해고가 겁이 나서 많은 근로자가 섣불리 대항하지 못하는 부당노동과 중간착취에 내가 연금의 힘으로 청렴 사회 구현의 첨병이 되라는 신의 명령을 숙명으로 받아들이면서 C 용역업체가 저지른 중간착취에 대하여 공동 질의서를 발송하였다.

C 용역업체에 보내는 공동 질의서

발신인: 경비원 백두산, 한라산, 지리산, 소백산(각 가명) 외

수신인: ㈜ C 종합개발 대표 금강송(가명)

참조: 경리 담당

1. 연말정산은 1월에 하고 추가 연말정산은 5월에 하는 것으로 알고 있는데 뜬금없는 9월 봉급 명세서상의 연말정산은 어느 달에 했나요?

2. 통상적으로 사업주가 연말정산을 하려고 하면 공제용 서류 제출을 미리 통보하는데 왜 사전에 연락하지 않았나요? 연차수당만 연말정산한 것이 맞나요? 믿기지 않으니 국세청에 민원을 넣어서 확인해 보겠습니다.

   연차수당 70여만 원에 41,400원(개인별 액수는 다소 상이)이라는 금액은 가혹한 중과세로 판단됩니다. 여러 경비원의 공동피해 사항이기 때문에 확인하고 넘어가야 합니다.

3. 2018년 5월 14일 경비원 한라산(가명)과 전화 통화 때 3월 봉급 1,460원이 왜 줄었느냐고 묻고 5월 24일 독촉하여 봉급명세서를 팩스로 받을 때 건강보험과 요양보험 요율이 인상되어서 그렇다

고 답변했지요? 건강보험 요율 인상은 국가 전체적인 문제인데 신문 기사 한 줄 발표 없이 C 용역업체만 인상되나요? 그 답변이 거짓말이라고 생각되지 않습니까? 우리가 직접 건강보험과 요양보험을 확인 결과 인상되지 않았습니다. 증거 서류도 있습니다. 건강보험과 요양보험을 합쳐서 올해 1~2월에는 3,120원, 3~8월까지는 4,850씩 9월부터는 정부에서 실제로 인상을 하여서 1,150을 초과해 징수하고 있는데 이런 것은 사장이 시켜서 하는 겁니까 아니면 경리 담당이 충성심으로 한 겁니까? 법률적 책임 한계를 명확히 밝혀야 합니다.

4. 2016년 3~12월까지 17,030 × 10 = 170,300원 임금 부분 체불은 왜 발생되었는지요? C 용역업체와 최초 계약일부터 봉급을 수령한 통장은 문제 해결 시까지 버리지 않고 증거 서류로 보관할 예정입니다.

5. 건강보험 환급금 2016년 12,960원, 2017년 12,390원, 요양보험 환급금 2016년 840원, 2017년 810원은 몇 월 며칠에 지급되었는지 미지급하였는지도 확인해 주세요. 건강보험 연도별 초과 징수금은 2015년도 2,480원, 2016년 6,480원, 2017년 36,840원, 2018년은 38,940원입니다.

10월 17일 입주자 대표 회의실에서 금강송 사장은 경리 업무는 C 용역업체 사무실로 와서 경리 담당에게 확인하라고 하였지만 사무실까지 갈 시간이 없어서 인편으로 공동 질의서를 보냅니다.

부모는 자식의 교과서

전산 조작으로 초과 징수한 금액은 빨리 전산 시스템을 바로잡아 주시기를 바랍니다.

근로자 임금은 다른 돈과 달라서 10원이라도 덜 지급하면 근로기준법 제9조(중간착취배제) 위반이 됨을 명심해 주기 바랍니다.

성실한 답변 기다리겠습니다.

공동 질의서를 보냈으나 중간착취에 길든 용역업체는 여지없이 묵살하고 말았다. 하는 수 없이 국민 권익위원회에 진정하여 근로감독을 통하여 밝히는 절차를 밟았으나 초보 근로감독관의 업무 미숙으로 C 용역업체는 미꾸라지처럼 부당노동의 그물망을 교묘하게 빠져나갔다.

끝까지 비리를 밝히면 초보 근로감독관이 처벌을 받을까 걱정이 되어서 더 나가지 못하고 대신 담당 근로감독관에게 편지를 썼다.

N 근로감독관에게

안녕하십니까?

보내주신 '사업장 근로감독 청원 민원 처리 결과 통보' 잘 받아보았습니다. 수고 많으셨습니다.

하지만 내용은 실망을 넘어서 우리들이 오히려 허무맹랑한 민원을 제기한 형편없는 인간으로 전락한 느낌입니다. 비록 은퇴하고 경비원 생활을 하고 있지만, 인생을 그렇게 느슨하게 살아오지 않았습니다.

약자인 근로자 보호를 위해서 노심초사하는 노동청으로 기대했지만, C 용역업체 사장과 직원들의 새빨간 거짓말을 그대로 대변하는 대변지에 불과하였습니다. 이중장부를 제출할 시간까지 부여하고 이상이 없다고 하니 단 한 가지라도 발본색원의 의지가 있었나 하는 의심이 들 지경입니다. 근로자의 명예 회복을 위해서라도 거짓 민원이 아니라는 증빙 서류를 동봉합니다.

제가 민원을 제기하게 된 동기는 제 개인의 착취를 밝히기 위한 것이 아니었습니다. 수많은 근로자 미래의 착취에 차단의 고리를 끊기 위한 공익적 민원이었는데 무시당하는 것이 너무 안타깝습니다.

C 용역업체 근로자 1,000명 중 전산 조작을 통하여 매월 1인당 1,000원씩만 착취한다 해도 100만 원이 되고, 4,850원씩이면 485만 원, 연차수당이나 퇴직금은 1인당 1회에 10만 원씩만 착취해도 1억 원씩을 착

부모는 자식의 교과서

취하였다는 계산이 나옵니다. 이런 것은 아파트에서 입금한 금액과 근로자에게 지급한 금액만 대조해도 금방 드러나는 간단한 사안인데도 이상이 없다고 하니 노동청 업무 영역이 아니어서인지는 모를 일입니다. 아직도 연차를 못 받은 근로자들도 있습니다. 이런 착취의 고리를 끊어서 근로자들이 안심하고 일할 수 있는 여건을 만들고 싶었는데 무시만 당하고 만 것이 너무나 안타깝습니다. 중간착취를 일삼는 용역업체가 전국적으로 C 용역업체뿐이라고 아무도 단정할 수 없습니다.

불법 촉탁 계약 강요자인 용역업체 담당 직원의 자술서를 받아서 경찰에 수사를 의뢰하여 우리와 대질심문하면 계약서 사본을 발급하지 않은 거짓말이 금방 탄로가 나는데도 민원인의 말은 무시하고 거짓말을 인정하는 현실이 안타깝습니다.

노동청이 외면한다고 하더라도 여기서 중단하지 않고 언론의 힘을 빌리든지 정부의 타 기관을 활용하든지 노조도 금지된 최저임금 비정규직 근로자들 중간착취의 고리가 끊길 때까지 약자들의 미력을 던지고자 다짐합니다.

끝으로 N 근로감독관님과 소속 임직원님들의 건승을 기원하면서 동봉한 증빙 서류를 읽어보시고 무엇이 잘못 감독되었는지를 참고하여 앞으로는 약자의 권리보호에 도움을 주는 유능한 감독관이 되시기를 바랍니다.

안녕히 계십시오.

꽁초

상쾌한 아침이다. 아침 운동을 하러 대문을 나서서 큰길로 향한다. 이상한 일이었다. 다른 날과 달리 담배꽁초에 내 시선이 꽂힌다. 내 친구 중에 꽁초를 버릴 때 호들갑스럽게 버리는 친구가 있기에 일단 나는 그를 경멸한다. 그래서 보통 때도 꽁초는 늘 외면의 대상이었다.

걸음을 옮길수록 꽁초는 점점 더 전쟁 영화 속의 시체처럼 오버랩되면서 '전우의 시체를 넘고 넘어 (중략) 달빛 어린 고개에서 마지막 나누어 먹던 화랑 담배 연기 속에 전우야 잘 자라.' 오래전에 병영에서 들었던 「전우야 잘 자라」란 군가 소리가 환청처럼 들려왔다. 한국전쟁을 배경으로 한 군가로 전사한 전우들을 위로하면서 애국심을 고취하여 돌진하고 북진하여 반드시 전쟁에 승리하라는 주제로 노래했다는 사실은 군대를 갔다 온 남자들이라면 누구나 잘 알고 있다. 가사만 본다면 건강을 떠나서 꽁초만큼 인간의 희로애락이나 생과 사를 어루만져 주는 것도 없을 것 같다.

전쟁의 와중에 넘는 달빛 어린 고개는 사실상 저승과 이승의 경계에 있는 고개인지도 모른다. 마지막 나누어 먹던 담배는 보급로가 끊겨서 화랑 담배가 제때 보급이 되지 않았을지도 모른다. 그러

부모는 자식의 교과서

나 그 꽁초를 빨아서 뿜어낸 연기로 죽은 전우를 잠들게 하고 총알이 빗발치는 전선으로 돌진하고 북진하도록 용기를 불어넣은 당시 꽁초는 필터가 없었으니 초야에서 완전분해되었을 것이다.

그러나 내 시선의 초점이 머무는 골목길에 버려진 꽁초는 패잔병이 누워 있는 것같이 보였고, 버스 정류장이나 사람들의 왕래가 잦은 곳에 어지럽게 널브러진 꽁초들은 마치 전장의 시체처럼 보였다.

기분이 좋아서 피우는 꽁초는 발로 비비고, 기분이 나쁘면 패대기치고, 차가 밀려 짜증 날 때는 공중으로 튕긴다. 얌체족은 윈도를 내리고 살살 재를 떨다가 몰래 길바닥에 내려놓는다.

이처럼 멸시받는 꽁초도 기나긴 과거가 있다. 이른 봄부터 온상에서 싹을 틔우고 부지런한 농부의 발소리를 들으면서 따뜻한 손길을 받고 자란다. 사월이 되면 본밭으로 시집을 가는 이식 절차를 밟게 된다. 본밭에서 육십일 정도 자라면 순지르기를 하고, 그 후에는 뜨거운 햇빛으로 무두질하면서 자력으로 잎을 넓힌다. 잎들이 잘 생장할 수 있도록 수많은 농약을 뒤집어써야 한다.

잎이 담황색으로 변하면 수확하여 건조를 시킨다. 건조된 잎담배는 선황색을 띠어야 최고품이 된다. 그래야만 당분이 많아져서 순한 맛이 된다고 한다. 손질 중에 제일 중요한 것은 조리라고 하는 손질 과정을 거쳐야 하는데 순도, 색상, 크기에 따라 구분하는 절차다. 조리는 옆 연초 조합에 담배를 매상할 때 가격 결정에 중요한 역할을 한다.

담배가 몸값을 최대한 높여야만 농민들의 주머니를 두둑하게 해줄 수가 있다. 노동집약형 특수작물이기 때문이다.

농민들의 손을 떠난 담배는 연초 제조창 직원들에게 봉급을 주고, 판매점 주인에게는 수익을 올려주며, 지방 정부 재정도 튼튼하게 해주면서 흡연자들의 손에 들어간다. 흡연자들은 마치 꽁초가 애인의 입술이라도 되는 듯 뻑, 뻑 젖 먹던 힘을 다하여 빨아댄다. 인간의 희로애락을 실연기에 담아 공중분해시키는 실로 지대한 공로가 있음을 인정해야 한다. 그런데도 건강 제일주의와 환경 때문에 천대를 받는 것이 꽁초다.

내가 흡연을 한 것은 훈련소 시절 공짜로 주는 화랑 담배가 시작이었고 십여 년 만에 금연을 하였다. 금연 후 가족들에게 간접흡연이 얼마나 해로운지를 알고 나서 좀 더 일찍 금연을 하지 못한 것이 크게 후회되기도 하였다.

내가 흡연을 시작할 무렵의 군대 흡연 군기는 휴식 시간에 2열 횡대로 마주 보고 서서 로봇처럼 꼿꼿하게 서서 담배를 피운 후 꽁초의 종이 부분은 완전분해하고, 필터 부분은 재떨이가 없으면 호주머니에 넣고 다니다가 휴지통에 버리는 것이었다. 내가 그토록 꽁초를 함부로 버리는 행위를 경멸하는 것은 내가 피운 꽁초는 내가 책임지고 처리하는 철저한 습관 때문이다.

그러나 이제는 꽁초가 위대해 보인다. 꽁초는 이제 하는 일 없이 길바닥에 누워 있는 것이 아니다. 차가운 눈 속에 가 매장되었을 때를 제외하고는 뜨겁고 차가운 아스팔트 위에서 비가 오나 눈이

　　　　　　　　부모는 자식의 교과서

오나 바람이 부나 자신들을 버리는 인간들의 호들갑을 감시하는 감시원이라는 사실이다.

아무리 천대를 받아도 자신의 처지를 비관하지 않는다는 교훈을 주고 있는 것 같기도 하다. 흡연자들이 설 자리가 좁아지고, 담배 값 인상으로 열 받을까 걱정도 하는 것 같다. 빈부의 격차 해소를 위한 분배의 매개체 역할을 하면서, 담당 공무원들에게는 노인 일자리 만들기 계획을 제공하는 자긍심을 가지고 누워 있다.

꽁초가 없다면 빈곤한 노인들의 일자리를 누가 만들 것인가. 꽁초라도 주웠기에 당당하게 노동의 대가를 받을 수 있도록 그들의 마지막 자존심을 세워준 공로를 인정해 주고 싶다. 빈자들에게 부를 분배하기 위한 구휼의 마지막 임무를 수행하기 위하여 오늘도 길바닥에 자유롭게 누워 있는 꽁초들이기에 나의 시선이 꽂혔을 것이다.

아파트 지상에도 화단에도 곳곳에 담배꽁초가 매일매일 떨어져 나뒹군다. 처음에는 짜증이 났지만, 지금은 즐겁다. 꽁초가 있기에 경비원, 미화원이란 직업이 유지되니까.

조경

　조경은 아파트 경치를 아름답게 꾸미기 위해서 하는 것이다. 그래서 아파트 화단을 만들 때 조경은 아주 중요한 역할을 한다. 조경이 잘된 아파트는 주민의 정서 함양은 물론이고 가격 상승에도 영향을 미칠 수 있다.

　처음 지은 아파트는 조경수가 어리다. 그렇다고 해서 처음부터 다 큰 나무만 골라서 심을 수는 없다. 나무뿐만 아니라 많은 식물은 생장에 속도가 있고 한계가 있다. 그런 것을 고려해야 하는데 역대 동 대표마다 임기 중에 마치 관업유착(관리사무소와 조경수 업체의 유착)이라도 하듯 봄만 되면 내 돈 아니라고 해서 주먹구구식 조경수 구매를 한다. 입주민 돈이니 부담 없이 사들인다. 적정하게 심다 보면 너무 많이 남으니까 밀식을 하게 된다. 나무란 많이만 심는다고 좋은 것이 아니다.

　나무가 완전히 성장했을 때 어느 정도 공간을 차지하는지를 고려하여 크도록 기다리면서 조정해도 된다. 그런데 그런 계산도 없이 식목일이 되었으니까 나무 심는다는 개념으로 심어댄다. 조경수 업체 외판원인지 동 대표인지 구분이 안 된다.

　키 큰 교목 밑에 키 작은 교목을 심어서도 안 되고, 교목 밑에 관목을 심어도 안 된다. 저층 주민이 조망권을 침해받는 것도 옳지 않다. 주먹구구식으로 사다 심는 것은 조경이 아니다. 아파트 관리비만 낭비할 뿐이다. 조화를 통하여 주민 정서함양에 도움이 되어야 한다.

먼 훗날 밀식한 나무들이 다 성장하면 돈을 들여서 베어내야 한다. 이런 행위는 올바르게 아파트를 관리하는 것이 아니다. 멀리 내다보면서 조경을 하면 주민의 부담을 줄이면서 좋은 경관을 꾸밀 수가 있다.

M. T. 키케로는 『노년에 관하여』를 통하여 "다른 세대를 위하여 나무를 심으라"라고 하였다. 새겨들어야 할 말이다. 마구잡이로 나무를 심어서 후대는 밀식한 나무를 돈을 들여서 베어내기에 바쁜 식목은 안 하느니만 못하다.

어느 아파트에서 규모가 크지는 않았지만, 방부목으로 튼튼하게 만들어진 계단을 일부분이 상했다고 전체를 해체하고 새로 공사를 하였다. 상한 부분만 재료를 사다가 관리사무소 기사들을 이용하여 자체 공사를 하면 수십 년도 더 쓸 수 있는 계단을, 마치 충치 한 개 빼고 치료하면 될 것을 생니까지 뽑아서 틀니 해 넣는 격이었다. 공금은 언제나 내 돈 쓰듯 아껴 써야 한다. 주민들이 그런 동 대표를 선출하도록 노력해야 한다. 무관심의 피해는 자신에게 돌아온다는 사실을 알아야 한다.

관업유착의 또 다른 형태는 한 업체를 마치 전속 업체처럼 일감을 몰아 주는 것인데 이것도 안 될 일이다. 놀고 있는 업체 중에 더 저렴한 공사비로도 일하고 싶어 하는 업체가 얼마든지 있는데 거래하던 업체가 바쁘다는 핑계로 착공을 미루는 것을 기다려 주면 피해를 받는 건 주민뿐이다. 봄비에 누수되는 공사를 업체가 바쁘다는 핑계로 가을에 한다는데도 아무런 조처를 취하지 못한다면 아파트 관리 주체가 사기업의 직원이 되는 꼴이다. 단골은 적절한 시기에 바꾸라는 말이 있다. 규정상 문제가 없는 수의계약이라 하더라도 한 업체와 너무 오래 거래하면 관계가 나빠져 나중에는 손해를 볼 수도 있다는 얘기일 것이다.

아파트 단지는 공사를 할 것이 없는 단지가 좋은 단지이지만, 꼭 해야 할 공사라면 백만 원이면 충분한 공사를 긁어서 부스럼 키우듯이 천만 원 공사로 키워서도 안 된다. 업무상 배임죄에 해당하기 때문이다. 그런데도 알고 하는지 모르고 하는지 종종 그런 기사가 난다.

비품 구매도 마찬가지다. 아무리 좋은 것이라 해도 다른 단지가 어떻게 하는지 발품을 팔아가면서 벤치마킹을 하는 것도 주민들의 관리비를 아끼는 좋은 방법인데 선두주자로 뛰는 욕심을 알 길이 없다. 천방지축하다가 관리비만 낭비하는 우를 범하면 주민들에게 씻지 못할 죄를 짓는 짓임을 알아야 한다. 작은 공구 하나라도 쓰임새와 적정 크기, 적정 수량을 주도면밀하게 분석하여 사야 한다. 아니면 말고 식으로 비싸게 사서 창고에 처박아 두면 그것도 배임 행위다. 주민이 낸 관리비 지출을 호랑이보다 더 무섭게 생각해야 한다. 주민도 무관심에서 관심으로 상태를 전환해야 한다.

부모는 자식의 교과서

관리비 고지서를 제대로 읽어 보지도 않고 쓰레기통에 버리는 것이 무관심은 아닌지 다시 한번 생각해 볼 일이다. 살기 좋은 아파트를 만들기 위해서.

분류 배출

가정에서 나오는 폐기물을 분류해서 배출하면 수거업체에서는 수거를 해 가니까 수거업체는 분리수거가 맞지만, 가정에서는 분류 배출이라는 말이 맞는 것 같다. 분류 배출의 목적은 폐기물을 소각이나 재활용 등 중간 처리와 최종 처분을 쉽게 하도록 그 재질마다 폐기물을 분류하여 배출해야 한다. 그러나 사람이기에 순간적으로 깜박할 수도 있고, 헷갈릴 수도 있다. 그 정도는 정상적인 사람으로 봐줄 수 있다.

대형차, 외제 차 굴리고, 골프장을 화장실 드나들듯 하면서도 일 년 내내 몇백 원짜리 종량제 봉투 한 개를 사용하지 않는 사람의 양심은 럭비공처럼 생겼는지 자못 궁금하다. 한 사람의 분류 배출 잘못으로 여러 사람이 쌓아 올린 공든 탑이 무너지는데도 정작 자신은 양심의 가책을 느끼지 못한다. 공동주택 입주민으로서는 찢어진 교과서라고 할 수 있다.

70이 넘은 어느 할머니는 짜장면을 시켜 먹고 매번 그릇을 깨끗하게 씻어서 돌려준다. 세 번을 씻어주면 짜장면집 주인이 천 원을 준다. 세제, 물, 시간 절약과 인건비에 해당한다. 그 할머니는 분류 배출도 어느 젊은이 못지않게 꼼꼼하게 한다.

할머니의 꼼꼼한 성격은 분류 배출의 교과서다. 신문지도 차곡차곡 묶어서 배출하고, 우유 팩도 깨끗하게 씻어서 책장처럼 편 뒤 깔끔하게 묶어서 배출한다. 살림이 그리 넉넉하지도 않은데 유색 스티로폼도 종량제봉투를 이용하고, 재활용이 불가능한 코팅지를 일반 종이와 함께 버리지 않으며, 깨진 유리는 종량제봉투가 상하지 않게 잘 싸고, 사기 종류도 유리 포대에 담지 않는다. 가스용기는 폭발 방지용 구멍을 내서 버린다. 캔이나 플라스틱, 스티로폼, 각종 용기를 씻을 것은 씻고, 이물질을 제거할 것은 깔끔하게 제거한 다음에 버리는 할머니는 흠잡을 데 없는 분류 배출의 교과서 같은 분이시다. 할머니의 자식들과 손자들도 다 본받고 있으리란 짐작이 간다.

그런 사람이 있는가 하면 캔이나 병 속에 담배꽁초를 넣기도 하고 폐휴지를 넣은 채 버리기도 한다. 집 안에서 나온 캔 속에 꽁초가 나온다는 것은 이웃집에 간접흡연 피해까지 끼쳤다는 증거물이 된다. 대충대충 건성건성 사는 나쁜 기운이 자식에게로 내려간다는 사실을 안다면 그렇게 하지 않을 것이다. 그러나 정작 그 사실을 모르니 나쁜 기운을 치유하지 않고 방치하는 것이나 다름없다.

배달 음식 용기나 음식물에 오염된 비닐을 생각 없이 폐비닐 포대에 집어넣으면 후각이 민감한 고양이의 표적이 된다. 비닐 포대를 뚫고 꺼내 먹는 과정에서 난장판이 된 것은 힘이 들어도 다시 정리하면 되지만, 소중한 포대가 찢어질 때는 내 마음도 찢어진다.

우리가 버리는 음식물 쓰레기도 주의해서 버려야 한다. 잘 생각이 나지 않을 때는 가축이나 동물들이 먹을 수 있는가를 생각해 보면 된다. 우리가 버리는 음식물 쓰레기는 그냥 버려지는 것이 아니라 가축의 사료나 퇴비 등으로 재활용하는 경우가 많기 때문이다.

딱딱한 음식물 쓰레기는 무조건 일반쓰레기로 분류해야 한다.

조개껍데기, 딱딱한 가시, 호두, 땅콩 등의 딱딱한 음식물은 동물들이 섭취하기 힘들다. 그리고 소고기나 닭고기, 돼지고기의 뼈도 너무 딱딱해서 음식물 쓰레기에 해당이 되지 않는다. 이런 것들도 다 일반 쓰레기로 분류해야 한다. 물기를 제거하는 것은 기본이다.

공동주택에 사는 모든 주민이 다 같이 협력하여 규정된 분류 배출을 하면 수거업체의 부담을 덜어줄 뿐만 아니라 소중한 세금도 절약되고, 자원 낭비도 예방되며, 궁극적으로는 환경 악화를 막을 수 있는 여러 가지 이익을 가져온다는 사실을 인지해야 한다.

분류 배출이 별것 아닌 것 같지만 자식에게는 큰 교육이다. 비싼 돈 들이는 사교육보다 더 큰 인간 교육이다. 부모가 직접 분류 배출 교과서가 되어야 한다. 그러면 귀찮지도 않고 헷갈리지도 않고 깜박하지도 않는다.

분류 배출장에서 부모와 어린 자녀가 함께 분류 배출하는 모습을 보면 내 마음이 너무나도 흐뭇하고 존경스럽다. 어릴수록 더 빠른 교육으로 습관이 되어야 한다. 그것이 좋은 기운의 내림이다. 선진국이 되려면 분류 배출 의식도 선진화가 되어야 한다. 공동주택에서의 분류 배출은 협력과 배려이다. 일회용품 줄이기도 생활화가 되어야 한다.

부모는 자식의 교과서

개똥

주민의 차가 다니는 아파트 지상 통로에 자기가 키우는 개가 똥을 쌌는데도 모른 체하고 지나가는 주민을 목격하였다. 아파트 경비원이 제아무리 비정규직에 최저임금에 감정노동자로서 을의 처지지만 다른 주민의 쾌적한 삶의 환경 유지를 위하여 그냥 넘길 수는 없었다. 을의 횡포라고 하든 건방진 경비라고 하든 개 주인이 똥을 치우는 것은 법을 떠나서 상식이고 도덕이다. 개 주인을 불러서 똥을 치우라고 하였다. 만에 하나 치우지 않고 갑질로 나왔더라면 입주민을 불러서 현장에서 여론 재판을 할 태세였는데 다행히도 순순히 치웠다.

그 후에도 아침 일찍 개를 몰고 나온 또 다른 개 주인은 운동을 시킨다는 핑계로 목줄을 풀고 먼발치에서 개를 지켜보고 있었다. 청소하는 내 가까이에서 똥을 쌌는데 개 주인은 보지 못했다. 개 주인을 불러서 치우라고 했다. 우리 개는 조금 전에 똥을 쌌기 때문에 우리 개똥이 아니라고 우겼다. 내가 지금 청소하면서 보았노라고 하자 억지 춘향으로 똥을 치웠다.

며칠 전에는 다른 동 주민이 개똥이 들어 있는 비닐봉지를 종량제봉투 수집함에 무단투기를 하려던 차에 나에게 발각되었다. 약간의 거리가 있어서 큰 소리로 거기에는 개똥 넣으면 안 된다고 고함을 질렀다. 개 주인이 깜짝 놀라서 멈칫하더니 나를 쳐다본다. 재차 그곳은 종량제봉투 수집함이니 댁에 가져가서 변기에 넣고 물을 내리라고 일러주자 비닐봉지를 든 채 말없이 지나갔다. 가족과 동일한 반려견이니 가족이 사용하는 변기에 버리는 것은 너무나도 당연하다는 생각이다.

반려견 천만 시대라고 해서 인터넷 '위키백과사전'을 찾아보았다.

요약하자면 애완견 또는 반려견은 견주(犬主)의 정서적 만족감을 위해 사육되는 개로, 일부에서는 반려견이라는 단어에 대해 반대하는 의견도 소수 있다고 한다. 인간의 만족을 위해 선택되어 사육되는 동물에 지나지 않는다는 이유에 근거하여 반려견이라는 표현에 반대한다는 것이다.

나도 반려견이라는 단어를 탐탁지 않게 생각한다. 개는 아무리 비싼 개라도 오줌, 똥 못 가리고 말 못 하기 때문이며, 털갈이할 때는 집 안을 오염시키기 때문이다. 개를 사랑하는 것은 개인의 자유지만, 진정으로 사랑하지 않는 개 주인은 경멸하는 편이다. 나는 개 주인이 아닌 4천만 중의 한 사람이다. 나도 한때는 고향이 전라남도 진도군인 덩치 큰 개를 한 마리 강아지 때 분양받아 와서 16년간을 기르다가 임종을 지켜보지는 못했지만, 장례를 치러준 적이 있다. 이름을 복구라고 불렀는데 복구를 많이도 사랑했었다.

개를 키운 목적은 CCTV가 없던 시절 방범을 위함이었고, 이웃집에서도 개 짖는 소리에 동네가 든든하다고 오래오래 키우라는 권유가 있었다. 아파트의 층간소음처럼 이웃집이 시끄럽다 하였으면 복구의 운명은 수명을 다하지 못하였을지도 모른다.

복구는 집안 경비뿐만 아니라 동네 경비 임무까지 완벽하게 수행하는 충견이었다. 집 안에서 나오는 음식물 쓰레기도 많이 처리해 주었기에 절약된 돈으로 자신의 사룟값을 충당할 수 있었다.

펫티켓을 알아봤더니 제일 많이 등장하는 것이 개 주인 동의 없이 개를 만지지 말라는 것이었다. 반대로 개 주인이 다른 사람에게 지켜야 할 예의도 있는 것이다. 자기 위주로 개를 관리해서는 안 된다.

사람이 앉는 벤치나 신발을 벗고 올라가는 정자 바닥에 흙발로 다니던 개를 뛰어다니게 하여 개 주인이 아닌 사람의 기분을 상하게 해서는 안 된다. 나는 이런 개 주인이 보는 앞에서 개를 싫어한다는 표정을 노골적으로 지으면서 개 주인을 경멸한다. 진정으로 개를 사랑하는 주인이 아니라고 판단하기 때문이다.

수돗가에서 물 먹이는 행위도 삼가야 하고, 야외에서 깎은 개털을 함부로 버려 바람에 날리도록 해서 남에게 피해를 줘서도 안 된다. 마스크 착용 안 시키고 외출 나온 개를 보면 멀찌감치 차도로 내려가서 우회함으로써 개 주인에게 무언의 불만을 표시해 준다.

비 오는 날이나 저기압인 날에 베란다에서 개 목욕은 시키지 말아야 한다. 목욕시킬 때 나는 개 비린내가 주인에게는 향기롭게 느껴질지 몰라도 아랫집이나 윗집은 구역질나는 악취라는 사실을 알아야 한다. 층간 소음에 이어 주요 민원 사항으로 발전할 날이 올 것이다.

반려견 천만 시대에 개 주인에게만 우월권이 있는 게 아니다. 더 많은 4천만 개 주인이 아닌 사람에게 피해를 주어서는 안 된다는 의무감도 가져야 한다. 아무튼 개똥을 정성껏 치우는 마음으로 연로하신 부모님 거동이 불편해졌을 때 대소변을 지극정성으로 치워 드린다면 동방예의지국의 명성을 되살리는 날이 앞당겨지리라 기대해 본다.

부모는 자식의 교과서

층간소음

공동주택에서의 층간소음은 기준이 정해져 있다. 그러나 현재로서는 완전한 해결 방법은 없다.

제도적으로는 아파트 관리사무소에 소음 측정 및 적절한 중재를 요청하거나, 층간소음 분쟁조정 위원회에 소음 측정 및 조정을 요청해 볼 수 있으나, 아무래도 효과적인 해결이 되는 경우가 드물다. 완벽한 방식은 아니지만, 예방 방법으로 소음 발생자가 바닥 매트를 설치하는 방법, 소음 발생자가 집에 CCTV 등을 설치하여 지적된 시간대에 소음이 없었음을 먼저 입증하는 방법, 관리사무소 등을 통해 대화의 자리를 만들어 터놓고 서로의 사정 등을 얘기하고 화해와 이해를 요청하는 방법 등이 있을 수 있기는 하다.

심야가 아닌데도 생활 소음이 문제가 될 정도라면 아랫집의 민감도도 문제가 있다고 봐야 한다. 직접 해결하기보다는 관리사무소 등의 도움을 받아 완충적 접근을 하는 것이 좋을 것이다.

윗집 딸이 피아노를 좋아해서 피아노 연주를 한다. 아랫집에서는 층간소음을 제지해 달라는 전화가 왔다. 즉시 연락하자 얼마 안 있으면 이사를 할 테니까 조금만 참아달라고 전해 달라고 하였다. 그대로 아랫집에 전달하였다. 아랫집 항의를 견디다 못해 한

달이 채 못 되어서 윗집은 이사했다.

또 다른 집은 손자들이 방학이라 놀러 왔다. 아랫집에서는 층간 소음을 제지해 달라는 전화가 왔다. 며칠 놀다 가기로 하였던 계획을 취소하고 이튿날 자기 집으로 갔다.

또 어떤 집은 딸이 모처럼 자식들을 데리고 친정에 다니러 왔다가 아랫집에서 아이들 발소리 항의로 기분이 나빠서 며칠 묵을 계획을 취소하고 하룻밤만 자고 서둘러 귀가를 하였다.

한 집은 아이 여럿을 기르는 집으로 아랫집 항의를 완전히 무시하는 집이 있었다. 대판 싸움이 벌어지고 경찰관이 다녀갔다. 층간소음은 경찰관이 와도 해결을 하지 못하고 혀를 내두르며 돌아간다.

근본적으로는 이웃 간에 상대방의 생활을 이해하는 방식으로 해결하는 것이 가장 바람직하다. 내 고향에 가면 거름 썩는 냄새도 정겹지만, 타향에서 거름 썩는 냄새는 악취다. 사람이 미우면 작은 소리도 크게 들린다. 반면에 사람이 고우면 심한 소음도 듣고 싶은 소리로 들린다. 같은 이치다.

축제장에서 연예인이 고성능 음향기기를 설치하고 마이크로 노래하는 것을 소음이라고 항의하는 사람은 없다. 그것은 자신이 좋아하는 연예인의 노랫소리이기 때문이다. 사람이 고우면 소음도 소리로 들리지만, 사람이 미우면 미세한 소리도 소음으로 들린다.

아파트 같은 동에서도 한 집은 사람이 미워서 이틀이 멀다고 층간소음 민원을 제기하는데 다른 한 집은 윗집 새댁에게 먹을 것이

부모는 자식의 교과서

나 선물 사 오지 말라고 신신당부를 한다. 자신들도 자식 키워냈고, 지금도 손자들을 키우고 주말이나 방학이 되면 놀러 와서 장난을 치면서 떠들기 때문에 아이들 떠드는 소리 다 이해를 할 수 있으니 아이들 기죽지 말고 마음대로 떠들어도 좋다는 노부부의 말씀에 윗집 새댁은 고마운 나머지 눈시울을 붉혔다.

두 집을 비교하면 바로 상대방을 이해하느냐 미워하느냐의 차이다. 법보다 가까운 것은 인정이다. 주민 공동체 활동 프로그램을 개발하여 이웃과 가까워지면 좋겠다는 생각이 든다. 법으로 해결하기보다 이해와 인정으로 해결하는 것이 훨씬 더 현명한 방법이다.

나의 아들은 직업상 이사를 자주 다닌다. 이사를 할 때마다 손자, 손녀 때문에 층간소음으로 언쟁이라도 벌일까 걱정이 된다. 그래서 이사 때마다 이웃을 사귀는 차원에서 음료수 하나라도 사서 아랫집을 찾아가 아이들 키우는 사정을 미리 말씀을 드리도록 당부를 하였다. 나의 당부가 효과가 있었는지 지금까지는 큰 문제 없이 지나갔다. 지금은 1층에서 살고 있으니 층간소음 걱정 없이 잘도 지내고 있는 것이 다행이다.

토인비는 소음에서 빠져나올 수 있는 것은 침묵이라고 하였다. 침묵을 위해서는 상대방을 이해하는 것이 시작이 아닐까 하는 생각이 든다. 침묵을 통하여 모든 아파트 층간소음이 사라졌으면 좋겠다. 윗집은 항상 아랫집을 배려하면서.

법과 도덕

건축 기술의 발달로 기둥의 기능이 벽체로 많이 흡수되기는 했지만, 수간 초옥이든 고대광실이든 집을 떠받치는 것은 기둥이다. 기둥의 힘으로 한 가족의 행복이 지켜진다는 사실을 생각하면 기둥은 더욱 우아해 보인다. 그 우아한 기둥에 머무는 시선을 아래로 훑어 내리면 영락없이 아얌 쓰고 수줍어하는 새색시 얼굴 같은 주춧돌이 기둥을 받치고 있다.

그 주춧돌은 집의 무게 때문에 지반이 침하하는 것을 방지하기도 하지만, 풍화 작용이나 충해를 차단하여 기둥의 생명을 연장함으로써 천 년 고택을 지켜준다. 주춧돌 없는 기둥은 금방 뿌리가 썩어서 이리저리 쏠리는 허술하기 짝이 없는 집이 상상될 정도로 유기적인 관계다.

사회를 떠받쳐서 살기 좋은 사회를 만드는 것이 법이라면 사람을 사람답게 떠받치는 것은 도덕이다. 법은 국가의 강제력을 수반하는 사회 규범이고, 도덕은 양심에 따라서 스스로 지켜야 하는 행동이기 때문이다. 법은 사람이 만든다. 도덕성 높은 사람에 의해 만들어지고, 집행되고, 지켜진다면 가장 이상적이다. 법이 적은 나라일수록 좋은 나라다. 법은 있되 집행할 필요가 없는 것도 이상적인 법치주의 국가의 한 형태다. 그래서 법과 도덕의 관계도 기둥과 주춧돌의 유기적 관계와 같다. 사람이 도덕성 함양을 해야 하는 필요성은 튼튼한 주춧돌 같은 역할을 하기 위해서다. 양심에 따라 스스로 군대 가고, 세금 낸다면 병역법이 필요 없고, 세법이 필요 없지 않겠는가.

한 나라의 법은 삼각구도 안에 모자이크된 형상이다. 삼각형 꼭대기에 왕법(헌법)이 자리 잡고 호령하면 아래법이 서로 상하 간에 협력하고 보완하면서 사회질서를 바로 잡아 나간다. 법도 계급이 있으니 상위법을 어기면 감옥 가야 하고, 중위법 어기면 벌금을 내야 하고, 민생법이라고 하는 가장 아래 법은 어겨도 약간의 과태료 내면 그만이다.

삼각형의 밑변 부분에 위치한 민생법 중 주민등록법이 있다. 주민등록법 제6조 1항에는 '30일 이상 거주할 목적으로 그 관할 구역에 주소나 거소를 가진 자를 이 법의 규정에 따라 등록하여야 한다'라고 되어 있다. 거주지와 주소가 다를 경우 거주지를 기준으로 하면 위장전입이 되고, 주소지를 기준으로 하면 무단 전출이 된다. 그러나 담당자가 일일이 조사를 할 만큼 한가하지도 않고, 위반이 적발되어 과태료를 낸 사람도 거의 없다. 걸린다 해도 과태료 몇만 원 내면 그만이다. 무단전출이든 위장전입이든 위반자는 직권말소(행정적 사망) 처리를 해야 하지만 이 또한 잘 처리하지 않는다. 인구가 줄면 중앙정부 양여금이 줄어들기 때문이다. 개인 사정으로 피신 다니다가 선거철이 돼서야 나타나서는 왜 투표를 못하게 말소시켰느냐고 하는 항의성 민원 때문에 함부로 할 수도 없는 노릇이다.

그러니 그 물렁한 법은 지켜도 그만 안 지켜도 그만이다. 지방정부 인구 증가와 개인 이익 챙기기의 이해관계가 절묘하게 맞아떨어지면서 알게 모르게 범법자를 만들어 내는 결과를 낳고 있다.

나라를 떠받칠 기둥의 튼튼한 주춧돌을 골라내기 위해서 청문회를 개최한다. 고위 공직자 후보의 도덕성을 검증하는 여론재판 같은 청문회의 단골 메뉴로 위장전입, 병역기피, 부동산 투기가 등장한다. 사안이 가벼워서 사과나 반성으로 위기를 넘기는 사람도 있지만 대부분 자기 스스로 설치한 부도덕의 덫에 걸려 넘어지고 만다.

평생 법복을 입고 법을 어긴 사람을 심판하여 감옥을 보내면서 법을 떡 주무르듯 하던 법의 귀재들도 아파트 분양이나 부동산 투기를 위해서, 자녀를 좋은 학군에 보내기 위해서 위장전입을 한다. 그 하찮은 법규 어겼다고 추궁과 질타가 이어지는 이유가 있다.

인간의 도덕성은 작은 것이라고 무시해서도 안 되고, 큰 것에 유혹되어도 안 되기 때문이다. 나 혼자 좋은 아파트 분양받고, 부동산 투기하고, 자녀 좋은 학군에 보내고 싶으면 남들은 더욱 하고 싶다는 것을 알아야 한다. 법 앞에 만인이 평등하다는 사실을 안다면 인내심으로 자신의 도덕성을 다스려야 한다. 고관대작에 오르려면 더욱 절제력이 있어야 한다. 적색 신호등이 법이라면 지나가는 차가 없더라도 파란불이 켜질 때까지 기다리는 것이 도덕이다.

부모는 자식의 교과서

반석 같은 주춧돌 위에는 어떤 기둥도 쉽게 세울 수 있다. 그러므로 반석 같은 주춧돌이 되기 위해서는 늘 도덕성 함양을 게을리해서는 안 된다.

나는 도덕성 함양을 위하여 두 가지의 목표를 세우고 실천을 해왔지만, 늘 부족함을 느끼기 때문에 지금도 계속 노력하고 있다. 나 자신을 바로 세우기 위해서 혼자 있을 때도 그릇된 것은 삼가야 한다는 '신독'을 좌우명으로 삼으며 주말부부 시절을 잘 견뎌냈다. 처세를 위해서는 '타면자건'의 자세를 견지해 왔다.

일상생활에서 늘 금연을 실천하면서 잡기와 술은 가능하면 멀리한다. 평생 금녀의 직장에서 근무하다 보니 여자들과의 대인관계가 서툴러서 여자는 단 5명(장모님, 아내, 딸, 며느리, 손녀)하고만 친하게 지낸다. 그 5명의 여인하고만 친하게 지내도 별로 불편함을 못 느끼지만 어떨 때는 본의 아니게 다른 여인들에게는 자주 결례를 하기도 한다.

이제 나는 현직을 떠난 사회의 햇병아리다. 조심조심 새 출발 하다 보니 어깨너머로 살짝살짝 배우는 지식을 모으고 모아서 도덕성으로 다져진 튼튼한 주춧돌이 되어 가고 있다. 그 위에다 가족의 행복을 지킬 튼튼한 기둥을 세울 것이다.

숨비소리

작전지역 순찰을 하거나 목진지 보수를 위하여 섬을 순찰할 때는 해녀들이 물질하는 것을 볼 기회가 자주 있다. 섬은 해녀들의 삶의 무대이다. 그들의 자맥질이 집안 경제의 기둥이다. 어패류와 해조류를 채취하여 생계를 꾸려 가기 때문이다.

해산물이 풍부하던 시절에는 수입도 짭짤하였다. 그러나 바다가 점점 황폐화되어 가는 요즘은 옛 시절이 그리울 뿐이다. 자연히 해녀 지망생이 끊어져서 막내들이 대부분 고령이 되었다. 오리처럼 잠수했다가 물 위에 떠오르는 낭만적 풍경을 바라볼 수 있는 날도 얼마 남지 않은 것 같다.

은퇴하는 노해녀들도 젊은 날에는 바닷물에 씻긴 옥 같은 살결을 부끄러워하던 시절이 있었다. 해녀의 대가 끊어지는 원인은 수입의 감소뿐만이 아니다. 물질이 여간 고달픈 일이 아니기 때문이기도 하다. 비가 오나 눈이 오나 바람이 불어도 바다에 나가야 한다. 한겨울에도 뼛속을 후벼 파는 바닷바람 맞으면서 잠수복을 갈아입는 모습은 연민의 정을 느끼게 한다.

대문에 태박(채취한 해산물 보관 망)이 걸려 있는 건 아직 작업을 나가지 않고 집에 있다는 증거다. 그런 집들은 불러서 함께 작업을 나간다. 해녀들이 작업을 나갈 때는 나물 뜯으러 가는 처녀들처럼 줄을 서서 바다로 향한다.

잠수를 조금이라도 더 깊이 하면 할수록 값나가는 해산물을 채취할 수 있지만, 나이 앞에 장사는 없다. 힘겹게 잠수해 보지만 마음뿐이다. 욕심을 내다가는 단 몇 초 사이에 숨이 막혀 죽음에 이르기도 한다.

한 번 잠수에 태박이 조류에 떠밀려 수십 미터를 흘러가기도 한다. 작업 중 해저에 쳐놓은 그물에 손가락이 걸리거나, 숨이 차서 수면 위로 용솟음치는 순간 항해하는 배의 스크루(Screw)에 충돌하여 생명을 잃을 수도 있는 위험한 고비를 넘기기도 한다.

오리발을 신고 태박을 가슴에 안은 채 물을 밀고 나가다가 곤두박질로 작업을 마치고 수면 위로 얼굴을 내미는 순간, 푸 하고 길게 토하듯 뿜어내는 숨비소리는 해녀들이 죽음의 위기를 넘긴 안도의 휘파람이다. 고단한 삶의 절규요, 대가 끊어지는 슬픔이 묻어 있는 소리다.

수압 때문에 발병하는 잠수병은 해녀들에게는 꾀병 같은 직업병이다. 의약분업 예외 지역인 섬에서는 서로서로 마음의 위안을 담은 주사기를 찔러 주면서 약물 치료로 대책 없는 고통의 나날을 보낸다. 목숨을 담보로 하는 고달픈 노동이지만 가족들의 생계유지를 위해서는 풍랑이 일지 않는 한 바다로 나가야 한다.

바닷속은 용왕님이 관리하는 목장이다. 끝없이 펼쳐지는 산호 숲, 유유히 헤엄치는 물고기 떼, 일렁이는 물결에 춤추는 해조류,

슬금슬금 기어 다니는 종패들은 모두가 용궁에 소속된 목장의 재산들이다.

그 재산들의 채취가 허락되는 시기와 물때가 맞아야 하고, 풍랑이 없어야 한다. 당연히 물질할 수 있는 시간도 제한적이다. 그래서 호흡 조절이 급한 나머지 비창(전복을 딸 때 쓰는 끌 모양의 기구)으로 급하게 전복을 다다가 흠집이 나면 상품적 가치가 떨어진다. 한 마리의 전복이 입으로 들어갈 때까지는 해녀의 직업병과 목숨이 담보되어 있음을 알면 절대 비싸다고 말할 수 없다.

힘든 물질로 공부시킨 자식이 기대에 어긋나는 행동을 할 때는 애꿎은 전복을 비창으로 쿡쿡 찔러 한풀이를 하기도 한다. 비통한 심정을 달래는 모습에서 이 시대 마지막 남은 고달픈 해녀들의 애환이 갯바위를 얼룩지게 한다.

그러나 그 힘든 작업 중에도 손에 들린 좀망태기에는 바다의 무법자 불가사리가 가득 담겨 나오기도 한다. 어장 파괴의 주범을 퇴치하여 해산물을 보호하는 자연보호 정신의 투철함이다.

죽음의 위기를 넘긴 안도와 삶의 고달픔과 대가 끊어지는 슬픔이 담긴 숨비소리. 그 아름다운 소리가 들리는 한 섬은 낭만적이다. 이 시대의 마지막 숨비소리가 섬마다 좀 더 오래도록 울렸으면 하는 마음 간절하다.

부모는 자식의 교과서

어촌의 뒤주

'해가 수평선 속으로 잠수하는 섬마을 뒷동산에서 포구를 내려다 본다. 포구를 둘러싼 마을의 지붕들이 게딱지처럼 옹기종기 모여 있다. 온 가족이 한데 모여 오붓하게 저녁을 먹을 시간이다. 그런데 굴뚝에서 연기가 모락모락 올라오는 집은 저녁밥을 짓는 집이고 연기가 나지 않는 집은 대충 때우거나 굶는 집이다. 섬사람들 대부분이 여름 한 철 잡은 멸치를 젓갈 담아 육지까지는 며칠이 걸리는 돛단배를 타고 뭍으로 나가서 이 동네에서 저 동네로 이고 지고 다니면서 보리 양식과 바꿔 와서 입에 풀칠하는 고달픈 삶이었다.

텃밭이나 채소밭 일구는 것으로는 식구들의 호구지책을 해결한다는 것은 어림없는 짓이다. 자연히 이듬해 큰 배 선원이 되기 위해서는 겨우내 선주 집 장작을 패주거나 잡일을 거들어주면서 어망 보수나 잔심부름을 해주고 미리 눈도장을 찍어놓지 않으면 안 되는 고달픈 삶의 연속이었다고 한다.'

주말이 되면 갯바닥에서 만난 주민들로부터 조상들의 삶을 전해 들은 얘기다.

동력 어선이 보편화되기 전 빈한막심했던 시절 남해 서부에 위치한 절해고도 추자도 어촌 사람들이 겪었던 삶의 한 단면이다. 살아가다 보면 사실 배고픔만 한 서러움도 없다. 저녁연기를 피우지 못하는 가장들이 가장 듣고 싶었던 소리가 배고픈 자식들 목구멍에 밥 넘어가는 소리였을 것이다.

썰물에 노출된 갯바닥(몽돌과 모래로 형성된 갯벌)은 보는 사람에 따라서 썰렁하거나 황량해 보일 수도 있다. 하지만 썰물은 밀물에 더럽혀진 갯바닥을 걸레질하면서 먼 바다로 나가서 걸레를 빨아오는 미화원이자 먹을 것 베풀어 주린 자들에게 배고픔을 해결해 주는 뒤주 역할을 한다.

썰물이 되면 뱃사람들은 갯바닥에서 어선을 수리하거나 페인트칠을 하는 시간이기도 하다. 해녀들도 썰물에 물질을 나가면 같은 조건에서도 몇 미터는 더 잠수할 수 있으니 수입이 늘어난다. 강태공들은 갯지렁이를 잡아서 껄떼기(농어 새끼) 미끼로 사용하기도 하고, 말똥성게를 잡아서 돌돔 미끼로 사용하기도 한다.

나도 주말이 되면 물때표로 조수 간만의 차이를 확인하여 썰물에 노출되는 갯바닥으로 자주 나갔었다. 섬사람들과 어울려 조상들의 빈곤을 화두로 호미질을 한다. 호미 끝에는 조상들의 한과 애환이 묻어나온다.

물이 서서히 쓰기 시작하면 톳이나 미역, 우뭇가사리, 모자반 같은 해조류가 모습을 드러낸다. 게도 잡고, 고둥, 홍합, 보말을 따면 훌륭한 주전부리가 된다. 운이 좋으면 밀물 따라서 들어왔다가 방향감각 상실한 패잔병처럼 누워 있는 떡조개(전복 새끼)나 길 잃은

부모는 자식의 교과서

숭어와 문어를 맨손으로 잡을 때도 있다.

톳 한 줌으로 허기를 면하던 체험도 해 보았다. 톳 밥도 지어서 먹어 보고, 반찬도 만들어 먹어 보았다. 썰물이 갯바닥 청소(무한 정화기능)한 걸레 빨러 먼 바다로 나간 사이에 허기진 사람들에게 푸짐한 먹을거리 베푸는 고마운 갯바닥이다.

가난한 가장들의 무능과 자괴감이 부서져서 모래가 되고, 한과 애환이 굳어져서 몽돌이 된 갯바닥. 그들이 좌절하는 순간들을 추스르기 위하여 밀물에 품었던 먹을거리를 썰물 때 아낌없이 퍼 준다.

갯바닥을 노출하는 썰물(간조, 저조)과 밀물(만조, 고조) 현상은 하루에 두 번씩 일어난다. 달의 인력 때문이다. 자연현상이지만 매우 과학적이다. 밀물에서 썰물로 썰물에서 밀물로 방향 바꾸는 준비 시간이 각각 이십오 분 정도 걸리기 때문에 똑같은 시간에 일어나지 않고 낮과 밤, 아침과 저녁에 순환해서 일어난다. 삶도 변화해야 한다는 가르침 같다.

매일 반복되는 간·만조 현상도 똑같지는 않다. 조수 간만의 차이가 큰 사리와 작은 조금이 있다. 사리는 초하루(朔) 또는 그믐과 보름(望)이 되고 조금은 상현일 때는 7~8일, 하현일 때는 22~23일이 된다.

지역마다 간·만조 시간대가 다르기 때문에 물때표를 만들어 활용한다. 물때표는 출조나 조업, 해녀들의 물질, 갯바닥에서 해조류와 어패류를 채취하는 데 유용한 달력 역할을 한다.

처음에는 사리와 조금이 이해가 잘 안 되었는데 계이름에 비교하여 기억을 하니 조수 간만의 차이가 머릿속에 쏙 들어왔다.

음력 초하루 계이름을 높은 도로 정하여 도 1(사리: 간·만조 차이 3~4미터), 시 2, 라 3, 솔 4, 파 5, 미 6, 레 7, 도 8(조금: 간·만조 차이 1~2미터), 레 9, 미 10, 파 11, 솔 12, 라 13, 시 14, 도 15(사리: 간·만조 차이 3~4미터)로 암기를 하였다. 사리 때는 간만의 차이가 크기 때문에 해조류와 어패류 채취에 유리하다. 그날의 물때표와 계이름을 맞추어 보면 능률적으로 채취할 수가 있다.

바다의 생물들은 사리 때 활동이 왕성하고 조금 때는 조수 간만의 차이가 약하기 때문에 해조류나 어패류 채취에 헛수고할 가능성이 크다. 나는 지금도 밀물에 품었다가 썰물에 베푸는 바다의 고마움을 잊을 수가 없다. 조상들의 삶의 지혜를 따라서 했더니 생활에 적잖은 도움이 됨을 실감하였다.

썰물은 눈비가 오거나 풍랑이 일거나 시간 맞춰 갯바닥을 청소하는 근면성과 비움의 미덕을 가르치면서 밀물과 시소게임을 준비하러 하루에 두 번씩 먼 바다로 나들이를 한다.

부모는 자식의 교과서

배낭엔 행복을 담아 오자

군대 시절 초임 발령지가 대성산 정상이었다. 대성산은 전방 주요 고지 중 하나로 1년간 근무를 하였던 산이다. 민통선(민간인출입 통제선) 안이어서 민간인들은 등산이 허락되지 않는 곳이다.

대성산 정상에서 북쪽을 바라보면 휴전선 너머에 오성산이 보인다. 그 오성산 하단부로 휴전선이 그어지고 철조망을 쳐 놓은 채 끝나지 않은 전쟁을 벌이면서 지금까지 대치하고 있다.

오성산 좌측에는 철의 삼각지대와 광활한 철원 평야가 시야에 들어온다. 석양이 반사되는 들판은 마냥 평화로워 보인다. 하지만 해가 지면 모든 야간 감시 장비들이 가동되면서 초병들의 눈에도 라이트가 켜진다. 할아버지들이 지키다가 아버지들이 지키고 현재는 손자들이 지킨다. 이제 손자 대에서 보초 서는 일은 끝냈으면 좋으련만 언제까지 분단의 역사를 써나갈지 암울한 생각이 들기도 한다.

7·27 휴전 협정을 앞두고는 한 치의 땅이라도 더 빼앗기 위해서 치열한 전투를 벌이다가 그친 흔적이 바로 휴전선을 만들었다.

역사 교과서에는 없는 얘기지만 당시 김일성은 대성산을 빼앗긴 억울함에 7일간 밥을 굶었고, 오성산을 탈환하지 못한 통한에 이

승만 대통령도 3일간 밥을 굶었다고 전설에 가까운 구전이 있다. 그만큼 군사적 요충지였다는 사실을 강조하기 위하여 지어낸 얘기였을 것이다. 일국의 대통령을 3일간 밥을 굶게 내버려 두는 참모들이라면 목이 열두 번 잘려도 원망의 대상이 없을 무능한 참모가 아니겠는가.

나에게는 오성산과 대성산이 남북 분단의 슬픈 기억으로 남아 있다. 통일되면 가장 먼저 오성산을 올라보고 싶다.

나는 관봉(갓바위)과 형제봉(개미산)을 수시로 오르는 것을 제외하면 일 년에 한두 번 산행한다. 그것도 천 미터가 넘지 않는 도립공원들이다. 마이산, 주왕산, 금오산, 월출산, 청량산 같은 중용의 산들이다. 명산만 고집한다면 나의 마음에 쓸데없는 욕심과 아집이 생길 것 같아서다. 등산에 일가견이 있는 것도 아니고 다양한 장비를 갖춘 전문 산악인은 더더욱 아니라는 분수를 알기 때문이다.

몇 년 전 청량산을 다녀왔다. 청량산을 목적지로 정하는 데 3일을 고민하였다. 불공드리면서 산행을 해야 하는 아내의 의견과 휴식하면서 영감을 얻어야 하는 딸의 의견을 충족하는 산행 계획이 쉽지 않았기 때문이다.

아침 일찍 배낭에는 점심으로는 부실하지만, 간식으로는 넉넉할 정도의 음식과 물을 챙겼다. 대구에서 출발하여 안동에서부터는 국도로 접어들자 안동호에서 마중 나온 안개가 길을 막으면서 안전 운행을 하라고 일러준다. 안개의 지시대로 안전 운행으로 주차장에 도착하였다. 일찍 도착한 덕분에 입구가 가장 가까운 명당에

부모는 자식의 교과서

주차할 수 있는 행운도 얻었다.

주변의 물소리와 산새 소리가 고막에 쌓였던 묵은 먼지를 털어 낸다. 활엽수들은 이미 옷을 훌훌 다 벗은 상태였지만 소나무 사이에 듬성듬성 군락을 이루고 있는 낙엽송의 때늦은 단풍이 너무나 아름다워서 황홀하기까지 하였다. 아침 햇살을 받는 낙엽송 단풍은 마치 녹색 융단에 금가루를 뿌려 놓은 것 같았다.

왼손에 아내 손 잡고, 오른손에 딸 손 잡고 즐거운 마음으로 꾸불꾸불한 비탈길을 오르기 시작했다. 일주문에서 합장하고 얼마 안 가서 청량사에 도착하였다. 마침 약사재 법회가 시작되기 직전이었다. 아내에게는 '주린 고양이가 쥐를 만났다'는 속담 격이 되었다.

산행을 멈추고 은은한 명상 음악과 목탁 소리에 맞추어 108배를 올렸다. 중생의 번뇌를 끊고, 하심으로 마음을 비우는 108배의 수행법이다. 잘못에 대한 참회 60배, 감사함에 대하여 20배, 발원에 대하여 28배를 하였다. 독경에 이어 설법을 듣는 법회가 끝나자 점심시간이 되어서 공양간으로 갔다. 반찬은 몇 가지 안 되는 정갈한 전통 사찰 음식이었지만 감사하게 먹었다. 과일과 함께 나온 배추전은 추억이 밴 진미였다.

배가 부른 상태로 산행을 이어갔다. 돌계단과 나무계단이 번갈아 나왔다. 암벽 위에는 철제 사다리도 길게 설치되어 있었다. 찢어진 상처를 깁고 깁스를 한 산의 아픔 같은 것이 느껴져 왔다. 인간들의 욕심에 희생되는 산의 아픔.

산등성이에는 군데군데 나무들이 뿌리를 드러내면서 신음을 하고 있었다. 시선이 잘 닿지 않는 곳에는 가끔 양심(쓰레기)이 버려져 있는 곳이 있었다. 산행은 발과 머리가 함께 해야 하는데 바빠서 머리를 잠시 집에 두고 온 사람들의 소행이리라.

늘 사진으로만 보던 하늘다리에 도착하였다. 물 한 잔 마시고 땀을 닦았다. 여러 배경으로 기념 촬영도 하였다. 벤치에 앉아서 휴식을 취하면서 높은 곳에서 내려다본 집들은 장난감처럼 보였다.

제아무리 대궐 같은 집도 높은 곳에서 내려다보면 장난감 같은 집인데 아웅다웅하면서 살기에는 너무나 아까운 시간이다. 선하게 사는 것이 나다운 삶이다. 몇 시간을 허비하면서 오른 정상도 머무는 시간은 너무나 짧다. 높은 권력 자리 탐이 나서 고관대작에 올라보지만 언제 사의를 표할지 모르는 것이 권력의 봉우리다. 권력은 잘 쓰면 본전이고 못 쓰면 구치소로 직행하는 시대다. 권력의 봉우리에 앉아 있는 것보다 산봉우리에 앉아 있는 내 마음이 몇 배 더 편하다. 마음 편한 것이 행복이다. 이것 때문에 산을 찾는다.

산은 언제나 어머니의 품 안이다. 남녀노소 가진 자와 못 가진 자를 차별하지 않고 따뜻한 가슴으로 품어준다. 산은 목재를 비롯하여 약초와 야생화, 산나물, 버섯 같은 식물들을 품었다가 인간들에게 베풀어 준다. 물과 산새들을 품어서 고운 소리를 들려주며 갈증도 풀어준다. 봄, 여름, 가을, 겨울 마술을 부리면서 볼거리를 제공하기도 하고, 빼어난 경치로 눈을 즐겁게 하기도 한다. 이, 목, 구, 비를 다 즐겁게 해주는 친구 같기도 하다.

　　　　　　　　　　　　　　부모는 자식의 교과서

산에 있을 때 가장 행복하고, 자기다움을 느낄 수 있기 때문에 많은 사람이 산에 간다고 한다. 산으로부터 엄숙함과 경건함, 배려심을 배우면서 산의 아픔도 느껴야 한다. 그리고 산에 갔다 오면 뭔가를 얻어서 와야 한다. 산이 깨끗하다고 느끼면 흔적을 남기지 말아야 한다.

도시락 들어 있던 빈 배낭에는 산에서 얻은 행복과 자기다움을 가득 담아 와야 한다. 자칫하면 흘리고 올 내 양심(쓰레기)을 담고 오는 것은 좋은 교과서이지만 술 냄새만 잔뜩 담고 온다면 찢어진 교과서다. 목구멍으로 술이 술술 넘어가는 만큼 자신도 모르는 사이에 생명이 술술 단축된다는 사실을 알아야 한다.

불행을 바꾸면 전부가 행복

행복은 기다린다고 해서 저절로 솔솔 굴러들어오지 않는다. 잡겠다고 쫓아도 헛수고만 하고 만다. 당장의 불행을 행복으로 바꿀 욕심 내지 말고 행복의 수위를 잘 조절하는 것이 진정한 행복을 누리는 길이다. 불행을 제외하면 전부가 행복이기 때문이다.

해마다 태양이 작열하는 칠월이 되면 만인의 행복 충전소인 해수욕장이 개장을 한다. 양처럼 순하던 바다도 이때가 되면 행복 찾아오는 손님맞이 준비를 거들기 시작한다.

파도가 백사장 청소를 할 때는 멀리서부터 흰 갈기를 서서히 세우면서 질주하다가 백사장 가까이에서 잽싸게 공중회전을 한 다음 숨 고르기를 한다. 구석구석을 다 청소할 듯하던 기세의 파도였지만 금방 입에 흰 거품을 물고 겨우 백사장 언저리 빗자루질 한 번 만에 바닥에 패대기쳐진 날계란 신세가 되고 만다. 뒤따라온 동생 파도에 빗자루를 인계하고 왔던 길을 슬며시 되돌아간다. 이렇게 밤과 낮을 쉬지 않고 해대는 파도 형제들의 빗자루질에 백사장 청결이 유지된다.

백사장 앞 수평선에는 영락없이 행복의 영역과 불행의 영역 경계선이 그어진다. 경고를 상징하는 빨간색과 위험을 상징하는 노

부모는 자식의 교과서

란색의 부표를 단 선이다. 그 경계선 너머는 불행(용왕님)의 영역이고, 안쪽은 행복(인간들)의 영역인 셈이다.

평생을 살면서 불행 한 번 만나지 않는다면 행복이 소중한 줄을 모를 것이다.

많은 사람이 삼복의 팍팍한 삶과 고달픔을 불행으로 생각한다. 그들에게는 해수욕장이 동심과 낭만으로 행복을 충전할 수 있는 영혼의 행복 충전소 역할을 한다고 믿기 때문에 너도나도 길을 떠난다. 불행한 더위를 피하여 행복 찾아 떠나는 길. 바리바리 짐을 싣는다. 선글라스 끼고 휘파람 불면서 도착한 해수욕장. 광활한 시야에서 시원하게 가슴을 열고 갈매기의 영접을 받는다. 숙소에 도착하여 여장을 푼다.

몸매 돋보이는 수영복 갈아입고 알록달록한 비치파라솔 밭을 지나서 행복의 바다에 풍덩 몸을 던진다. 쌓였던 스트레스가 갯물에 용해되고 피부에는 부력이 느껴진다. 비릿하지만 시원한 갯물에서 마음껏 해대는 자맥질과 장난질에 배가 출출해 옴을 느낀다.

먹자골목 기웃거리다가 횟집으로 들어간다. 싱싱한 쌈 채소 한 장에 살진 생선 살점 한 조각 초장 찍어서 올린다. 마늘 한 조각, 청양고추 한 토막 쌈장 찍어 추가하는 동안을 못 참고 군침 미리 한 번 꿀꺽 삼킨다. 눈은 흰자위만 남은 채 아귀 입에다 굵게 싼 쌈을 밀어 넣고 우물우물 씹는다. 콧등과 이마에는 송골송골 땀방울이 맺힌다. 쌈 덩어리가 위장을 향하여 미끄럼을 타기 전에 소주 한 잔을 더 털어 붓는다. 불콰한 얼굴과 알딸딸한 기분으로 숙소에 돌아와 개처럼 몸을 눕히고 잠을 청한다. 첫날 행복 충전이 끝났다.

비몽사몽간에 눈을 비비며 창밖을 보니 둥근 태양이 이미 중천에서 행복 충전 둘째 날임을 알리고 있다. 본전을 뽑기 위해서는 하루 더 행복을 열심히 충전해야 한다. 산해진미도 먹고 놀이기구도 다 이용해야 한다. 제한된 시간 안에 계획된 행복 프로그램을 다 소화를 해내야 하는 바쁜 하루가 기다린다.

예정된 퇴실 시간이 되었다. 숙소에 돌아와 짐을 싼다. 높은 인구밀도에 시달려 몸이 피곤함을 느꼈다. 퇴실하는 순간 시설도 별로인데 가격이 비싸다는 생각이 들었다. 승용차에는 기름도 보충을 해야 한다. 시동을 걸고 떠나려고 하는데 올 때는 그토록 반기던 갈매기들은 다 어디로 갔는지 통 환송 준비를 할 생각을 않는다. 그토록 광활해 보이던 바다가 마당처럼 보였다. 동심과 낭만도 다 자동차 매연을 타고 허공으로 흩어져 버렸다.

돌아오는 길은 매우 지루하였다. 횟집에서 먹은 어패류들의 영혼들이 인간들의 식도락에 생명이 무참하게 희생되었다고 시위를 하는 통에 머리가 아팠다. 영혼에 잠시 안착했던 행복은 날갯짓으로 훨훨 날아가고 날개 없는 불행만 육체에 잔뜩 남아 있는 것 같다. 집에 와서 라면으로 늦은 저녁을 때웠다. 피부가 따갑기 시작했다. 약국에 가서 화상 약을 사다 발랐다.

이튿날 통장을 정리하자 생활비를 도둑맞은 기분이다. 행복 충전비 과다지출로 우울한 나날을 보내야 했다. 비싼 행복 충전비 지

부모는 자식의 교과서

불하고 얻은 교훈은 인생은 동전의 양면성이라는 것을 알았다. 행복의 면과 불행의 면을 가진 동전.

영혼이 행복하면 육체가 불행하고, 육체가 불행하면 영혼이 행복한 것도 동전의 양면성이다. 그렇다. 서서 돌던 동전이 불행의 면으로 쓰러졌다면 행복의 면으로 뒤집으면 된다.

우리 국민들은 불행을 행복으로 바꾸는 명수들이었다. 한국전쟁을 비롯하여 900여 회의 외침을 받는 국가적 불행이 있었지만, 선조들은 불행을 행복으로 바꾸었다. IMF 불행은 전 국민 금 모으기 운동을 불러일으켰고, 서해 유조선 기름유출 사고 때는 세계인들이 놀랄 정도로 자원봉사자들이 어민들의 불행을 행복으로 바꾸기 위하여 참여하였다. 태풍과 홍수의 불행을 행복으로 바꾸는 데 함께 하였으며, 연말이 되면 가난의 불행을 행복으로 바꾸는 데 함께한다. 방송 카메라 앞에 행복의 봉투를 들고 장사진을 치는 모습은 보는 그 자체가 행복이다.

전쟁으로 인한 불행을 행복으로 바꿔 준 참전 16개국으로부터 진 빚을 베트남 참전을 비롯하여 지구촌 불행 지역에 평화유지군(PKO)를 파병하여 갚아나가고 있다. 전후 배고프던 시절에는 미국으로부터 분유와 옥수수 가루를 얻어먹었다. 그러나 지금은 한국국제협력단이 후진국 불행을 행복으로 바꿔주기 위하여 지구촌 곳곳에서 국위를 선양하는 활동으로 행복의 빚을 갚고 있는 모습은 실로 가슴 뿌듯한 일이다.

사람마다 좋아하는 계절이 다르듯이 행복의 느낌도 각각 다르다. 여름을 행복하다고 생각하는 사람은 겨울이 불행할 수 있고, 겨울이 행복하다고 생각하는 사람은 여름이 불행할 수가 있다. 그러나 계절이 순환하는 것처럼 행복도 불행도 영원할 수는 없다. 불행은 피하지 말고 행복으로 바꾸어 나가면 된다. 싱거운 국에 소금을 쳐서 간을 맞추듯이. 불행에도 간을 맞추면 행복이 된다.

나이 들어 심신의 기능이 떨어지는 현상을 불행으로 생각해서는 안 된다. 자연적인 현상으로 받아들이면서 자식들이 독립하여 제 갈 길들 가는 모습이나 손자들 재롱을 지켜볼 수 있는 정도의 건강함도 행복이요, 기별도 없이 살그머니 찾아오는 불청객인 노안이나 난청도 꼴불견 덜 보고 거북한 얘기 덜 들을 수 있으니 행복이다.

영국 속담에 '행복은 자신의 가정에 있다. 타인의 뜰에서 찾을 일이 아니다'라고 하였다. 타인의 뜰에 있는 행복은 타인의 것이다. 행복 찾으러 먼 길 떠나면 돈이 들지만, 가정 안에 있는 작은 행복들은 키우는 데 돈이 들지 않는다.

오늘도 집안의 작은 행복을 키우기 위하여 옥상에 빨래를 널기 위해 계단을 오르면서 행복의 휘파람을 분다. 집안의 행복이 휘파람을 타고 이웃집으로 퍼져가는 즐거움으로 하루를 열어간다.

어느 강태공의 묘비

나는 사십 대에 들어서서 십 년간 바다낚시를 열심히도 했다. 공직자 신분으로서 주민들과 불필요한 접촉은 자칫 오해를 살까 염려도 되기도 하였지만, 특별한 취미생활을 할 것이 없는 섬 생활이 무료하여서이기도 하였다. 주말만 되면 낚싯대를 들고 바닷가에 나가서 잔챙이를 잡기 시작하다가 어느 날 갑자기 40㎝나 되는 감성돔을 한 마리 낚았다.

초보 시절이라서 뜰채가 없었으니 끌어올리는 데 진땀을 흘려야 했다. 주변에 있던 아이들이 파도를 이용해서 갯바위로 올리라고 코치를 하였다. 대 휨 새가 뻣뻣한 값싼 낚싯대에다 대물 당김 새에도 견딜 수 있는 원줄은 튼튼하게 설치한 탓에 아이들이 시키는 대로 파도의 너울을 이용하여 갯바위로 올릴 수 있었다. 국물은 흘러가고 생선만 남은 것처럼 갯바위에 벌렁 드러누운 감성돔은 두세 번 퍼덕거리면서 살려달라고 사정을 하다가 낚싯바늘을 목구멍 깊이 삼킨 채 눈은 끔벅끔벅하고 아가미를 벌름벌름하더니 생을 포기하는 듯하였다.

낚싯대를 챙겨서 누가 볼세라 쫓기듯이 단걸음에 집으로 향했다. 집에 도착하여 아내에게 자랑한 연후에 해체 작업에 들어갔다. 배를 가르자 잔챙이에서 비린내만 맡다가 모처럼 구수한 냄새를 맡았다. 물고기 중에서 감성돔이 귀족이라 하더니 과연 소문대로였다. 그날 저녁 우리 가족은 예상치 않았던 회와 매운탕으로 단백질을 공급하고 포만감 가득한 만찬을 즐겼다.

감성돔 사건 후 나는 낚싯대 휨새가 낭창낭창한 준고급 낚싯대를 구매하였다. 시간이 지날수록 낚시 장비는 하나둘 늘어나고 뜰채도 하나 마련하였다. 제법 낚시꾼 냄새를 풍길 무렵이었다. 동네 사람들이 나보고 낚시를 하지 말라고 농담을 던진다. 낚시에 미치면 고향에 가지 못하기 때문이란다. 취미생활도 지나치면 안 된다는 사실을 잘 알고 있는 나는 십 년 만에 낚싯대를 미련 없이 접었다.

낚시를 통하여 내 인생에 얻은 것도 많다. 준비와 시행, 마무리를 배웠다. 낚시 전날 필요한 장비를 주도면밀하게 챙기는 것도, 행선지를 어디로 할 건지 결정하는 것도 즐거움이다. 낚시하는 동안 넓디넓은 바다 위에 떠 있는 작은 찌 하나에 몇 시간 동안 눈이 시리도록 주시하며 한 마리의 물고기를 낚는 데 투자하는 인내심은 참을성 있는 인간이 되는 밑거름이 되기도 하였다.

잡은 날의 즐거움은 잠깐이지만, 못 잡은 날의 미련과 아쉬움은 낚시터를 힐끔힐끔 뒤돌아보면서도 다음에 올 때 희망을 걸게 한다. 다음에는 잡을 수 있다는 희망. 밥을 먹으면 당연히 설거지하듯이 집에 도착하면 낚싯대에 묻은 염분을 마른걸레로 깨끗하게 제거한 다음에 벽에 설치된 거치대에 가지런히 정돈하는 마무리도 즐거움이다.

부모는 자식의 교과서

낚시꾼들이 낚시를 즐기는 이유는 입질하는 물고기의 당김새가 낚싯대를 타고 온몸으로 전해지는 자릿한 전율 때문이다. 꾼들은 손맛이라고 한다. 대물의 정도에 따라서 몇 개월간 엔도르핀이 솟기도 한다. 조과(釣果)가 있는 날은 가방끈 길다고 공부 잘하는 것 아니고 낚싯바늘 크다고 큰 고기 잡는 것이 아니라고 은근히 자랑 섞인 농담 사이로 요령과 이력을 터득했다는 암시를 던지기도 하였다.

토착 어종보다 회유 어종은 서식 환경의 오염에 대단히 민감하다. 오염이 상대적으로 덜 된 곳은 난공불락의 요새 같은 절벽이 대부분이다. 그런 곳에서는 씨알 굵은 대물을 잡을 확률이 높다. 대신에 생명을 건 위험한 짓이다. 그러나 꾼들은 목숨을 담보로 대물을 노리는 경우가 많다.

내가 근무하던 추자도 연근해에는 청도라는 섬이 있다. 낚시가 잘되기로 소문난 섬이어서 꾼들이라면 누구나 한 번쯤은 입도하여 조과를 올리고 싶어 하는 섬이다.

하루는 나도 그 섬으로 낚시를 갔는데 바닷가에 20인치 정도의 모니터를 세워놓은 크기의 대리석으로 된 작은 비석이 시야에 들어왔다. 자세히 보니 어느 강태공의 주검 없는 묘비였다. 그 비석에는 이렇게 적혀 있었다.

> 여기 청도의 푸른 파도와 갈매기를 벗 삼아
> 낚시를 즐기던 강태공이 누웠으니
> 고이 잠드소서
>
> 아내 ○○○ 아들 ○○○ 딸 ○○

풍랑에 휩쓸려 예기치 않았던 죽음으로 주검을 찾지 못하였으니 주검도 없이 실종되었던 지점의 갯바위에 세운 작은 비석이다. 규모도 비석이라고 하기는 초라해 보였지만 비문에는 강태공 생시 가족의 단란함과 절절한 사랑이 묻어 있었다. 육지에서 비행기를 타고 제주공항에서 헬리콥터로 추자도에 입도하여 민박을 정하고 유어선(遊漁船)을 이용하여 무인도 낚시를 즐기던 당시에는 경제적으로 여유가 있어야 가능했다.

비록 묘지도 없지만, 비석을 통하여 사자(死者)는 생자에게 미안해하고, 생자는 사자를 위로하는 듯해서 볼 때마다 가슴이 찡하였다. 행세깨나 했다는 가문의 문중 비문도 작자와 후손 대표나 알아볼 수 있는 어려운 비문보다는 사자와 생자 간의 사랑의 끈이 되는 강태공의 비문이 훨씬 명문인 것 같았다. 그 후로도 그 비석을 대할 때마다 마치 인당수에 빠졌다가 돌아온 심청처럼 너울지는 파도 위로 강태공이 두둥실 솟아올라 사랑하는 가족 품으로 돌아갔으면 하는 상상을 하기도 하였다.

이어령 선생은 '비석은 썩지 않는 시체이며, 사람들이 무덤에 비석을 세우는 것은 죽은 자의 체면을 위한 것이 아니라 산 사람들의 체면을 빛내기 위한 것일 때가 많고, 비문을 지우는 것은 비바람이 아니라 망각을 잘하는 인간들의 마음'이라고 적절하게 지적하셨다. 산 사람이 돈 많이 벌고 출세하면 멀쩡한 산소를 헤집어서 번듯한 석물 설치하는 것이 대부분이다.

지금은 비석뿐만 아니라 각종 표지석 공해 시대다. 우리나라 돌로는 부족해서 수입한 돌로 세우기도 한다. 동네 이름부터 시작해서 각종 단체 홍보석에 이르기까지 돌에 너무 집착하는 시대가 되었다.

비석 본래의 의의가 인플레될 바에는 돌 공해를 중단해야 할 것 같다. 내 생각으로는 사자의 주검은 뱀이나 매미의 허물에 불과하다는 생각이다. 그 허물과 같은 유골을 인적 드문 산야에 뿌린들 어떠하겠는가. 남들이 세운다고 따라서 세우지 말고 각자의 마음속에 좋은 비석을 세우는 것이 좋을 것 같다. 내가 죽으면 아버지 발밑에 뿌려 달라고 부탁하고 싶다. 신이 있다면 생전에 못다 한 효도나 하면서 극락왕생하고 싶다.

폐지 찾아 삼만 리

정년퇴직이란 녀석이 어느 날 갑자기 나를 찾아와서 따지기 시작했다. '당신은 현직에서 전력을 기울여서 근무했는가?' 하고. 곰곰이 생각해 보니 열심히 근무한 것 같지만 어딘지 모르게 부족한 점도 많았다는 생각이 들기도 하였다.

힘든 날에도 술로 스트레스를 풀 줄 모르는 나는 그저 입술만 삐죽이 내밀면서 힘없는 발걸음으로 퇴근하였다. 그러나 이튿날 아침만 되면 다시 전투화 끈을 졸라매고 용수철처럼 출근하기를 반복했던 38년의 세월에 담긴 희로애락이 주마등처럼 스친다. 지금 생각해보니 그 시절이 힘들었다고 하기보다는 참으로 행복하고도 고마운 기간이었다.

혈기 왕성한 20대에 입기 시작했던 군복이 나를 투철한 군인정신으로 무장시키고 도덕성이 확립된 인간으로 만들어 준 것이 무엇보다 감사하다. 인제 와서 생각해 보니 국가가 나를 부려 먹은 것이 아니라 내가 국가로부터 받은 혜택이 너무 많아 빚을 지고 있다는 생각이 든다.

하지만 지금 내가 국가나 사회를 위하여 갚을 능력이 전혀 없는 것이 안타깝다. 그도 그럴 것이 내 경력이라고 하는 것이 보병 장

부모는 자식의 교과서

교, 예비군 지휘관이다 보니 전문지식이나 직무 경험이 사회나 국가를 위하여 보탬이 될 만한 분야가 전혀 없기 때문이다. 그렇다고 해서 연금이나 타면서 여생이나 안락하게 보낸다는 것은 염치없는 생이거니와 나의 생리에 맞지도 않는다.

방송통신대학교에 등록하여 새로운 공부를 시작했다. 형설지공의 심정으로 학문 탐구에 매진하고 있다. 비슷한 또래의 학우들을 만날 수 있는 것도 새로운 희망이고 즐거움이었다. 스터디 팀장을 맡아서 맨 먼저 등교하여 강의실 문을 열고, 마지막 문단속하는 것도 학우들을 위한 봉사로 생각하면서 즐겁게 실천하였다. 늦게 배운 도둑질에 날 새는 줄 모른다더니 몰랐던 지식을 깨우치는 재미가 쏠쏠하였다.

그러나 현직에서 퇴직으로 넘어오는 과정에서 마음의 기쁨이 사라지고 생기를 잃는다면 그것은 스스로 불행의 나락으로 떨어지는 것이니 그것은 자책골이나 다름없다. 전문지식은 없지만, 혈압 외에는 건강에 큰 이상이 없는지라 작은 봉사나 기부부터 하기로 마음먹었다. 오래전 현직 시절부터 후원해오던 장애인 단체 기부금은 아들 녀석을 설득하여 유산 대신에 대물림하였다. 홀가분한 마음으로 어린이 단체에 한 계좌를 새롭게 후원을 할 수 있게 되었다.

또한, 농촌 출신인 데다 투철한 군인정신이 접목되어 있는 새로운 나를 발견하게 되자 농촌 봉사활동을 하라는 신의 계시 같은 것이 스쳤다. 농촌의 농번기는 '부지깽이도 뛴다'는 말처럼 눈코 뜰

새 없이 바쁜 농촌 봉사활동을 하기로 하였다. 배 봉지 씌우기, 못자리 거들기, 과수나무 열매 솎기, 마늘 캐기, 사과 따기 등은 나의 체력을 점검하는 좋은 기회가 되기도 하였다. 맛이나 보라고 준 사과, 배, 마늘 같은 것은 노인요양시설에 음식 재료로 기부하였는데 미래에 내가 가서 먹을 음식 재료를 미리 저축해 놓는 듯해서 참으로 기분이 좋았다.

논두렁에 걸터앉아서 농부들과 막걸리를 곁들인 들밥과 새참을 먹으면서 나누는 대화들은 사회의 초년병인 나에게는 걸음마를 배우는 좋은 기회였다. 나는 봉사활동은 일당을 받는 사람보다 일찍 시작해서 늦게 끝나야 한다고 생각한다. 대충대충 하는 봉사로 주인에게 피해를 주면 안 되기도 하지만 훗날 귀농이라도 하는 날이 온다면 좋은 자산이 될 것이기 때문이다.

그리고 가까운 요양원에 도움을 주기 위하여 평소 집에서 손쉽게 할 수 있는 폐지와 고물을 줍기 시작했다. 그 모습을 보는 사람들은 아직 폐지 주우러 다닐 나이나 형편은 아닌 것 같다고 하면서 의아해하기도 하였다.

어느 날, 죄지은 것도 아닌데 싶어서 폐지 줍는 목적을 말했다. 그런데 이상하게도 그 후 초인종 누르는 소리가 나서 나가 보면 신문을 모아 놓았다가 갖다주는 이웃이 있는가 하면 폐지를 가지러 오라는 전화가 오기도 하였다. 인정 메마른 도회지에서 이렇게 따끈하고도 끈끈한 이웃들과의 인연 때문에도 폐지 찾아 삼만 리는 이제 중단할 수가 없게 되었다. 나의 작은 수고로 많은 사람이 마

부모는 자식의 교과서

음의 기쁨과 생기를 얻어 쾌활해지고 노인들의 수명이 연장된다면 그보다 더 기쁜 일은 없다.

우리 집 간이 창고가 텅 비면 내 마음은 쌀독에 쌀이 떨어진 것처럼 허전하다. 어려운 이웃과 더불어 살아가는 삶은 한 가정의 아버지로서 자식들에게 모범을 보이는 것이리라. 독불장군처럼 혼자 살아가는 세상이야말로 정말 삭막한 세상이다. 선진국이 될수록 국가가 하지 못하는 일들을 국민이 거들어야 한다. 정부가 만사를 해결할 수 있는 도깨비방망이를 가지고 있는 것이 아니기 때문이다.

먹고살기 위해서 리어카를 끈다면 눈물이 나겠지만 기쁨으로 리어카를 끄니 땀이 난다. 땀을 흘리니 돈 들여 운동할 필요도 없다. 한 번 판매한 돈이래야 몇천 원에 불과하다. 하지만 부자들의 몇천만 원보다 값지고도 기쁨이 서린 돈이다. 티끌 모아 태산이다. 적은 돈이지만 모을 때도 기분이 좋고 기부할 때는 더욱 기분이 좋다.

얼마 전에도 어느 주간 보살핌(Daycare)에 소속된 노인들을 모시고 공연 관람을 다녀왔다. 관람석 계단을 내려오지 못하시는 할머니를 내가 번쩍 안아 내렸다. 입에 함박웃음 꽃이 피면서도 미안해한다. 오늘 하루는 내가 든든한 아들 노릇을 할 테니 미안해하지 말라고 하였다. 입가의 미소엔 고마움의 여운이 남는다. 화장실까지 휠체어를 밀고는 갔지만 내가 남자라서 그 어머니의 용변까지 해결해 드리지 못함이 아쉬웠다.

최근에 내가 필요한 곳이 한 곳 더 생겼다. 초등학교 1, 2학년들을 집 앞까지 안전하게 데려다주는 워킹 스쿨 서비스다. 교통사고와 범죄에 취약한 꿈나무들을 안전하게 지켜주는 활동이다. 미래 나의 손자 손녀들이 안전한 학교에서 열심히 공부할 수 있는 풍토를 조성하는 보람을 느끼고 있다.

기쁨과 행복의 크기는 금액에 비례하는 것이 아니라 땀과 노력에 정비례한다는 사실을 체험해서 터득하였다. 일 년에 한 번이든 한 달에 한 번이든 주간이든 야간이든 내가 있어야 하고 조금이라도 도움이 되는 곳만 있다면 지역사회의 5분 대기조 역할을 충실히 할 작정이다.

행복의 씨앗은 연말연시에만 뿌리지 말고 계절과 관계없이 뿌릴 때 더불어 살아가는 사회가 온통 행복의 꽃밭으로 이루어질 수 있기 때문이다.

부모는 자식의 교과서

한일(韓日)의 가교

　국가와 국가 간의 정상 외교는 화기애애할수록 보기가 좋다. 양
국 국민들의 기대에 부응하면서 서로가 필요한 국익을 챙길 수 있
기 때문이다. 그런데 이상하게도 국제무대에서는 일본 총리와 우
리 대통령 간의 냉랭한 외교가 오히려 통쾌함을 느끼게 하였다. 중
국과의 정상 외교에서는 적의 적은 동지라는 사실을 반증하는 듯
하여 흐뭇하다.

　한반도 최동단 마을이 있는 포항 구룡포에 가면 일제강점기에
일본인이 살았던 일본식 가옥이 있다. 그 가옥들을 적산 가옥이
라 부르고 그곳을 적산 가옥 거리라 하였다.

　적산 가옥 거리 끝부분에서 대리석 계단을 올라가면 언덕 위에
작은 공원이 있다. 그곳에는 일제강점기 때 구룡포항을 통하여 수
산물을 수탈해 갈 목적인 어항 개발에 공로가 지대했던 일본인의
공덕비가 있다. 비문은 해방 직후 애국 청년단이 시멘트로 덧씌웠
다. 반일 감정 때문이다.

　공원에서 내려다보면 구룡포항이 손에 잡힐 듯이 한눈에 들어온
다. 방파제 너머로는 애국가에 나오는 동해가 끝없이 펼쳐진다. 그
동해의 쪽빛은 우리 민족의 눈을 시리게 하는 아름다운 바다다.

동해는 일본이 대한민국 영토의 정통성과 민족의 자존심을 건드리며 일본 땅이라고 억지 주장하는 독도와 연결된다. 적산 가옥 거리와 공원의 공덕비는 NHK와 《요미우리 신문》에서도 취재하여 자국민들에게 소개한 바가 있다.

적산 가옥 거리는 지역 주민들이 갑론을박하는 사이에 근대역사 문화거리(일본인 가옥 거리)라는 이름으로 개발이 되었다. 경주까지만 관광 오는 일본인들을 구룡포까지 유치해서 추억을 자극하면 관광 수입을 올릴 수 있다는 상업적 계산 때문이었다.

주민들은 돈벌이보다 어두운 역사요, 지우고 싶고 치욕스러운 역사이기 때문에 강대국에 침략과 수탈을 당했던 과거를 잊지 않도록 교육의 현장으로 조성해야 한다는 주장이었다. 아픈 역사가 반복되지 않도록 대비를 하고, 일본인들에게는 반성할 수 있는 평화의 공원이 조성되어야 한다고도 하였다.

무턱대고 일본인들을 위한 상업 거리를 조성한다면 역사의 반성 없이 오히려 침략의 미화와 민족 우월 의식에 불을 지필 가능성이 크다는 우려도 만만치 않았다. 아무튼 '독도가 일본 땅이다. 동해가 일본해다'라고 억지 주장하는 극우세력의 의식이 요지부동인 한 대한민국 영토의 정통성 확립과 민족 자존심 수호를 위해서 잠시도 긴장을 늦추어서는 안 된다는 사실은 불변의 진리다. 동해와 독도가 일본의 입장에서는 아니면 말고 식의 가벼운 문제일지 모르지만, 우리에게는 국토의 정통성에 흠집이 생기는 중대한 문제다.

세월이 흐를수록 세계 평화를 빙자하여 국제무대에서 입김을 작

부모는 자식의 교과서